2112

NUEVO MUNDO

ANTONIO FERNÁNDEZ BENAYAS

DEDICATORIA

A **David Fernández Morant** con el deseo de que siempre aciertes con lo que realmente te conviene para ser lo que puedes ser .

AGRADECIMIENTOS

Son muchas las personas a las que debo agradecer su paciencia y colaboración, empezando por mi esposa, a quien debo mucho más de lo que ella se imagina. También estoy en deuda con Daniel, Antonio y Eva, Raquel y Juan Carlos, Guillermo y Laura, que me han enseñado a separar el grano de la paja y de quienes recibo mucho más de lo que les he dado: por encima de otras muchas satisfacciones, el regalo de Alba, Irene, Sofía, David, Clara y Daniel., a los que deseo una vida plena de amor, libertad, prudencia y responsabilidad.

CONTENIDO

Antonio Fernández Benayas

INTRODUCCIÓN

Ante la consideración de lo que está sucediendo y puede ocurrir en un Mundo tan condicionado por las novedades que están en la mente de todos, el presente relato nació en la mente de un octogenario escritor de carácter benedictino por lo de **ora et labora**. Escribe al hilo de los mejores deseos para sus nietos y alguna otra generación que venga detrás, siempre procurando no salir de la esfera de lo posible, cual es la venturosa eventualidad de que ya estemos viviendo en una "tercera etapa" de la Historia de la Humanidad con más luces que sombras.

Confiesa el relator que eso de la tercera etapa de la Historia de la Humanidad es, en buena parte, una idea copiada de lo escrito en el siglo XII de nuestra Era por el beato Joaquín de Fiore (1135-1202), un piadoso personaje que, por un misterioso privilegio y a través de la niebla de las limitaciones humanas, creyó ver lo que había de ocurrir siglos después de su paso por la Tierra. Al respecto, no faltan estudiosos de la Historia que aprecian posible continuidad entre lo relatado por ese beatificado monje y la interpretación que, según la Biblia, el profeta Daniel hizo de aquel famoso sueño de Nabucodonosor, que bueno será recordar:

"¿Podrás tú hacerme entender el sueño que vi, y su interpretación? Daniel respondió delante del rey, y dijo: El misterio que el rey demanda, ni sabios, ni astrólogos, ni magos, ni adivinos lo pueden enseñar al rey. Hay un Dios en el cielo, el cual revela los

misterios, y Él ha hecho saber al rey Nabucodonosor lo que ha de acontecer en los postreros días. Tu sueño, y las visiones de tu cabeza sobre tu cama, es esto: Estando tú, oh rey, en tu cama subieron tus pensamientos por saber lo que había de suceder en lo por venir; y el que revela los misterios te mostró lo que ha de suceder. Y a mí me ha sido revelado este misterio, no porque en mí haya más sabiduría que en todos los vivientes, sino por aquellos que debían hacer saber al rey la interpretación, y para que tú entendieses los pensamientos de tu corazón. Tú, oh rey, veías, y he aquí una gran imagen. Esta imagen, que era muy grande, y cuya gloria era muy sublime, estaba en pie delante de ti, y su aspecto era terrible. La cabeza de esta imagen era de oro fino; su pecho y sus brazos, de plata; su vientre y sus muslos, de bronce; sus piernas de hierro; sus pies, en parte de hierro, y en parte de barro cocido. Estabas mirando, hasta que una piedra fue cortada, no con mano, la cual hirió a la imagen en sus pies de hierro y de barro cocido, y los desmenuzó. Entonces fue también desmenuzado el hierro, el barro cocido, el bronce, la plata y el oro, y se tornaron como tamo de las eras del verano; y los levantó el viento, y nunca más se les halló lugar. Mas la piedra que hirió a la imagen, vino a ser una gran montaña, que llenó toda la tierra. Éste es el sueño; también la interpretación de él diremos en presencia del rey. Tú, oh rey, eres rey de reyes; porque el Dios del cielo te ha dado reino, poder, fortaleza y majestad. Y todo lo que habitan los hijos de los hombres, bestias del campo y aves del cielo, Él los ha entregado en tu mano, y te ha dado dominio, sobre todo; tú eres aquella cabeza de oro. Y después de ti se levantará otro reino menor que tú; y otro tercer reino de bronce, el cual dominará sobre toda la tierra. Y el cuarto reino será fuerte como hierro; y como el hierro desmenuza y pulveriza todas las cosas, y como el hierro que quebranta todas estas cosas, desmenuzará y quebrantará. Y lo que viste de los pies y los dedos, en parte de barro cocido de alfarero, y en parte de hierro, el reino será dividido; habrá en él algo de fortaleza de hierro, según que viste el hierro mezclado con el barro cocido. Y por ser los dedos de los pies en parte de hierro, y en parte de barro cocido, en parte será el reino fuerte, y en parte será frágil. En cuanto a lo que viste, el hierro mezclado con el barro, se mezclarán por medio de simiente humana, mas no se unirán el uno con el otro, como el hierro no se mezcla con el barro.

Y en los días de estos reyes, el Dios del cielo levantará un Reino que jamás será destruido, y este reino no será dejado a otro pueblo; desmenuzará y consumirá a todos estos reinos, y él permanecerá para siempre. De la manera que viste que del monte fue cortada una piedra, no con manos, la cual desmenuzó al hierro, al bronce, al barro, a la plata, y al oro; el gran Dios ha mostrado al rey lo que ha de acontecer en lo por venir; y el sueño es verdadero, y fiel su interpretación." (Dan. 2, 26-45)

Para el citado beato Joaquín de Fiore, el Reino que jamás será destruido, no pudo ser otro que el Reino de Dios, percibido por los hombres y mujeres de buena voluntad y desarrollado en la Historia en lo que él tres sucesivas épocas: la Época del Padre que fue desde Abraham hasta Jesucristo, la Época del Hijo, iniciada por este mismo, es decir por Jesucristo, y prolongada en el tiempo necesario para poder ser tenida en cuenta por una apreciable parte de la Humanidad y la Época del Espíritu Santo, que enlaza con la Época del Hijo y que, hasta el fin de los tiempos, se ocupa de iluminar nuestra inteligencia para que caminemos hacia la Verdad todos y cada uno de nosotros, es decir la multitud de seres humanos que poblamos el ancho mundo, desde las más populosas ciudades hasta el más escondido rincón.

Los católicos creemos que, a Juan, el discípulo amado de Cristo Jesús, le llegó el adelanto de una realidad que, de forma simbólica, nos dejó descrita de la siguiente manera:

"Y vi un cielo y una tierra nuevos; porque el primer cielo y la primera tierra habían pasado, y el mar no existía ya más. Y yo Juan vi la santa ciudad, la nueva Jerusalén, que descendía del cielo, de Dios, dispuesta como una novia ataviada para su marido. Y oí una gran voz del cielo que decía: He aquí el tabernáculo de Dios con los hombres, y Él morará con ellos; y ellos serán su pueblo, y Dios mismo estará con ellos, y será su Dios. Y enjugará Dios toda

lágrima de los ojos de ellos; y ya no habrá muerte, ni habrá más llanto, ni clamor, ni dolor; porque las primeras cosas pasaron. Y el que estaba sentado en el trono dijo: He aquí, yo hago nuevas todas las cosas. Y me dijo: Escribe; porque estas palabras son fieles y verdaderas. Y me dijo: Hecho es. Yo soy el Alfa y la Omega, el principio y el fin. Al que tuviere sed, yo le daré de la fuente del agua de vida gratuitamente. El que venciere, heredará todas las cosas; y yo seré su Dios, y él será mi hijo. Y el material de su muro era de jaspe; y la ciudad era de oro puro, semejante al vidrio limpio; y los fundamentos del muro de la ciudad estaban adornados de toda piedra preciosa. El primer fundamento era jaspe; el segundo, zafiro; el tercero, calcedonia; el cuarto, esmeralda; el quinto, ónice; el sexto, sardio; el séptimo, crisólito; el octavo, berilo; el noveno, topacio; el décimo, crisoprasa; el undécimo, jacinto; el duodécimo, amatista. Y las doce puertas eran doce perlas; cada una de las puertas era de una perla. Y la plaza de la ciudad era de oro puro, como vidrio transparente. Y no vi templo en ella; porque el Señor Dios Todopoderoso y el Cordero son el templo de ella. Y la ciudad no tenía necesidad de sol ni de luna para que resplandezcan en ella; porque la gloria de Dios la iluminaba, y el Cordero es su luz. Y las naciones de los que hubieren sido salvos andarán en la luz de ella; y los reyes de la tierra traerán su gloria y honor a ella. Y sus puertas nunca serán cerradas de día, pues allí no habrá noche. Y traerán la gloria y la honra de las naciones a ella. Y no entrará en ella ninguna cosa inmunda, o que hace abominación o mentira; sino sólo aquellos que están escritos en el libro de la vida del Cordero Y me mostró un río puro de agua de vida, límpido como el cristal, que provenía del trono de Dios y del Cordero. En el medio de la calle de ella, y de uno y de otro lado del río, estaba el árbol de la vida, que lleva doce frutos, dando cada mes su fruto; y las hojas del árbol eran para la sanidad de las naciones. Y no habrá más maldición; y el trono de Dios y del Cordero estará en ella, y sus siervos le servirán; y verán su rostro, y su nombre estará en sus frentes. Y allí no habrá más noche; y no tienen necesidad de lámpara, ni de luz de sol, porque el Señor Dios los alumbrará; y reinarán por siempre jamás. Y me mostró un río puro de agua de vida, límpido como el cristal, que provenía del trono de Dios y del Cordero. En el medio de la calle de ella, y de uno y de otro lado del río, estaba el árbol de la vida, que lleva doce frutos, dando cada mes su fruto; y las hojas del árbol eran para la sanidad de las naciones. Y no habrá más maldición; y el trono de Dios y del Cordero estará en ella, y sus siervos le servirán; y verán su rostro, y su nombre estará en sus frentes. Y allí no habrá más noche; y no tienen necesidad de lámpara, ni de luz de sol, porque el Señor Dios los alumbrará; y reinarán por siempre jamás. Y me dijo: Estas palabras son fieles y verdaderas. Y el Señor Dios de los santos profetas ha enviado su ángel, para mostrar a sus siervos las cosas que deben acontecer en breve. He aquí, yo vengo pronto. Bienaventurado el que guarda las palabras de la profecía de este libro. Y yo Juan vi y oí estas cosas. Y después que las hube oído y visto, me postré para adorar a los pies del ángel que me mostraba estas cosas. Y él me dijo: Mira que no lo hagas; porque yo soy consiervo tuyo, y de tus hermanos los profetas, y de los que guardan las palabras de este libro. Adora a Dios. Y me dijo: No selles las palabras de la profecía de este libro, porque el tiempo está cerca. El que es injusto, sea injusto todavía; y el que es sucio, ensúciese todavía; y el que es justo, sea justo todavía; y el que es santo, santifíquese todavía. Y he aquí, yo vengo pronto, y mi galardón conmigo, para recompensar a cada uno según fuere su obra. Yo soy el Alfa y la Omega, el principio y el fin, el primero y el postrero. Bienaventurados los que guardan sus mandamientos, para tener derecho al árbol de la vida, y poder entrar por las puertas en la ciudad. Mas los perros estarán afuera, y los hechiceros, y los disolutos, y los homicidas, y los idólatras, y cualquiera que ama y hace mentira. Yo Jesús he enviado mi ángel para daros testimonio de estas cosas en las iglesias. Yo soy la raíz y el linaje de David, y la estrella resplandeciente de la mañana. Y el Espíritu y la esposa dicen: Ven. Y el que oye, diga: Ven. Y el que tiene sed, venga; y el que quiere, tome del agua de la vida gratuitamente. Porque yo testifico a cualquiera que oye las palabras de la profecía de este libro: Si alguno añadiere a estas cosas, Dios añadirá sobre él las plagas que están escritas en este libro. Y si alguno quitare de las palabras del libro de esta profecía, Dios quitará su parte del libro de la vida, y de la santa ciudad, y de las cosas que están escritas en este libro. El que da testimonio de estas cosas, dice: Ciertamente vengo en breve. Amén, así sea. Ven: Señor Jesús. la gracia de nuestro Señor Jesucristo sea con todos vosotros. Amén." (Ap. 21, 1-27; 22, 1-21)

No sin prestar credibilidad a lo que antecede y tomar en consideración a lo que se dice en los diez capítulos que componen este relato, el avispado lector sí que puede y debe encontrar un gratificante sentido al qué y al para qué de la propia vida.

Capítulo 1º

SAUL SCHIEBER, TALADOR DE CIPRESES

Saul Schieber, nacido el 1 de mayo de 2021, suele decir que lo suyo es nadar contra corriente para mantenerse lo más lejos posible de moralistas, zánganos, conformistas y otras vulgaridades. De retentiva e inteligencia muy superiores a la normal, además del croata, su idioma nativo, domina el italiano y habla con fluidez español, francés, inglés, chino y alemán. Esa extraordinaria facilidad para los idiomas, su enorme fortuna, una elegante prestancia y el continuo cambio de humor de un egoísta radical han hecho de su vida un perpetuo y lujoso vagabundeo sin otro objetivo que el de verse y mostrarse muy superior al resto de los mortales, lo que no deja de surtir efecto en los millones que le siguen con la más perruna de las humillaciones. La importancia del personaje nos lleva a recordar sus antecedentes familiares.

Fue su abuelo materno el ecléctico filósofo suizo de origen judío Yves Dietelle, de quien se llegó a decir que había inventado el modo de hablar durante dos horas seguidas sobre un mismo tema sin que nadie de sus oyentes llegara a comprender cual era, en realidad, ese tema. Es el misterio de las palabras lo nos orienta hacia la verdad, solía decir tal vez influenciado por la cábala judía, en la que había dejado de creer pero que, de alguna manera, seguía teniendo en cuenta por entender que se prestaba al juego dialéctico con el que se podía ennoblecer cualquier nimiedad.

Tal perspectiva intelectual mucho debió influir en la orientación académica de su hija Emiliana, que terminó por no creer más que en ella misma, lo suficiente para potenciar al máximo un físico excepcional hasta culminar su matrimonio con el financiero octogenario Klaus Schieber y traer a este mundo al personaje que encabeza el primer capítulo del presente relato.

Aunque de ese Klaus Schieber, enormemente poderoso gracias a una fortuna, que supera los cinco mil millones de dólares, se habla hasta la saciedad en conciliábulos y tertulias, no estará de más la siguiente reseña sobre una personalidad en la que no ha faltado quien ha visto un trasunto del "heroico emprendedor" John Galt, sosias de Atlas creado en el pasado siglo por la novelista y filósofa "objetivista" Ayn Rand:

> *Si viese usted a Atlas, el gigante que sostiene al mundo sobre sus hombros, si usted viese que él estuviese de pie, con la sangre latiendo en su pecho, con sus rodillas doblándose, con sus brazos temblando, pero todavía intentando mantener al mundo en lo alto con sus últimas fuerzas, y cuanto mayor sea su esfuerzo, mayor es el peso que el mundo carga sobre sus hombros, ¿qué le diría usted que hiciese? Que se rebele.*

David Schieber no se rebeló, pero sí que se empeñó en hacer dinero a costa de lo que fuere y por encima de quien fuere. Al respecto, solía responder a quien manifestaba cualquier humanitario alegato sobre tal o cual malparado cliente, proveedor o asalariado suyo:

> *"¿Me preguntáis qué obligación moral le debo a mis prójimos? Ninguna — excepto la obligación que me debo a mí mismo, a objetos materiales y a toda la existencia: racionalidad. Trato con hombres como mi naturaleza y la de ellos exige: por medio de la razón. Es sólo con su mente con la que puedo tratar, y sólo en mi propio interés, cuando ellos ven que mi interés coincide con el suyo. Cuando no lo ven, no entro en la relación; dejo que los que disienten prosigan su camino y yo no me aparto del mío. Yo gano solamente por medio de la lógica y me rindo solamente a la lógica. No rindo mi razón, ni trato con hombres que rinden la*

suya. Parodiando a un antiguo filósofo español, no me importa reconocer que **yo soy yo y mi dinero.***"*

****

Susanne Dietelle, a la par que superficial devoradora de libros de los más variados contenidos, fue muy bella y de extraordinaria simpatía, armas de mujer que cautivaron al citado multimillonario setentón Klaus Schieber. Fue en junio de 2019, cuando ella, que había dejado la filosofía estructuralista por el periodismo y se ganaba la vida como corresponsal del periódico francés "Le Monde", había pedido al magnate una entrevista para conocer su opinión sobre lo que se llamó entonces la "Gran Recesión", fenómeno que, entre los años 2007 y 2015 y por culpa de una desorbitada especulación financiera en torno a los bienes inmuebles (el "escándalo de las subprimes"), puso en jaque a toda la economía mundial con la consecuente caída de multitud de empresas, forzados rescates bancarios y desmedido incremento del desempleo junto con la serie de calamidades anejas, avatares que, de rebote, facilitaron el colosal incremento de algunas grandes fortunas entre otras la del entrevistado, que se prestó a responder a cualquier pregunta sin reserva alguna, aunque sí que pidió de entrada:

- Le ruego, señorita, que, más que como magnate inmensamente rico, me trate como experto y práctico economista, aunque solamente sea porque creo dominar el misterioso y decisivo juego de los grandes números.

- De acuerdo, señor Schieber.

- Siempre pido a las mujeres bonitas que no se fijen demasiado en mi edad. Llámame Klaus, por favor: Me repele el tratamiento y más si se tiene en cuenta que Schieber, mi apellido, es sinónimo de traficante, cosa que yo no soy.

- ¿En realidad, quién es usted?

- Un buen contable, que es lo que, empecé siendo en la tienda de alimentación de un tío mío, superviviente del campo de exterminio de Auschwitz, hace la friolera de sesenta años

- No puede ser que empezara usted a trabajar a los seis años, dijo ella forzando la picardía con una sonrisa, que le puso a él un tanto nervioso.

- Chiquilla, acabo de cumplir ochenta. Por cierto ¿cómo te llaman tus jóvenes amigos, si es que puedes verme como otro más?

- Me llaman Suzette, nombre que, según mi abuela, suena a perita en dulce. Era ella la que, ahora, se había puesto un tanto nerviosa como pudo apreciarse al bajar la vista a su grabadora. Si le parece bien, empiezo a grabar.

- Totalmente de acuerdo, pero hagámoslo tras un sorbo de borgoña. Ambos levantaron la copa en gesto de cercana empatía, lo que a ella le dio pie para preguntar de sopetón.

- ¿Por qué sigue obsesionado en ganar y ganar dinero cuando ya es inmensamente rico, mucho más de lo que se necesita para vivir a tope más de mil años?

- Sencillamente, porque el dinero es poder y, cuanto más dinero tenga, más poder puedo alcanzar. También es verdad que me gustaría que fueran muchos los que tuvieran tanto dinero como yo para organizar una singular partida de póker con la cual desbancar a todos los demás en pura muestra de saber y poder.

- ¿Se cree usted lo suficiente listo y fuerte para lograrlo?

- Listo y conocedor de la cuestión, claro que sí. Fuerte no tanto; debo reconocer que necesitaría el apoyo de alguien en perfecta sintonía con mi persona y especiales proyectos. Lo dijo mirándola a ella, que desvió la mirada y preguntó como siguiendo un guión previamente establecido.

- ¿Qué tiene usted de especial para subir más alto cuando otros tantos gigantes financieros se han visto por los suelos tras el mismísimo Lehman Brothers declarado oficialmente en bancarrota el 15 de septiembre de 2007?

- De padres judíos que perecieron bajo la tiranía de Hitler, he vivido muchos años bajo el régimen comunista, me he curtido en el odio hacia los unos y los otros sufriendo lo indecible hasta descubrir el camino para ser lo que quiero ser ya con la certeza de que, para hacer dinero, no hay actitud mejor que aprovecharse de las flaquezas de los que mueven las grandes fortunas.

La entrevista propiamente dicha, con las preguntas y respuestas habituales en tales casos, se prolongó durante no menos de una hora hasta que el magnate dijo "ya sabes lo suficiente de mí", la periodista apagó la grabadora e hizo además de dar por terminado el encuentro.

- No te vayas aun; a estas horas de la tarde y, como contra partida de todo lo que me has sonsacado, bien me puedes permitir invitarte a cenar sin mayor deseo de que seas tú la que me hables de lo que eres, has hecho y piensas hacer.

****

Suzette, es decir, la filósofa y periodista Susanne Dietelle, aprovechó la ciega admiración de Klaus Schieber por su físico para, en estudiados momentos y entre bocado y bocado, sorbo y sorbo aliñados con mirada y mirada, explayarse sobre el contenido de la tesis que le había valido el título de doctora en metafísica experimental por la Universidad de Liubliana.

Explicó la joven doctora sin cátedra con veinticinco años recién cumplidos, periodista ocasional por necesidad cómo, desde la perspectiva materialista de los tiempos que corren, daba por hecho la muerte de Dios para ligar al alemán Nietzsche con el argelino francés Derrida y Kierkegaard, filósofo danés pretendidamente cristiano, según ella, sin saber por qué cuando el propio Nietzsche daba cumplida noticia de la muerte de Dios.

Ante la bobalicona mirada y cerrados oídos de su interlocutor, a base de citas y citas, palabras y más palabras, Emiliana deducía que, de la anunciada y próxima a demostrar muerte de Dios, surgía el compromiso de buscar el amor y la tranquilidad de la conciencia para perderse en el trascendental mundo de lo imposible y, por propia iniciativa o con ayuda de enjundiosos postulados copiados simultáneamente a los verdaderos filósofos de nuestro tiempo, elaborar los fundamentos de una moral post-metafísica, a la que bien se la podría calificar de super ética en cuanto habrá logrado la virtualidad de anular la oposición entre saber y creer, conocimiento y fe, racionalidad e irracionalidad, hasta romper con los corsés de la ética de los amargados y llegar a una identidad absoluta entre el ser y el saber, el vivir y la libertad.

- Totalmente convencido, sabia doctora, dijo él sin haber tomado en consideración una sola palabra. Cuenta con todo lo que yo pueda aportar para ilustrar a toda la humanidad con tan extraordinarias teorías.

A la zorresca sonrisa del magnate octogenario, aunque cuidadoso de no aparentarlo, siguió una doble, cómplice y sonora carcajada como preludio de una larga noche, que ella logró convertir en necesidad sentimental de él. Hubo mutua complacencia sin que, para ello, representara dificultad alguna la escandalosa diferencia de edad. No tardaron en formalizar una unión más aparente que íntima, pero con sobradas razones para una boda de amplio eco social y el subsiguiente nacimiento de Saúl Schieber, al que, sin duda, llegaremos a ver como personaje verdaderamente importante de nuestra reciente historia.

****

- Quiero que, desde que aprenda a andar, sentenció el super millonario Klaus Schieber, nuestro hijo nade en la abundancia y cuente con los más acreditados educadores del mundo sin importarme que mezclen verdades y mentiras en la seguridad de que, andando el tiempo, ello le ayudará a reflexionar y tomar partido sobre lo que tú misma y yo le presentaremos como útil para ser lo que quiera ser. Todo nuestro dinero de ahora y los miles de millones que me propongo amasar en los años que me queden de vida, estarán a su disposición para que nadie le pueda hacer sombra.

- Basta con que realice la mitad de los sueños de su padre, corroboró ella con estudiado mimo y absoluta indiferencia sentimental.

****

Huérfano de padre a los cinco años, al cumplir los quince, dejado en plena libertad por su madre, Saul Schieber fijó su residencia en una de las muchas propiedades heredadas: lo que había sido recibió la Abadía de san Pantaleón, consistente en no menos de 100 hectáreas de terreno en torno a lo que fue monasterio benedictino, previamente convertido en mansión señorial con su capilla convertida en salón de fastos y reuniones, los amplios jardines enriquecidos con exóticas plantas y todas las imaginables comodidades para las cincuenta personas que, entre educadores, paniaguados amigos, criados y guardias de seguridad, compondrían una pequeña corte del adolescente que, con una gracieta que todos se creyeron obligados a reír, gritó:

- Haré que todo el mundo olvide lo que ha sido todo esto: Será **Forgotten Abbey**, es decir, la Olvidada Abadía y yo seré su primer abad, es decir el **First Abbot of the Forgotten Abbey.**

****

La remozada antigua Abadía de San Pantaleón, renombrada **Forgotten Abbey** por la imbécil gracieta de un niño rico , era un soberbio edificio rectangular de doble planta con un patio interior en cuyo centro se elevaba un centenario ciprés con cerca de treinta metros de altura y sin la más leve sinuosidad en su natural e impecable esbeltez.

Es de señalar que eran cipreses todos los árboles a la vista, tanto los que bordeaban el camino hasta la puerta principal como los que se agrupaban en bosquecillos como si formaran pequeñas comunidades de monjes en oración.

- ¿Por qué todos esos árboles iguales y tiesos? ¿A quién se le pudo ocurrir cosa tan rara en la abadía y alrededores?, preguntó Saúl a Publio Calattrota, su preceptor.

- Según la historia, fueron los romanos los que, al observar la vertical e inamovible rectitud de los cipreses, les llamaron árboles de la vida e hicieron de ellos otras tantas invitaciones a mirar piadosamente hacia lo alto: era como elevar a los dioses una continua oración desde la propia naturaleza. Desde esa perspectiva y ya en plan cristiano, el célebre Orígenes, teólogo cristiano del siglo segundo de nuestra era, apuntó que el ciprés es un símbolo de las virtudes cristianas con un grato olor, en el que estamos invitados a percibir el olor de la santidad. Por demás, hay constancia histórica de que la vista de estos árboles infundía a los peregrinos y otros viajeros la esperanza de encontrar en su proximidad una amable acogida para pasar la noche y continuar su camino; tanto fue así que no faltan viejas crónicas en las que se lee que, para señalar la disposición de alojamiento en posadas y casas de campo aisladas, se eligió un símbolo inequívoco, visible desde muy lejos para los viajeros: el esbelto ciprés, árbol de hoja permanentemente verde.

- Si no creo en Dios ni en eso que usted dice, ¿qué debo hacer con mis cipreses?

- Mantenerlos tal cual como símbolos de fortaleza y generosidad.

- No quiero ser generoso y, para mantenerme fuerte contra los que me atacan o proyectan atacarme, ya tendré a todos lo que me apoyen. No, señor, no me gustan los cipreses.

****

Unos cinco años más tarde de que se erigiese en *abad de su pagana abadía*, Saul Schieber hubo de volar hasta Dubrovnik para asistir a la incineración de su madre, fallecida en un trágico accidente al chocar su avión con un dron de inspección rural.

Haciendo ver que estaba muy afectado por la desaparición de una madre, que nunca ejerció de verdadera madre, el joven super millonario delegó la gestión de todos sus negocios en Pierre Trapiel, el hombre de confianza de siempre, con la única condición de, sin pedir explicación alguna, facilitarle cualquier suma que le pidiere por muy cuantiosa que ella fuere y sin necesidad de aportar la correspondiente justificación: allá él y los abogados para encontrar la adecuada cobertura legal.

- Pondré lo mejor de mí para que nunca te vuelvas atrás en esa ciega confianza tuya. No haré más preguntas que ésta que me reconcome: ¿Porqué, al menos, no haces lo de tu madre, que firmaba y firmaba, pero antes, aunque solo fuera para tranquilizar mi conciencia, me dejaba explicar lo que yo creía que debía explicar?

- De ella aprendí que, en cuestión de negocios, lo que verdaderamente cuenta es delegar plenamente en el que te está haciendo rico. Por demás, ella adoraba al dinero como al gran señor del mundo; yo lo veo como un sucio esclavo del que, si puedo, debo hacer lo que me venga en gana empezando por comprar voluntades como la tuya. Por cierto, ponte el sueldo que te venga bien.

- No más de lo que merezco, justo lo necesario para no desacreditarte ni para desequilibrar las cuentas, siempre teniendo en cuenta que el dinero es poder, adujo Pierre Trapiel con sonrisa simiesca.

- Siempre que no seas su esclavo.

- Es peor esclavizarse a personas o cosas que te puedan empobrecer.

- Cuando uno es tan inmensamente rico, como el Viejo y tú me habéis hecho, tú mismo me has enseñado que, si tal cantidad se va por acá, el doble o triple puede venir por allá.

- No haré más preguntas, señor presidente.

- Pues, sin preguntarme, yo te diré lo primero que quiero hacer.

- Ya sé, comprarte la mujer más bonita del lugar.

- Veo, viejo sátiro, que sigues viendo en mí algo de mi madre. Las mujeres están para alegrarte gratuitamente la vida, si ellas quieren. Yo nunca me uniré a una mujer que no me adore como yo mismo me adoro. Lo que quiero hacer es convertir Pagana Abadía en un centro de expansión contra la vulgaridad de tiempos atrás.

- ¿Puedo preguntar que entiendes por vulgaridad?

- Creer y vivir como viven y creen los que, en todo, se ven iguales a los otros y, por lo mismo, dejan de creer en sí mismos para, ni siquiera, intentar hacer lo que quieren y pueden hacer. Quiero que Pagana Abadía, por el contrario, sea el punto de atracción y de referencia de cuantos, porque quieren y pueden, no aceptan otro dios que su propia voluntad: algo así como, en la Edad Media, el fraile renegado Rabelais pintó para Theleme, el peculiar centro de recogimiento para Gargantúa y sus fieles.

- No tengo ni idea de todo eso.

- No me extraña; para ti solo cuentan las cifras y la bolsa, que es lo más prosaico que un tipo como yo se pueda imaginar. Pero yo vivo, leo y me fijo en todo lo que me agrada o intuyo puede agradarme. Y como soy tu jefe no vas a tener más remedio que escuchar lo que voy a leerte de mi traducción y anotaciones sobre cómo se vivía en aquella abadía del bueno de Gargantúa. Han cambiado los tiempos y ce por be no será lo mismo en **Pagana Abadía**; pero ya trataré yo de que se parezcan lo más que se pueda.

El súper sabio financiero Pierre Trapiel, consejero delegado y factótum en todas las empresas del joven súper millonario Saul Schieber, se sirvió una copa, la saboreó como si fuera la cosa más importante que tuviera que hacer y se retrepó en su sillón haciendo ver que escucharía lo que tuviera que escuchar por simple acatamiento profesional, pero sin tratar de digerir parrafadas como las siguientes:

"Las vidas de aquellos revolucionarios monjes iban pasando no en leyes, estatutos, o reglas, sino de acuerdo con su propio libre albedrío y placer. Ellos se levantaban de sus camas cuando juzgaban conveniente; ellos en efecto comían, bebían, trabajaban, dormían, cuando lo desearan y estuviesen dispuestos a ello. Nadie les despertaba, ninguno se ofrecía a limitarlos en su comida, bebida, ni en ninguna otra cosa; pues así lo había establecido Gargantúa. En todo su dominio y estrictas formas de su orden había tan solo una cláusula a ser observada: haz tu voluntad... / Para romper esas cadenas de servidumbre que tan tiránicamente les esclavizaban; pues le es cercano a la naturaleza del hombre el anhelar cosas prohibidas y el desear lo que le es negado... / Para cada persona, estos incluyen el derecho a: vivir bajo su propia ley, vivir del modo que sea su voluntad, trabajar, jugar y descansar como sea la voluntad de cada quien, morir cuándo y cómo sea su voluntad; comer y beber lo que sea su voluntad; vivir donde sea su voluntad; moverse por el mundo según su voluntad; pensar, decir, escribir, pintar, moldear, construir y vestir según su voluntad; amar cuándo, dónde y con quien sea según su voluntad; y huir de todos aquellos que anularían esos derechos..."

"Habían sido admitidos en razón de proclamas del siguiente estilo: Entrad cuando queráis, sed siempre bien venidos, seréis bien recibidos los nobles caballeros honrados y gentiles, gallardos, bien nacidos, por la piedra traídos, ni aviesos ni groseros; llegad, que son sinceros mis corteses cumplidos. Viviréis reunidos con hombres placenteros, alegres, no dormidos, y ya desde este día gozaréis para

siempre su grata compañía. Compañeros gentiles, alegres y sutiles, ¡Sociedad! ¡Hermandad! A eso ellos son hostiles compañeros gentiles.../Entrad cuando queráis, damas encopetadas, entrad, y, confiadas, venidnos a ayudar; flores de la belleza, mejillas encaradas, gargantas torneadas, manos de acariciar; venid y laborar, que son todas honradas las ideas guardadas por mis puertas blindadas, con oro chapeadas, con oro que un señor dio para dotar esta morada del honor. El oro y el honor de aquí son esplendor, respetad, venerad al noble donador del oro y del honor.»

"Como en los conventos de mujeres no entran hombres más que engañosa y clandestinamente, se decretó que allí no habría mujeres en el caso de que no hubiera hombres, ni hombres si no había mujeres. Puesto que tantos unas como otros, una vez profesos después del año del noviciado, estaban forzados y compelidos a permanecer allí toda su vida, se dispuso que entraran y salieran libremente cuando les pareciera oportuno. Como ordinariamente hacen tres votos, de obediencia, pobreza y castidad, se acordó que allí pudieran casarse honorablemente, que todos y cada uno pudieran ser ricos y viviesen en completa libertad.../ Se levantaban de la cama cuando buenamente les parecía; bebían, comían, trabajaban, dormían cuando les venía en gana; nada les desvelaba y nadie les obligaba a comer, beber ni hacer cosa alguna; de esta manera lo había dispuesto Gargantúa. En su regla no había más que esta cláusula: «Haz lo que quieras».

- Algo así es lo que yo quiero hacer en los tiempos en que todo se puede conseguir con dinero y total ausencia de compromiso con lo que los cristianos llaman prójimo. Es lo que dijo Saul Schieber a guisa de conclusión de su larga parrafada.

- Hacer lo que te venga en gana, respondió su consejero delegado, no está de más cuando has hecho lo que debías. Sí que te digo que no me gustaría el que me ordenaras formar parte de esa Comunidad de parásitos, dirigida por uno que tendrá que hacer lo que los otros no hacen: tú mismo, presidente.

- Ni por el forro pensaba incluir a un tipo como tú con un cerebro lleno de cifras y vacío de ideales. A mis veintipocos años sueño con cambiar el mundo mientras que tú no dejes de facilitarme todo el dinero que te pida y tú sabrás muy bien justificar para que, ni por lo más remoto, tropiece con la mínima dificultad.

- Así se hará, Gran Jefe.

****

A poco más de tres meses, el proyecto de **Comunidad Forgotten Abbey** pareció empezar a ser realidad con los diez primeros inscritos: cuatro hombres y seis mujeres, todos ellos ricos y ociosos herederos que, por afán de aventura, habían respondido al siguiente mensaje difundido hacia todo el mundo por las redes sociales:

> *"Si, teniendo mucho dinero, quieres vivir algo que nunca has vivido, trata de unirte a gentes como tú. Nuestra Comunidad está abierta a los afortunados hombres y mujeres que, disponiendo de, al menos, diez millones de dólares, toman a su libertad como un exclusivo valor".*

El primer inscrito procedía de Australia: dijo llamarse Iram Nosam, presumía de andrógino y era hijo del cantante más admirado por las entradas en años y, también, por los jóvenes de confusa condición sexual. Vino a continuación, una musulmana que se hacía llamar Adira, estaba en la flor de la edad y decía haber abandonado el muy nutrido harén de un jeque, luego de poner a buen recaudo las cuantiosas dádivas recibidas como favorita. Siguió Edelmiro Cienfuegos, hispano americano que ocultaba su nacionalidad y nombre de pila por temor a las represaliadas debidas a un fallido golpe de Estado. Tras este último, se inscribieron Juana y Olga, dos gemelas españolas de espléndida figura y poco más de dieciocho años; decían contar con un capital superior a los veinte millones de euros y que estaban interesadas por ver el mejor uso que podía hacerse de ellos en absoluta libertad. Las otras tres mujeres, de veinte, veintidós y treinta años, respondían a los nombres de Alizee, Babette y Céline, francesas las tres, decían conocer todos los entresijos del lujo y buen vivir con sus adecuadas dosis de liberalidad sentimental y sexual; respondían a la invitación porque buscaban el más allá de todo lo por ellas experimentado.

Renglón aparte se merece la referencia a William y Jackson Clarke, padre e hijo, con cincuenta y veintisiete años respectivamente. Decían querer vivir lo que nunca habían vivido, al no disponer de una inmensa fortuna, ahora bajo su libre disposición, pero antes bajo el férreo control de su titular, Eddie Clarke, la madre, recientemente fallecida a causa de un maligno cáncer de páncreas. William, el padre, no lo decía abiertamente, pero sugería haber vendido el alma al diablo con la contrapartida que cabía esperar y no sin haber logrado la adhesión de un hijo, que decía tener extraordinaria facilidad de comunicación con las fuerzas ocultas.

- Para contar con el favor de Satanás hay que creer en él, fue un comentario de Saúl Schieber, al que replicó William Clarke.

- Estás obligado a creer en él cuando cuentas con la evidencia de sus favores.

- Para los que no creemos en Dios, carece de sentido creer en su sombra, dijo Saúl Schieber.

- Satanás es bastante más que la sombra de Dios, respondió William Clarke con un extraño guiño. Es el *Príncipe de este Mundo*.

✳✳✳✳

El primer acto oficial de la **Forgotten Abbey** tuvo lugar el 24 de diciembre de 2043. Se trataba de la elección del abad que, como era de esperar, recayó en Saúl Schieber, de cuyo discurso de agradecimiento, cabe destacar las siguientes palabras.

- Confieso que no esperaba otra cosa de todos vosotros. Nadie como yo sabe lo que, con dinero y libertad, se puede conseguir en un mundo que no acaba de comprender el valor de la absoluta individualidad. Vivo para mí y nada más que para mí sin que ello represente la mínima dificultad para que todos vosotros hagáis vuestra sacrosanta voluntad sin mayor traba que ésta que pongo como precio a mi hospitalidad: a nadie de los aquí presentes quitará el sueño cualquier desgracia que acontezca fuera de los límites de nuestra Moderna Abadía. Ello quiere decir que será motivo de reprobación de todos nosotros la mujer u hombre que ame más que a sí mismo a cualquier persona ajena a esta Comunidad. No puede ser de otra forma si queremos vivir sin freno para el pleno gozar de todo lo que nos deparen nuestros instintos, los caudales de que disponemos y los años que nos quedan por delante, todo ello guiado por una imaginación aún más calenturienta que la mía. ¿Qué cual es esa imaginación? La del hermano William Clarke, al que cedo la palabra.

- Más que imaginación, dijo el aludido, es fe lo que tengo. Fe inquebrantable en el Príncipe de este Mundo, para el cual todo amor que no se centre en uno mismo es la más estúpida de las escapadas vitales. Es una fe que, con toda seguridad, compartís todos vosotros queráis reconocerlo o no. ¿La prueba? No solamente consideráis vuestro el dinero heredado o robado sino el del resto de toda la humanidad: ésa es la razón del individualismo capitalista, que a todos nosotros nos hace superiores a los que tienen que trabajar de sol a sol para sobrevivir. Supongo que, al igual que para mí, para todos vosotros, mujeres y hombres del mundo y para el mundo, es el egoísmo racional el principal de los valores y con él, un medio de acercamiento al Príncipe de este Mundo, el mismo que, a mi juicio, mejor nos ilustra sobre las consignas a seguir: 1. «La Naturaleza, para ser dominada, ha de ser obedecida. 2. «No dejes para después lo que puedas disfrutar ahora». 3. «El ser humano es su propio dios y un fin en sí mismo». 4. «Dadme la libertad o dadme la muerte». Desde esa perspectiva, se me ocurre proponeros el siguiente decálogo:

1. Abandonaos al placer, en lugar de la abstinencia.

2. Aferraos a la existencia vital, en lugar de la ilusión espiritual.

3. Lo que, de verdad, queréis que sea es la pura verdad; no los miedosos e hipócritas auto engaños como eco de lo que te dicen los más consumados hipócritas.

4. El egoismo significa la bienaventuranza para los que ignoran a todos los demás.

5. Que el ansia de venganza sustituya a lo de poner la otra mejilla. Mata si crees que el matar es lo que te apetece hacer..

6. La responsabilidad se alimentarás siempre de tu propia conveniencia no de los sermones de tantos vampiros de tus naturales deseos.

7. Eres un animal con un toque racional, lo que te hace capaz de ordenar tu vida para que, siempre que puedas, llegues a verte por encima del resto de los animales, incluidos los que gocen de ese toque racional.

8. Con el Príncipe de este Mundo déjate arrastrar por todos los llamados pecados si ves que te proporcionan una gratificación física, mental y emotiva.

9. Procura que tu vida sea diametralmente opuesta a todo el que ama al prójimo como así mismo.

10. Vive orgullosa y soberbiamente sin otro juez ni dios que tú mismo.

-   Si creéis es posible vivir así, otorguemos al hermano William el cargo de consumado ideólogo de los nuevos tiempos y, desde esa fe, proclamad conmigo: ¡Bendita sea la comunidad atea de la **Forgotten Abbey**!

Todos corearon la proclama con la que Saúl Schieber cerró aquel acto inaugural.

****

Al cabo de medio año, una orden judicial dio por finalizada la "vida comunitaria" de la llamada **Forgotten Abbey**: Fue el propio Saúl Schieber quien se vio obligado a notificar a la policía la extraña muerte del "ideólogo" William Clarke, encontrado cadáver en su cama por una de las mujeres de la limpieza. Fue Jackson Clarke, hijo del fallecido, quien justificó su crimen de la siguiente manera:

- Me resultaban insoportables su orgullo y sus continuas muestras de odiosa indiferencia hacia mí. Maté a mi padre en cumplimiento de su propio quinto Mandamiento al comprobar que me odiaba desde que nací.

Por unanimidad, "hermanas" y "hermanos" dieron por disuelta la Comunidad de la **Forgotten Abbey** en un agitado encuentro que, salpicado de mutuos reproches y pedantescos monólogos, sirvió para constatar que todos seguían siendo los mismos, pero con una más acusada sensación de que les esperaba el infierno de un largo y pesado aburrimiento.

- Aparte del recuerdo de nuestro pobre ideólogo asesinado ¿qué nos queda de lo que nos prometíamos apasionante e individualizada convivencia? – Fue Iram Nosam, él australiano que presumía de andrógino, quien planteó la cuestión.

- Nos queda la sensación de que el Príncipe de este Mundo manda menos de lo que parece; puede que celebremos nuestra próxima reunión en el Infierno. Como intentando hacer un chiste, lo dijo la musulmana que se hacía llamar Adira.

Salvo el anfitrión, que no vivía para el dinero y sí el dinero para él, nadie rió lo que parecía un forzado chiste que llegó a producir amagos de escalofrío en alguno de ellos. Varios segundos de silencio hasta que el anfitrión, es decir, Saul Schieber, se creyó obligado a hablar.

- Nos reunimos aquí para vernos a nosotros mismos como privilegiados señores de este mundo. Que lo creamos o no depende exclusivamente de cada uno de nosotros. Pero yo sí que os aseguro que sigo empeñado en sentirme libre en todo y sobre todos. Por cierto, que pienso que lo mejor que podemos hacer para no olvidar todo lo que representa la Pagana Abadía es incendiarla luego de talar el gran ciprés y todos esos sus hermanos menores, que parecen reírse de nosotros con su perpetuo señalar al cielo.

Para incomprensible sorpresa de cuantos hubieron de hacer frente a los estertores del pavoroso incendio y la retirada de la multitud de cipreses talados, eso fue lo que, a base de sierras mecánicas, gasolina y dinamita, hicieron los integrantes de la Pagana Abadía no sin antes tener bien urdida una estratégica retirada a base de mucho dinero y los sobornos a los que hubo lugar.

- Nada ha ido mal a la vista del resultado, dijo Saúl Schieber a guisa de colofón y cuenta nueva.

Diríase que se sentía orgulloso y muy satisfecho de la experiencia, máxime cuando de ella se derivó una estrecha relación con la musulmana Adira, hermosa, decidida y ambiciosa mujer que le susurró al oído:

- Yo sí que sé lo que se puede hacer con todo tu dinero por delante. No perdamos más el tiempo y tratemos de llegar todo lo lejos que quieras llegar, aunque solamente sea terminar con todos los **cipreses del Mundo**.

Capítulo 2º

JUAN DIAZ IBERO ANTE EL SER Y
EL PODER SER DE ESPAÑA

Ricardo Ibero González, emigrante hispano cubano, conocido como El Anciano en el círculo español de Münster, tenía especial interés en que sus nietos, nacidos en Alemania, no dejaran de sentirse españoles. En ese empeño, lo había logrado plenamente con Juan Díaz Ibero, el más joven de los seis, que, allá por la tercera década de este siglo, seguía sus charlas sin perderse detalle, sobre todo, cuando hacía referencia a "fundamentales valores perdidos".

Consultando notas y más notas, mirando y remirando pasajes de sus libros, siempre pendiente de que no disminuyera la atención de su oyente al que concedía más pausas de las que éste pedía, el Anciano hablaba y hablaba sobre el papel que

España había desempeñado en la globalización mundial desde la inicial forja de una Europa, hoy tan escasa de fe en la persistencia de sus ancestrales raíces, hasta un cierto acomodamiento al apático relativismo en el que transcurre la vida de miles de millones de personas.

En este capítulo, el editor te ofrece parte de lo substancial de aquellas largas divagaciones del Anciano con su nieto Juan Díaz Ibero.

****

Entonces, ocho siglos atrás, Europa gustaba ser identificada como una compacta Cristiandad o Comunidad Cristiana en la que las gentes, en apariencia al menos, procuraban vivir y morir en paz y gracia de Dios, Principio y Fin de todas las cosas según las cinco pruebas que Santo Tomás de Aquino había presentado a los más doctos de aquel tiempo y que la gente de lo común no necesitaba tener en cuenta para no dudar de lo aprendido en sus propios hogares, máxime cuando, por su fe, contaban con la cercanía de Cristo Jesús, que todo lo hizo bien y mostró ser Hijo de Dios, Dios verdadero del Dios Verdadero.

A efectos de nuestra propia reflexión, resultará oportuno el recordatorio de las citadas cinco pruebas presentadas por Santo Tomás y no desacreditadas por la discusión académica de no menos de tres siglos:

**La Primera y más evidente Prueba de la existencia de Dios es la que se deduce del movimiento (nada se mueve sin un primer Motor).

**La Segunda Prueba se deduce de la Causa eficiente (no existe fenómeno sin causa que lo produzca).

**La Tercera Prueba nos ilustra de lo posible y de lo necesario (Dios es "Causa necesaria" de todo lo posible);

**La Cuarta Prueba está tomada de los grados, que se notan en los seres (la bondad y perfección que, en distintos grados, se aprecian en los seres particulares proceden del Ser Eterno, absolutamente Bueno y Perfecto).

**La Quinta Prueba se refiere al gobierno del mundo por parte de las personas sobre los brutos: "Los seres desprovistos de conocimiento, dice, no tienden a un fin sino en tanto que son dirigidos por un ser inteligente, que lo conoce; como la flecha es dirigida por el arquero. Luego hay un ser inteligente, que conduce todas las cosas naturales a su fin; y este ser es al que llamamos Dios".

Ese celebérrimo sabio, cual fue Santo Tomás de Aquino, creía y enseñaba que la tendencia más arraigada en la naturaleza humana es el hambre de Dios como camino y norte de la felicidad. Si ya San Agustín había dicho "nos creaste, Señor, para Ti y nuestro corazón está inquieto hasta que no descansa en Ti", Santo Tomás se reafirma en ello puesto que "la última y perfecta beatitud no puede estar sino en la visión de la esencia divina"

Cuando, en torcido uso de la libertad, el ser humano, yo mismo, altero deliberadamente la natural escala de valores y, tomándome a mí mismo como único principio y fin de todos mis pensamientos y acciones, incurro en la desesperanza o visceral decepción… ¿Qué puede hacer Dios, que, al igual que a ti, me ama sin medida, para evitarlo sin dejar de respetar nuestra libertad? Santo Tomás vio la respuesta en San Agustín, que se encontraba en el mismo caso que nosotros, y repite con él:

"Nada fue tan necesario para levantar nuestra esperanza como el demostrar cuanto nos amaba Dios, y ¿qué prueba más manifiesta de esto que el Hijo de Dios se dignó formar consorcio con nuestra naturaleza?" y cita a San León Magno (papa desde 440 a 461) para reafirmar: "La debilidad es asumida por la fuerza, la humildad por la majestad, la mortalidad por la

eternidad, a fin de que, cual co venía a nuestra curación, un solo y mismo mediador entre Dios y los hombres pudiese morir por lo uno y resucitar por lo otro; porque, si no fuera verdadero Dios, no traería el remedio, y si no fuese verdadero hombre, no daría ejemplo". Y, como recordatorio de quien se siente muy cerca de la Verdad, Santo Tomás añade: "Hay otra multitud de utilidades que resultan de esto y que exceden la aprensión del sentido humano".

Es así como, frente a multitud de divagaciones e indemostrados supuestos que pueden aproximarse a tal o cual verdad parcial, Santo Tomás muestra una doctrina de la Totalidad, en la que cabe la necesaria verificación experimental de todas las posibles aportaciones de la Ciencia y también todo lo que a la Humanidad ha aportado la venida, encarnación, vida, muerte y resurrección del Hijo de Dios (Viejo y Nuevo Testamento) con múltiples aleccionadoras vivencias de tanto y tantos santos mártires, eremitas, místicos, doctores y predicadores de la Iglesia Católica.

A la luz de esa fe crecieron y se multiplicaron testimonios de vida y esperanza como el que se refleja en este soneto:

No me mueve, mi Dios, para quererte
El cielo que me tienes prometido
No me mueve el infierno tan temido,
Para dejar por ello de ofenderte.
Tú me mueves, Señor, muéveme el verte.
Clavado en una cruz y encarnecido;
Muéveme ver tu cuerpo tan herido.
Muéveme tus afrentas y tu muerte.
Muéveme al fin tu amor, y en tal manera,
Que, aunque no hubiera cielo, yo te amara.
Que, aunque no hubiera infierno, te temiera.
No me tienes que dar porque te quiera.
Pues, aunque lo que espero no esperará,
Lo mismo que te quiero te quisiera

****

El llamado "Renacimiento Italiano" de los siglos XV y XVI vino acompañado de una progresiva puesta en valor de lo aparente en detrimento de lo real, tal como era percibido por las gentes de buena voluntad que, en los precedentes siglos, veían en el Evangelio una irrenunciable norma de conducta y sabían distinguir lo mundano de lo divino.

Al respecto, recordemos cómo una de las más destacadas "herencias culturales" de ese Renacimiento es El Príncipe de Maquiavelo, manual de la práctica inmoral en el ámbito de la política: coloca al frío y duro interés de estado por encima de cualquier criterio moral o afán altruista por lo que, para caudillos y sátrapas sin escrúpulos, ha significado y significa tanto como el más apreciado aporte doctrinal para la formación y desarrollo de monopolios y reductos de poder sin barreras con la consiguiente justificación de infinitos actos de atropello y acaparamiento como una vía abierta a la formulación de supuestos y gratuitas teorías sin suficiente preocupación por su entronque con la realidad siempre que respondan a los intereses y privilegios de determinado grupo social o al egocentrismo de quien los formula o cultiva.

Al respecto, recordemos cómo una de las más destacadas "herencias culturales" de ese Renacimiento es El Príncipe de Maquiavelo, manual de la práctica inmoral en el ámbito de la política: coloca al frío y duro interés de estado por encima de cualquier criterio moral o afán altruista por lo que, para caudillos y sátrapas sin escrúpulos, ha significado y significa tanto como el más apreciado aporte doctrinal para la formación y desarrollo de monopolios y reductos de poder sin barreras con la consiguiente justificación de infinitos actos de atropello y acaparamiento como una vía abierta a la formulación de supuestos y gratuitas teorías sin suficiente preocupación por su entronque con la realidad siempre que respondan a los intereses y privilegios de determinado grupo social o al egocentrismo de quien los formula o cultiva.

Por supuesto, una cosa es decir todo esto en pleno siglo XXI, y otra muy distinta hacerlo hace 500 años. Es precisamente la relación de Maquiavelo y sus ideas con la civilización cristiana —en cuyo epicentro nació, vivió y murió— la que define y consolida su significado y trascendencia. Alguien ha escrito que Maquiavelo, en cierta manera, es un producto de sus tiempos. El Renacimiento, al fin y al cabo, fue eso, un retorno de una época dorada y admirada, de romanos y griegos, de politeísmo, repúblicas y democracias idealizadas. Admirar y añorar la vida pagana en plena cristiandad era un acto revolucionario, sí, pero a Maquiavelo le tocó la parte más difícil de todas. Grosso modo, los artistas del Renacimiento podían combinar los modelos cristianos y paganos. El establishment, incluso, podía ir adaptándose a esta nueva realidad. Pero no en el caso del florentino. Maquiavelo, ya lo sabemos, lidiaba con el poder mismo. Y ahí, descubrió, no había reconciliación. Eran dos mundos separados y opuestos. Su mérito está en no haber negado —o siquiera relativizado— la inmoralidad de sus planteamientos a ojos cristianos, en tiempos en que el cristianismo lo era todo.

Al hacer saltar por los aires el monismo cristiano que había dominado a Occidente, Maquiavelo abrió una caja de Pandora. El tratamiento que se le ha dado a sus ideas atestigua la incomodidad con la que el mundo y la historia han reaccionado a ello.

Y sin embargo, en esa caja están las claves no solo del mundo moderno sino del planeta que debemos construir. La separación de las cosas del César y las de Dios crea una política basada en valores racionales y el interés público, y no en dogmas derivados de doctrinas de moralidad individual. La complejidad que Maquiavelo nos fuerza a ver nos obliga, a su vez, a reconocer y aceptar la diversidad. Y ambas cosas, racionalidad y complejidad, nos allanan el camino al pragmatismo, la tolerancia y la pluralidad, pilares que sostendrán cualquier solución que asegure nuestra supervivencia en el planeta.

He ahí el secreto de Maquiavelo, quizá el único pensador cuyo legado se vuelve más relevante con el pasar de los siglos. Resulta sobrecogedor pensar que vivió en una época en la que el hombre apenas comenzaba a comprender la complejidad y profundidad de su propio mundo.

Un tanto desviada de esa pauta, aunque no en la justa medida, fue la trayectoria del mundo hispánico en un sugestivo proyecto de acción en común tras al descubrimiento del Continente Americano a finales del siglo XV (1492) y con el inicial protagonismo de Isabel y Fernando, los llamados "Reyes Católicos".

Claro que caben reservas morales para el aparejamiento de dos acciones en sí tan contradictorias como conquistar y evangelizar, en las que consistió ese "sugestivo proyecto de acción en común": conquistar implica avasallar mediante las armas mientras que evangelizar es contagiar espíritu cristiano mediante la práctica y la predicación del Evangelio: paradojas de una época en la que, para tranquilizar conciencias, se seguía apelando al juicio de Dios y en la que, con demasiada frecuencia, los poderosos se afanaban por confundir política y teología. ¿Conclusión? El drama de este mundo sigue su curso y los actores, a quienes corresponden los papeles del momento, habrán de actuar según su saber hacer y su conciencia: construyamos el futuro apoyándonos en el presente, se suele decir no sin perogrullesca razón.

La España de entonces era católica con disciplinada obediencia al Papa, a la sazón un español llamado Rodrigo Borja, personaje no muy ejemplar, el mismo que llegó a ser Papa con el nombre de Alejandro VI y de quien se dice fue un pésimo vicario de Cristo y un sagaz soberano de este mundo.

Mientras que, en el resto de Europa, incluida la cristiana Francia, el Papado sufre las tensiones de los vaivenes políticos y de su propio carácter de centro de poder temporal con la consiguiente pérdida de zonas de influencia, prestigio y autoridad, España, con carácter general, mantiene su respeto y devoción hacia los sucesores de San Pedro sin parar mientes en las ostensibles flaquezas humanas de alguno de ellos. Es como si España siguiera un peculiar camino sin mayor preocupación que la de hacer historia desde su condición de católica, pese a quien pese.

Evangelizar y españolizar simultáneamente: eso fue lo que hicieron los monjes y guerreros españoles que realizaron la hazaña de romper barreras entre pueblos y civilizaciones, aunque, en su inmensa mayoría no respondieran a otras motivaciones que la "sed de aventura", la "pasión por la gloria" o, en un plano mucho menos digno, un incondicionado afán por enriquecerse.

Si largo y penoso es el camino hasta el reconocimiento de los derechos del hermano de otra religión, raza o color, al que se ha sometido por las armas, es forzoso reconocer que, entre tanto atropello e injusticia, muchos de los misioneros que acompañaban a los soldados procuraron ese reconocimiento y, también, la Reina Católica, quien, ya cercana la muerte, expresó su voluntad de evitar toda clase de "agravios" a sus súbditos de Ultramar. Lo expresa así el codicilo que la reina hizo añadir el 23 de noviembre de 1504 al testamento que había firmado en Medina del Campo el 12 de octubre de 1504:

"Por cuanto al tiempo que nos fueron concedidas por la Santa Sede Apostólica las Islas y Tierra Firme del Mar Océano, descubiertas y por descubrir, nuestra principal intención fue al tiempo que lo suplicamos al Papa Alejandro Sexto, de buena memoria, que nos hizo la dicha concesión, de procurar inducir y traer los pueblos de ellas y convertirlos a nuestra santa fe católica, y enviar a las dichas Islas y Tierra Firme, prelados y religiosos y otras personas doctas y temerosas de Dios, para instruir a los vecinos y moradores de ellas en la fe católica, y enseñarlos y

doctrinarlos en las buenas costumbres, y poner en ello la diligencia debida, según más largamente en las letras de la dicha concesión se contiene; por ende suplico al Rey mi señor muy afectuosamente, y encargo y mando a la dicha Princesa mi hija y al dicho Príncipe su marido, que así lo hagan y cumplan y que este sea su principal fin, y en ello pongan mucha diligencia, y no consientan ni den lugar que los Indios vecinos y moradores de las dichas Indias y Tierra Firme, ganadas y por ganar, reciban agravio alguno en sus personas ni bienes, más manden que sean bien y justamente tratados, y si algún agravio han recibido lo remedien y provean por manera que no se exceda en cosa alguna lo que por las letras apostólicas de la dicha concesión nos es infundido y mandado".

Esa cristiana predisposición de la Reina Católica marcó la pauta en alguno de los más aguerridos conquistadores, entre ellos, Hernán Cortés. En carta a "la Reina Doña Juana y al Emperador Carlos V, su hijo" (10 de julio de 519), frente a la tarea que asume y espera, Hernán Cortes manifiesta su principal preocupación:

"Vean vuestras reales majestades si deben evitar tan gran mal y daño (el de las terribles injusticias que observa en el Nuevo Mundo) y si cierto Dios Nuestro Señor será servido si por manos de vuestras reales altezas estas gentes fueran introducidas e instruidas en nuestra muy santa fe católica y conmutada la devoción, fe y esperanza que en estos sus ídolos tienen en la divina potencia de Dios; porque es cierto que, si con tanta fe, fervor y diligencia a Dios sirviesen, ellos harían muchos milagros..."

Fue el de Cortés un estilo de "conquista" muy distinto al de personajes como Drake, Raleigh, Hawkins o Morgan, siempre obsesionados por el botín a cualquier precio. No se descubre ningún secreto si se recuerda cómo fueron los piratas (corsarios, filibusteros, bucaneros...) los que abrieron caminos de expolio y atropello de pueblos enteros a la deshumanizada burguesía de Inglaterra, Holanda o Francia, ya en tiempos en los que la Cristiandad había formalizado una dolorosa desvertebración, tras la rebeldía protagonizada por el alemán Martín Lutero, agustino rebelde contra su propia Orden y, de rebote, contra toda la Comunidad de los cristianos de buena voluntad

Cuando evocamos la imagen de Lutero, nos viene a la mente su probada falta de humildad. Cierto muy cierto es que, en sus tiempos, parte de la alta jerarquía católica compartía no pocas de las debilidades de los señores de este mundo hasta llegar a comportarse como charlatanes de feria: tal fue el caso de León X, uno de los "papas Médicis", el cual, para allegar fondos con los que culminar la Iglesia de San Pedro, no se le ocurrió nada mejor que la "venta de indulgencias". Al tal disparate Lutero, desde un desmedido orgullo, respondió con un más ruidoso y grave disparate: pretender colocarse por encima de la Sede Apostólica, delegación humana de Cristo Jesús, Hijo de Dios, Dios verdadero de Dios verdadero.

El rebelde posicionamiento de Lutero, más político que religioso, coincidió en el tiempo con el nombramiento de Carlos I de España V de Alemania como Sacro Emperador Romano Germánico: un jovencito, Habsburgo, austriaco, que le ha disputado el imperio al propio príncipe Federico de Sajonia, al que muchos consideraban mejor preparado… El mismo que, de inmediato, suscribió las tesis de Lutero, le ofreció su aval y protección a la par que se esforzaba por ampliar el círculo de descontentos contra el nuevo emperador. Carlos era un extranjero, medio español, algo que ya en aquella época estaba mal visto por esos lugares. Lo único que compartían era la religión; así que provocaron una herejía que desembocó en una guerra. "Aquella fue la primera revolución de la historia, y no la estadounidense o la francesa", según opinión de un renombrado historiador de nuestro tiempo.

En la vida de Martín Lutero ¿fue la ambición política el principal motor de su acción con los apuntes de reforma religiosa como simple caldo de cultivo? Él mismo parece darnos la respuesta con las siguientes palabras:

'Yo he nacido para pelear con facciosos y demonios y para estar siempre en campaña; por eso mis libros son tempestuosos y batalladores. Mi destino es descuajar troncos y cepas, cortar setos y espinos, rellenar ciénagas; soy el rudo taladro que abre caminos en el bosque".

Lo que resultó de aquella obsesiva batalla contra "facciosos y demonios" fue una oportunista politización de la Teología: De lo mucho que escribió, más político que religioso, destacaron "A la nobleza cristiana de la nación alemana acerca del mejoramiento del estado cristiano", "La cautividad babilónica de la Iglesia" y "La Libertad Cristiana" (Von der Freyheith eines Christenmenschen), libros con los que, ya desde 1520, logró la vitola de reformador de la vida religiosa ordinaria de los príncipes, burgueses, clérigos y "ciudadanos de lo común", que eran in vitados a creer sin que su fe hubiera de traducirse en obras de bien, tal como, por otro lado, recomendaba la Doctrina Católica.

Para el Emperador Sacro Romano Germánico y, también, "Católico Rey de España", estaba muy claro lo de que el Sumo Pontífice, a pesar de sus debilidades, era el legítimo heredero del Apóstol Pedro, piedra angular de la Iglesia, y, como tal, en él estaba depositada la responsabilidad de resolver cualquier controversia sobre cuestiones de fe. Así había sido a lo largo de la Historia y así debía continuar siendo por mucha verdad que hubiere en las acusaciones de los que, posiblemente, resaltaban la paja en el ojo ajeno para no ver ni dejar que se viera la viga en el propio. Bien hubiera querido Carlos V que el fraile rebelde hubiera hecho positivo eco de la bula Exsurge Domine (junio de 1520) con la que el Papa, so pena de excomunión, invitaba a su "amadísimo hijo" a entrar en razón. No fue así y, durante muchos años, no hubo paz entre los que se llamaban cristianos.

A varios siglos de su paso por la Historia, bien podemos ver en Lutero un extraordinario protagonismo en los acontecimientos políticos de su época: una extraordinariamente sangrienta revolución cuya principal consecuencia fue el reforzamiento de la secular pretensión de poner al poder religioso bajo la directa dependencia del poder político con el avieso resultado bien plasmado en la fórmula "cuius regio eius religio" (Dieta de Spira, 1526) por la que tal o cual príncipe podía dictar la adscripción religiosa de todos sus súbditos hasta tanto no se pronunciase un Concilio General sobre las verdades esenciales de la Doctrina Cristiana. Vino el Concilio, recordémoslo, y aquella situación hasta el día de hoy aparece como irreversible.

Pero, por aquellos años, en los que la "Nación Alemana" era un conglomerado de principados laicos y religiosos con desiguales atribuciones de poder y autonomía en difícil armonización según lazos de tradición y vasallaje hacia aquella entidad medieval llamada Sacro Imperio Romano Germánico, el derecho al poder absoluto, según Lutero, iba en directa relación con los medios y las tropas que "Dios le había dado" siempre que apoyase su vida en inconmovible fe en la palabra del Hijo de Dios, del que el propio Lutero se presentaba como inequívoco portavoz. Desde esa perspectiva, la máxima autoridad temporal, representada por el Emperador, cobraba o perdía fuerza "espiritual", no por sus actos más o menos justos y sí en función de su adhesión a la fe que predicaba dicho pretendido portavoz de la palabra divina.

****

A la vista de la obra de Lutero y subsiguientes émulos, bien se puede hablar de un antes, un durante y un después de la Reforma Protestante con el consiguiente surgir de la Contra Reforma Católica, apreciable revitalización de los valores evangélicos según los testimonios apostólicos, los subsiguientes dictados de los Santos Padres de la Iglesia y las conclusiones del Concilio de Trento, mostrando al mundo que, a pesar de tantas y tantas tibiezas, traiciones y apostasías, la Iglesia Católica cuenta con la energía suficiente para mantenerse firme en la defensa de su propia razón de ser.

Sabido es que, en ese siglo XVI y parte del siguiente, la recién unificada España vivió su Siglo de Oro que, si fue el de las grandes figuras políticas y literarias, también abundó en santos, sabios teólogos e infatigables propagandistas de la fe, lo que, por providencial desbordamiento de sus posibilidades y al albur de la proyección hacia las nuevas tierras incorporadas a la Cristiandad, hizo de mucha gente del pueblo un semillero de soldados y misioneros con el consecuente incremento de la devoción religiosa tanto en los que se iban como en los que debían seguir pegados a la tierra sin mejores ni mayores consuelos que la diaria oración y lo de apoyarse mutuamente. Oración católica, por supuesto, gracias a que, en su conjunto, los reinos de España, desde los primeros tiempos de la rebelión luterana, se mantuvieron fieles a la Iglesia de Roma.

Entre las muchas razones por las que buena parte de los españoles de entonces mantuvieron esa fidelidad frente a la acometida protestante iniciada, recuérdese, con el rechazo de Lutero a la funesta bula del mercadeo de indulgencias, está el posicionamiento del clero español con el austero cardenal Jiménez de Cisneros (1436-1517) a la cabeza: se opuso a que en los reinos de España participaran en una campaña tan ajena al verdadero espíritu evangélico y, a pesar de su adhesión a la Santa Sede, manifestó su disgusto por la indulgencia concedida por León X para la construcción de la iglesia de San Pedro".

El posicionamiento de Cisneros resultó tanto más efectivo en cuanto, como Cardenal Primado y Arzobispo de Toledo, había impuesto una profunda reforma en el clero secular, había hecho de las universidad de Alcalá de Henares (por él fundada en 1499) y de Salamanca (fundada en 1255 por bula del papa Alejandro IV bajo el reinado de Alfonso X el Sabio), los principales focos de cultura según los cánones de la Iglesia Católica y, como gobernador de Castilla a la muerte de Fernando el Católico, ostentó el máximo poder político en los años 1516 y 1517, justamente cuando el tráfico de indulgencias desataba la polémica en el ámbito de la Cristiandad.

Fue en ese mismo año de 1517, cinco años antes que la traducción alemana de la Biblia por parte de Lutero (sept. 1522), cuando en la Universidad de Alcalá de Henares se dieron por concluidos los trabajos de redacción y corrección de la magistral Biblia Políglota Complutense, obra iniciada quince años antes por orden del propio Cardenal Cisneros. Al respecto, empeñó su patrimonio en la adquisición de los manuscritos originales de la Biblia en los idiomas hebreo, arameo, griego y latín, reunió un plantel de especialistas en cada idioma poniendo todo su empeño en facilitar a creyentes y no creyentes un mayor y más fidedigno conocimiento de la palabra de Dios.

En esa "Revitalización de la Iglesia Católica", cabe la trayectoria vital de excepcionales personajes españoles en años sucesivos. Entre esos personajes destaca el Fundador de la Compañía de Jesús San Ignacio de Loyola y los místicos Santa Teresa de Jesús y San Juan de la Cruz con una visión de la realidad profundamente cristiana y, como tal, resistente a las críticas de los que se dicen materialistas en cuanto pone de relieve tanto el hecho de que la condición humana es la más noble de la tierra merced a la dimensión espiritual que la ennoblece como la evidencia de que el universo material no ha podido hacerse a sí mismo y, por lo tanto, ha necesitado de un Agente infinitamente superior al propio universo material. San Juan de la Cruz expresaba su afán por percibir la Suprema Realidad de la siguiente manera:

> *Buscando mis amores*
> *iré por esos montes y riberas;*
> *ni cogeré las flores,*
> *ni temeré las fieras,*
> *y pasaré los fuertes y fronteras.*
> *¡O bosques y espesuras*
> *plantadas por la mano del Amado!,*
> *¡o prado de verduras*
> *de flores esmaltado!,*

decid si por vosotros ha pasado.
 Mil gracias derramando
pasó por estos sotos con presura;
y, yéndolos mirando,
con sola su figura
vestidos los dejó de su hermosura.

Teresa de Ávila, por su parte, paso a paso, en sucesivas renuncias a sí misma (subiendo de morada a morada), vivió una extraordinaria experiencia de cercanía con Cristo Jesús tal como nos lo expresa con los siguientes encendidos versos:

"*Hierome con una flecha*
enherbolada de amor,
y mi alma quedó hecha
una con su Criador.
Yo ya no quiero otro amor,
pues a mi Dios me he entregado,
y mi Amado es para mí,
y yo soy para mi Amado".

Como un eco de tales realidades, retazos de mística o de sed de trascendencia que, sin remedio, nos embebe a los seres humanos cuando pensamos en obrar a favor del prójimo por encima de nuestros propios intereses, tiene la figura que de don Quijote nos hizo el inigualable Cervantes: Vemos en él al hidalgo antiburgués que se resiste a consumir horas y horas en una estéril ociosidad y, "fiel cristiano hasta la médula de los huesos", se abre al mundo para deshacer entuertos: más que por la perspectiva de éxito, se deja arrastrar por el servicio que pretende hacer a la Humanidad; sí que visionario, también es generoso, valiente y libre ¿Su lección magistral?: no te pierdas en estériles fantasías, pero atrévete a marcar una meta a tu libertad y avanza hacia ella sin perder el ánimo y sin prostituirte a las mezquindades del odio y de la envidia: Ama y haz lo que quieras.

****

Por demás y como indiscutible patrimonio de la España del Siglo de Oro, ahí tenemos los testimonios de la Escuela de Salamanca como certera y muy realista réplica cristiana al materializado y paganizado "Príncipe", que tan cruda y certeramente retratara Maquiavelo: ese pobre ser con apariencia de poderoso, al que la muerte sorprende con el alma empequeñecida hasta casi el nivel de un simple animal de presa. Atenta a las nuevas realidades sociales recientemente descubiertas en el Nuevo Mundo, dicha Escuela de Salamanca, bajo el liderazgo de Fray Francisco de Vitoria, O.P, aportó lecciones magistrales sobre el "Derecho de Gentes" en postulados del siguiente cariz:

"El derecho de gentes no sólo tiene fuerza por el pacto y convenio de los hombres, sino que tiene por sí mismo fuerza de ley, Y es que el orbe todo, que en cierta manera forma una república, tiene poder de dar leyes justas y a todos convenientes, como son las del derecho de gentes. De donde se desprende que pecan mortalmente los que violan los derechos de gentes, sea de paz, sea tocantes a la guerra. Y en los asuntos graves, como en la inviolabilidad de los legados, ninguna nación puede darse por no obligada por el derecho de gentes, pues éste viene conferido por la autoridad de todo el orbe." "Los indios tienen sus derechos a permanecer en su religión y a que nadie los coaccione físicamente para abrazar una fe distinta".

Bien sabemos que el ser humano se comporta como un animal político (zóon politikon), que pierde su razón de ser cuando se cree con poder para desarrollar su personalidad sin contar con los demás. Desde su nacimiento, está dispuestos a vivir en una sociedad, tanto más perfecta cuanto mejor unos y otros se apliquen a desarrollar en armoniosa convivencia las respectivas dosis de lo que podemos llamar sentido común, uno de cuyos dictados es que se necesita de alguien que oriente y coordine hacia la más conveniente dirección. De ahí nace la necesidad de un poder político, cuya formulación depende de la propia sociedad. Es una doctrina que se expresa en tres postulados fundamentales:

1.- Vivir en sociedad es esencial para el óptimo desarrollo de la vida humana.

2.- La pervivencia de una sociedad requiere la función de organización y mantenimiento.

3.- En la sociedad humana nada se organiza ni se mantiene en ausencia de alguien con poder suficiente para dirigir, eficaz y responsablemente, los procedimientos de organización y mantenimiento: ahí están el origen, la necesidad y la razón del poder político.

Con términos al uso, fray Francisco de Vitoria, en recordatorio de las enseñanzas de Santo Tomás de Aquino, hablaba de las causas "eficiente, material y formal" del poder político. Si de Dios viene la causa eficiente, es de la sociedad humana de la que depende el encauzamiento de lo material y formal:

"Habiendo mostrado que la potestad pública está constituida por derecho natural, y teniendo el derecho natural a Dios por autor, es manifiesto que el poder público viene de Dios y que no está contenido en ninguna condición humana ni en algún derecho positivo»

Vemos que, de inequívoca forma, dicha Escuela de Salamanca rompió con el prejuicio medieval de que un rey, por el hecho de ser rey, no ha de rendir cuentas más que a Dios o, en cuestiones de religión, al Papa como representante de Dios en la tierra, esto último con no pocas discrepancias por parte de algún rey o emperador que, por "razones de sangre" o por haber sido solemnemente consagrado se comportaba como revestido de poder divino: si bien el cuerpo social necesita de una cabeza, ésta ha de ejercer como tal bajo el imperativo del bien común; por lo tanto, es el bien común de tal o cual sociedad la que justifica el ejercicio del poder político a la par que requiere generosa e inteligente disposición al titular de ese poder político en cualquiera de los posibles sistemas de Gobierno.

Para fray Francisco de Vitoria, al igual que para Santo Tomás la bondad de un sistema político, va en relación directa con su idoneidad para atender a la justicia, la paz y el bienestar de los ciudadanos y, aunque supone a la monarquía de corte aristotélico-tomista la más pertinente para una tranquilizadora continuidad, apunta como muy conveniente al bien común un sistema mixto en el que el poder del príncipe sea asistido por un consejo de personas distinguidas por su saber hacer, honradez y lealtad y éstos, a su vez, necesitados del favor popular éste necesitado de una continua práctica de una virtud que, si para Aristóteles no pasaba de una equivalencia con la "responsabilidad cívica" (Ética a Nicómaco") para Santo Tomás y fray Francisco de Vitoria es consciencia y preocupación por ajustarse a la voluntad de Dios.

En la misma Escuela de Salamanca dictó sus lecciones Francisco Suárez S.J. (1548-1617), al que el papa Pablo V (1550-1621), coetáneo suyo, calificó "Doctor Eximio" por acertar a poner a la filosofía al servicio de la Teología para luego, sin torpe servilismo a los poderosos, aplicarse al estudio de la Política y formulación del Derecho Natural y Derecho de Gentes en la línea de Francisco de Vitoria pero, si se quiere, con un aire más moderno. Sostenía que la sociedad tiene su origen en la naturaleza humana, de tal manera que las leyes tienen por función perfeccionar la organización de la sociedad sin desviarse de la fidelidad a la propia naturaleza humana, de la que la sociedad es simplemente expresión. Esto supone además que hay un derecho natural, fundamentado en las leyes que rigen la naturaleza (ley natural), que debe ser respetado para no ir en contra de la misma naturaleza.

En 1612 Suárez dio a la luz en diez libros su "Tractatus de legibus ac Deo Legislatore" (Tratado de las leyes procedentes del Dios Legislador), en el que aplica a la Política objetivas y muy modernas reflexiones sobre la Creación, la Providencia y las responsabilidades de los seres humanos en su paso por la Historia para llegar a una serie a proposiciones de las que bien se puede decir que responden a las necesidades actuales cuando se trata de alcanzar mayor armonía entre personas y pueblos:

* *La comunidad humana es soberana para dotarse de la forma de gobierno que considere más oportuna.*

* *La autoridad procede de Dios, pero reside en el pueblo, base jurídica que fundamenta la democracia participativa de los ciudadanos.*

* *Los reyes [los gobernantes] puestos en su cargo por Dios ejercen la autoridad al servicio de su pueblo como servidores suyos (ni si quiera la razón del bienestar del pueblo excusa abusar de la autoridad).*

* *Las relaciones entre los pueblos deben estar basadas en el respeto preferente a la persona. De ahí que cualquier ley que vaya contra la persona atenta contra la propia sociedad (es de los autores católicos que han criticado más abiertamente los abusos que cometieron los españoles en la colonización de América).*

* *Aboga por la creación de un organismo internacional capaz de mantener la paz entre las naciones y sancionar a las culpables de los posibles enfrentamientos entre ellas.*

* *La Iglesia no tiene autoridad efectiva en campo civil; su poder, de origen divino, se circunscribe al terreno espiritual.*

****

Más afanosos por hacer carrera política que por enaltecer las virtudes cristianas, Calvino, Zuinglio y otros "reformadores", a ejemplo de Martín Lutero, apostataron del Catolicismo para, a lo largo del siglo XVI, crear sus respectivas sectas, más o menos coincidentes en la farisaica falacia de que ellos eran los buenos porque los otros, tantos y tantos con probada humildad y constructiva buena voluntad, veían en el sucesor de Pedro, más que un ejemplo a seguir, el garante de la verdad evangélica porque el propio Cristo Jesús así lo había dispuesto con aquello de tú eres Pedro y sobre esta piedra edificaré mi Iglesia.

Más que por lealtad de creyentes por torticeras razones políticas, no faltaron monarcas europeos que hicieron de la Causa de Roma su razón de Estado y se enfrentaron a los nuevos herejes, conocidos en Francia como hugonotes: Tal fue el caso de Catalina de Médicis (1519-1589), cuyo paso por la Historia tuvo mucho que ver con las llamadas guerras europeas de Religión, impropia denominación en cuanto respondía a ramplones intereses terrenales.

Catalina era hija de Lorenzo II de Médicis y fue reina de Francia por su matrimonio con Enrique II, regente a la temprana muerte de su hijo Francisco II y todopoderosa Reina Madre durante el reinado de Carlos IX y Enrique III, es ejemplo del más puro maquiavelismo por consolidar los caprichos y extravagancias de su forma de vivir y de odiar con la hipócrita justificación de servir a la causa católica: amiga del "suave vivir según los sentidos", intrigante y despiadada, resultó ser la promotora principal de implacables luchas fratricidas que ensangrentaron a Francia durante no menos de treinta años y que han pasado a la Historia como Guerras de Religión con episodios como la Noche de San Bartolomé, en que murieron no menos de 20.000 protestantes. Los sangrientos enfrentamientos fratricidas terminaron con el Edicto de Nantes, razón de estado para Enrique IV, que por eso de que el rey de Francia había de ser católico, había adjurado del protestantismo tras la conocida frase "París bien vale una Misa", boutade que pretende colocara a los pies de los caballos la religiosidad de las personas de buena voluntad.

Al hilo de esa política "tan de este mundo", en el mundo de la intelectualidad europea privaron ideólogos al estilo de Rabelais o Montaigne: el primero proponía como ideal de conducta lo contrario de lo que se cultiva en los centros de educación religiosa: amar la belleza que entra por los sentidos en el ansia y cultivo de la riqueza, el lujo, el libre desarrollo de los impulsos... ; el segundo, una especie de escepticismo funcional en que quepa la práctica de dulces devaneos con doctas vírgenes y el respeto a los dictados del usual catolicismo: en ese clima no cabe una reflexión auténticamente comprometida por que... ¿qué sé yo? (¿que sais je? de Montaigne es reconocido como fórmula clásica del teorizante o pensador que duda de todo, incluida la propia existencia.

Es en esa atmósfera de ambigüedades en donde cobra populista relevancia la carrera académica de René Descartes (1.596-1.650), un geómetra con pretensiones de superar a Platón en el terreno de las ideas aunque, para ello, hubiera de servirse más de la fantasía que del humilde razonamiento y, de paso, romper con las prudentes aportaciones de los más acreditados doctores de la Escolástica, incluido el propio Santo Tomás de Aquino.

Descartes quiso hacer ver que no consideraba verdadero más que aquello que la propia razón ideara como tal luego de situarse en la perspectiva de un "humanismo antropocéntrico" aficionado a moldear y paganizar formas de pensar y de vivir muy distintas a las vividas en los primeros siglos de Cristianismo, en las que Cristo Jesús, Hijo de Dios, Dios verdadero de Dios verdadero eran la base y referencia principal. Ello, no obstante, Descartes no dejó de llamarse católico y de afirmar rotundamente que todos estamos obligados a reconocer la existencia de un Ser absolutamente perfecto puesto que en la mente de todos cabe la idea de una perfección sin tacha. Con ello y con la perogrullada de que "pienso luego existo" (cogito ergo sum) ya tendríamos fundamentada una doctrina, el Cartesianismo, que abre el camino hacia el absoluto conocimiento de la Realidad.

Repite el cartesianismo el fenómeno ocurrido cuando la aparición y el desarrollo del Comercio, esta vez en los dominios del pensamiento: si en los albores del comercio medieval, la redescubierta posibilidad del libre desarrollo de las facultades personales abrió nuevos caminos al progreso económico, ahora el pensamiento humano toma vuelo propio y parece poseer la fuerza suficiente para elevar a la razón humana hasta las más altas cimas del conocimiento, lo que, juicio de no pocos cartesianos, la hará digna de general y ciega devoción.

Desde el año 1637, en el que Renato Descartes dio a conocer su "Discurso del Método" hasta el "22 de brumario" (10 de Noviembre) de 1793, en que los corifeos de la Revolución Francesa de 1789-1799 consagraron el Altar Mayor la Catedral-Iglesia de Nôtre Dame a la "Diosa Razón", se vivió en Europa ese peculiar proceso de paganización en el que el Dios de los cristianos es progresivamente sustituido por una abstracta entelequia que, en palmario desafíos al más elemental realismo, se quiere que sea, ni más ni menos que la guía y árbitro del orden universal. Para desvanecer cualquier equívoco respecto a sus pretensiones, los mismos revolucionarios habían hecho colocar un cartel con la inscripción "Temple de la Raison et de la Philosophie" en el frontispicio de la emblemática Iglesia. Podemos decir que es a partir entonces cuando una buena parte de Europa se sumerge de lleno en la atmósfera del "moderno relativismo" con lo que aparenta haber perdido la conciencia de lo que fue y aun podía ser.

Dicen los historiadores que esa especie de borrón y cuenta nueva de la Historia, cual fue esa tan cacareada Revolución Francesa, ha de ser tomada como lógica consecuencia del movimiento cultural de la Ilustración, lógica consecuencia de un cartesianismo venido a menos pero con argumentos suficientes para despertar la afición de multitud de ideólogos, que se presentaban a sí mismos como filósofos ilustrados con capacidad suficiente para inventarse su propia visión de la realidad y presentarla con aires de dogma indiscutible, en la que el Cristianismo no pasaba de fenómeno marginal cuando no como obscuro enemigo del Progreso.

Clara excepción en el mundo del pensamiento de aquellos tiempos representa el benedictino Padre Benito Feijóo (1676-1764), por ejemplo, el cual se abrió a las "luces de la razón" sin dejar de sentirse profundamente católico fiel a su Iglesia y que, como tal, cree en la razón divina de todo cuanto existe para, desde esa fe, aplicarse al estudio de sí mismo y de cuanto le rodea con plena conciencia de las limitaciones de la propia razón para establecer categóricas conclusiones. Es obra suya un "Teatro Crítico Universal" con el que pretende desterrar todas las leyendas, mitos y falsas creencias religiosas que, a lo largo de la historia, han enturbiado el sano y libre razonar de creyentes y no creyentes. Ahí podemos leer: Si miramos sólo a la Europa, funestísimos fueron aquellos tiempos para la Iglesia, cuando Lutero, y otros Heresiarcas, levantando Bandera por el error, substrajeron tantas Provincias de la obediencia debida a la Silla Apostólica. Mas si volvemos los ojos a la América, con gran consuelo observamos que el Evangelio ganaba en aquel hemisferio mucha más tierra que la que perdía en Europa. Así disponía el Cielo que se reparasen con ventajas por una parte las ruinas que se padecían por otra; y más Naciones trabajaban en desmoronar el edificio de la Iglesia, España sola se ocupaba en repararle y engrandecerle. Al paso que en Alemania, Francia, Inglaterra, Polonia, y otros Países se veían discurrir mil infernales furias, poniendo fuego a los Templos y sagradas Imágenes, iban los Españoles erigiendo Templos, levantando Altares, colocando Cruces en el hemisferio contrapuesto; con que ganaba el Cielo más tierra en aquel Continente, que perdía en esto otro.../ La Nación Española ha sido excelente en Autores Ascéticos, que enriquecieron la Iglesia con libros espirituales y de devoción: y se nota, que su lengua tiene una cualidad particular para este género de escritos, porque su gravedad natural da mucho peso a las cosas que se enseñan en ellos.../ Los mismos Franceses admiran y ponderan como cosa altísima y de lo más sublime que hasta ahora se ha escrito en este género, las Obras de Santa Teresa, y del Padre Fr. Luis de Granada, por la divina eficacia que sienten en estos libros, los cuales, traducidos en su propio idioma aun conservan la misma eficacia: luego no es la gravedad de nuestro idioma quien les da el supremo valor que tiene, sino otra cualidad más esencial que va siempre con ellos a cualquier idioma en que los trasladen. Esta excelencia debe ser atribuida no a la lengua, sino al espíritu de los Españoles, el cual, por cierto género de elevación que tiene sobre las cosas sensibles, está más proporcionado para tratar dignamente (asistido de la divina gracia) las soberanas y celestes.

Ciertamente, para muchos europeos (tal vez, la mayoría), el Cristianismo, en lugar de representar lo más substancial de la razón de ser de la propia patria común, cual siguen considerando a Europa, es una simple reminiscencia del pasado. En tales circunstancias, faltan razones para oponerse al resurgir de los viejos paganismos con sus secuelas de perversiones, atropellos, obscuridades, ideologías a cuál más disparatadas y guerras de más en más sangrientas e injustificadas o, en su defecto, la tiranía del Becerro de Oro y el consiguiente abotergador relativismo en el que lo animalesco resulta ser el único antídoto contra el aburrimiento. Tal ocurrió, con las múltiples e innombrables "guerras de religión", el estallido de la Primera Guerra Mundial, el Comunismo, la Guerra Civil Española, el Nazismo, el Fascismo y similares, la Segunda Guerra Mundial con su sobrecogedor final, el largo período de caudillismo con deliberada confusión de los valores patrióticos con los religiosos, la subsiguiente transición a una Monarquía parlamentaria en la que han llegado a primar las vanidades ideológicas e individualistas por encima de generosas fidelidades, etc. etc. etc.…

-      En lo que a mi forma de pensar y vivir respecta, señaló el Anciano en una pausa, resultó definitiva la ocasión que tuve de seguir en vivo y en directo la experiencia del famoso y muy ilustrativo Mayo Francés de 1968.

Por aquellos años, don Ricardo Ibero González residía con su familia en París al verse obligado a huir de las previsibles represalias de Fidel Castro. Consecuentemente, siguió muy cerca unos acontecimientos que, a decir verdad, pusieron en peligro la forma de vivir de buena parte de la sociedad europea. Al respecto, veamos la libre transcripción del relato que hizo a su nieto Juan Díaz Ibero.

****

Un sábado de abril de 1968, en los días en que era noticia principal el asesinato de Martín Lutero King (5-04-68) a lo largo de todo el Mundo, ésta fue achicada por el eco de que, en Francia, estudiantes y obreros habían iniciado una nueva revolución. Todo había empezado cuando un grupo de estudiantes de la facultad de Nanterre invadió la residencia femenina al grito "¡Libertad de circulación!". No llegaron más lejos ante la intervención de la policía que, luego de cortarles el pasó, tomó nota de los más revoltosos, entre los cuales estaba Daniel Cohn-Bendit, el cual, como súbdito alemán que era, recibió la orden de abandonar el territorio francés, cosa que contribuyó a realzar su liderazgo estudiantil, pronto proyectado hacía una progresiva revolución callejera´, que, apoyada por sindicatos y la extrema izquierda, pasó de la huelga general a un movimiento revolucionario que cobró extraordinaria amplitud y fuerza.

Son largos días de incertidumbre hasta que el general De Gaulle, que se vio obligado interrumpir un viaje de Estado por diversos países de Europa Oriental, hizo valer su autoridad ordenando la intervención de expeditivos grupos policiales y parte del ejército para abortar la continuidad de la revuelta y el consiguiente arresto de los promotores más visibles, entre ellos, el citado Daniel Cohn-Bendit, que, por aquellos días, se había procurado una entrevista al propio Jean Paul Sartre, personaje no ocultó sus simpatías por la consabida revuelta autocalificada de estudiantil y proletaria. De ello vemos muestras en los siguientes párrafos de la citada mutua entrevista:

- *Hay casos*, apunta Sartre, *cuando la situación es revolucionaria, en que un movimiento como el vuestro no se detiene, pero también suele suceder que el impulso declina. En este caso, es preciso tratar de ir lo más lejos posible antes de su detención. ¿Cuál es en su opinión la parte irreversible en el movimiento actual, suponiendo que acabe enseguida?*

- *Los obreros*, responde Cohn-Bendit, *lograrán el cumplimiento de cierto número de reivindicaciones materiales, al mismo tiempo que importantes reformas tendrán lugar en la Universidad por obrar de las tendencias moderadas del movimiento estudiantil y de los profesores. No serán las reformas radicales a las que aspiramos, pero de todos modos tendremos cierto peso: presentaremos propuestas precisas, y sin duda algunas serán aceptadas porque no se atreverán a negarnos todo. De seguro será un progreso, pero nada fundamental habrá cambiado, por lo que continuaremos cuestionando el sistema en su conjunto.*

- *Esta desconfianza*, puntualizó Sartre, *no es natural sino adquirida. No existía a comienzos del siglo XIX y sólo apareció después de las masacres de junio de 1848. Antes, los republicanos —que eran intelectuales y pequeños burgueses— y los obreros marchaban juntos. Después, no hubo ya perspectivas de unión, ni siquiera en el partido comunista, que siempre ha separado cuidadosamente a los obreros de los intelectuales.*

- *El 3 de mayo*, recuerda Cohn-Bendit, *ocho estudiantes implicados en las protestas, entre los cuales me encontraba yo, acudimos a declarar a París mientras en la plaza de la Sorbona comenzaba a congregarse una gran cantidad de estudiantes vigilados por la policía, que finalmente cargaría contra la concentración. Ante esta situación, la Unión Nacional de Estudiantes y el Sindicato de Profesores llamaron a la huelga exigiendo la retirada de la policía y la reapertura de La Sorbona, así como la liberación de los estudiantes detenidos hasta el momento.*

Se sabe que, efectivamente, el lunes 6 de mayo los "ocho de Nanterre" acudieron a declarar ante el Comité de Disciplina de la Universidad. Siguieron grandes manifestaciones y revueltas callejeras con miles y miles de estudiantes y aun mayor cantidad de obreros hasta llegar el 10 de mayo con su "la noche de las barricadas". Siguen las revueltas y violentos enfrentamientos con la policía hasta que De Gaulle hizo notar su presencia, puso paz en la calle y pidió a los suyos una clara muestra de apoyo logrando que, el treinta del mismo mes de mayo, salieran de sus casas y sobrepasaran los Campos Elíseos hasta las grandes avenidas y bulevares "En defensa de la República", como les había pedido el General. Todas aquellas algaradas y violentas repulsiones, de que tan abundante fue el mes de mayo de 1968 no impidieron que el general De Gaulle fuera reelegido en junio de 1968 con lo que podemos deducir que la mayoría de los ciudadanos franceses rechazaban lo de ***pedir lo imposible*** o lo de conceder ***todo el poder a la imaginación***, cuestiones barajadas hasta la saciedad por los ocasionales líderes revolucionarios.

****

- Cara al futuro y teniendo en cuenta todo lo que venimos recordando ¿Qué crees tú que puede hacer una España, que, después de la muerte de Franco en 1975, lleva muchos años tratando de encontrarse a sí misma y que, actualmente, sigue a expensas de viejas y estériles ideologías? Fue la pregunta del Anciano a Juan Díaz Ibero, al final de la última de sus disertaciones, tres días antes de abandonar este mundo.

- Déjame un tiempo para responderte, abuelo.

Capítulo 3º

CON DIOS O CONTRA DIOS

En la vida de Juan Díaz Ibero, recién ordenado sacerdote jesuita, cobró apreciable importancia lo sucedido en Alemania durante el verano de 2047, cuando, con afán de polemizar desde una profunda convicción evangelizadora, acudió al curso impartido en la Universidad de Münster por Helga Baumgarten, muy citada en la prensa local por sus declaraciones a favor de lo que ella calificaba de necesaria marxistificación social por exigencias de la revolución pendiente hacia el ateísmo radical..

Bajo el pomposo título de "Necesaria actualización del Materialismo Dialéctico" la joven y muy atractiva doctora en "Filosofía Práctica", voz tajante forzadamente masculinizada, tentadora figura física, maquillada y vestida más para una fiesta social que para un acto académico, se refirió a su "doctrina de la realidad" de la siguiente manera:

Lo dijo Lenin y yo lo suscribo desde la A a la Z: "La doctrina de Marx surge como continuación directa e inmediata de las doctrinas de los más grandes representantes de la filosofía, la economía política y el socialismo... Es omnipotente porque es exacta. Es completa y armónica, dando a los hombres una concepción del mundo íntegra, irreconciliable con toda superstición, con toda reacción y con toda defensa de la opresión burguesa. Es la legítima heredera de lo mejor que creó la humanidad en el siglo XIX bajo la forma de filosofía alemana, economía política inglesa y socialismo francés".

De hecho, Marx nunca pretendió romper enlaces con sus predecesores progresistas. Nos lo deja claro Federico Engels, su colaborador, amigo incondicional y albacea testamentario cuando afirma: "además de tratar como es debido los fenómenos económicos, estamos orgullosos de haber nacido no solamente de Saint Simon, Fourier y Owen, sino también de Kant, Fichte y Hegel".

Después de varias décadas de relativa atonía doctrinal, siguió diciendo Helga Baumgarten, tanto para sus partidarios como para sus enemigos, el legado intelectual de Marx se ha convertido en la conciencia operante de nuestro siglo; nos enseña a deducir la ley del desarrollo histórico de nuestra época; ayuda a cada uno a tomar conciencia del sentido de su vida, del destino que lleva en sí y de su responsabilidad hacia tal destino; lanza un desafío militante a cuantos pretenden negar sentido de nuestra vida y de nuestra historia o les rehúsan cualquier sentido. Reconozcamos que, tal como puso de relieve el propio Lenin, Marx creó el fundamento de la ciencia que los marxistas tienen que desarrollar en todos los ámbitos, si no quieren quedar atrasados, mientras que la mayoría de la gente se va dando cuenta de que Marx tenía razón cuando hacía ver que, al prometer el paraíso en la otra vida y predicar la paciencia y la resignación en este mundo, la religión aparta al hombre del esfuerzo por mejorar su suerte en la tierra. Por eso, dice, «la verdadera felicidad del pueblo exige la supresión de la religión en cuanto felicidad ilusoria del pueblo»; «ilusoria» por cuanto no cambiaría nada la situación del hombre; es el suspiro de la criatura oprimida, la conciencia de un mundo sin corazón, así como ella misma es el espíritu de una situación sin espíritu. Es el opio del pueblo; es decir, algo así como una droga, una evasión de la realidad, un refugio del sentimiento que, por otra parte, según Marx, impide al hombre lanzarse a la conquista del bien temporal de la sociedad, mediante la lucha con las fuerzas opresoras del capitalismo. Por eso, «la verdadera felicidad del pueblo exige la supresión de la religión en cuanto felicidad ilusoria del pueblo»; «ilusoria» por cuanto no cambiaría nada la situación del hombre. De ahí que se tilde al creyente de desertor de esta tierra y a la religión de «reaccionaria», «conservadora», «opuesta al progreso de la humanidad».

La doctrina marxista, en cambio, recalcó la doctora Baumgarten, *nos muestra cómo, desde el principio, existe la materia como entidad auto dinámica, autosuficiente y con capacidad para producir infinitas realidades materiales. La tal materia ha de ser aceptada como un todo que, merced a un movimiento expresado por fenómenos de oposición, negación de oposición y síntesis alcanza todas las formas de desarrollo que levitan en su forma de ser. Esos "fenómenos de evolución dialéctica", si se refieren al todo, no dejan de constituir el modo de expresión de cada una de las partes. Son modos de expresión, que obedecen a la contradicción interna que caracteriza a todo lo existente y siguen un riguroso orden progresivo: calor, luz, afinidad química, electricidad, magnetismo, vida… que, en distintos grados y formas, constituyen las múltiples manifestaciones de los reinos mineral, vegetal y animal hasta aparecer el ser humano, un animal dotado con una facultad nueva: es capaz de producir lo que come o asimila para cumplir los fines que le son propios. En la producción de lo que come o necesita para vivir, ese ser dotado de pensamiento o especial facultad, que no es más que una espontánea manifestación de la materia en movimiento, entra en conflicto con la naturaleza y con los otros elementos de la propia especie trabajando: es por medio del trabajo humano como se desarrollan los medios y modos de producción y, también, como van surgiendo progresivas diferencias entre los miembros de la misma especie de forma que llega un punto de la historia en el que los medios de producción ya no son propiedad del productor: ha surgido la figura legal de la "propiedad privada" y con ella la explotación del hombre por el hombre: desde entonces, la minoría de los que se han erigido en "propietarios" de los medios de producción (los burgueses) fuerza a la mayoría de productores no propietarios (los proletarios) a alquilar su fuerza de trabajo por el mínimo equivalente para la subsistencia y perpetuación de la especie, apropiándose ellos, los burgueses, de la diferencia hasta el valor de ese mismo producto en el Mercado (plus-valía).*

Marx y Engels habían sostenido que todo ello se desarrolla en equilibrada tensión hasta que las circunstancias hagan propicia una revolución con el resultado de que los explotadores se conviertan en explotados. Así lo había entendido Lenin antes de cambiar en Rusia la marcha de la historia., con la salvedad de que esa revolución nació y fue desarrollada merced a sucesivos y múltiples actos de voluntad por parte del mismo Lenin, Stalin y los dirigentes que vinieron detrás hasta, en el concierto de los grandes pueblos ser sustituidos por la República Popular China en el objetivo de culminar el triunfo mundial de la Clase Trabajadora.

Desde esa concepción de la Naturaleza y de la Historia encontramos cumplidas explicaciones no solamente sobre el origen y destino del universo sino, también, sobre la totalidad de las posibles relaciones entre los seres humanos, sea cual sea su género, junto con el cauce específico a que ha de ajustar su vida cada uno de ellos. Ni más ni menos, la "doctrina de Marx" nos lleva a una forma de vida cuya certeza principal descansa en la probada autosuficiencia de una materia capaz, por sí misma, de prestar finalidad a cuanto existe, según las geniales y científicas previsiones de Carlos Marx y su incondicional alter ego Federico Engels.

- ¿Puedo hacer un par de preguntas? Dijo desde su asiento Juan Díaz Ibero

- Claro que sí, pero por escrito y dejándome un tiempo para las respuestas, como he puesto por norma en mis clases.

- Son elementales y no requieren más que un sí o un no.

- Sin que sirva de precedente, haga una sola pregunta sin bajar la voz ni moverse del sitio, por favor.

- ¿Cree usted que la materia se creó a sí misma?

- Esperaba de mis alumnos una pregunta más inteligente. Claro que la materia no necesitó crearse a sí misma porque existe desde siempre, tal como, miles de años antes que el propio Marx, mostraron Demócrito, Epicuro, Leucipo y tantos otros acreditados materialistas.

- Mostraron, pero no demostraron, según me parece haber visto.

- Por casualidad y favor especial de la Naturaleza ¿ha visto usted a esa invención burguesa a la que algunos siguen llamando Dios?

- ¿Por qué dice usted que es invención burguesa una creencia o acaso certeza tan primitiva como el propio ser humano?

- ¿Se ha dado usted cuenta de que ya son varias sus preguntas, de que usted y yo estamos alterando las normas de la clase y de que me pone en la tesitura de pedirle que no me robe un tiempo que, pasada la hora de clase, me pertenece en exclusiva a mí misma?

- No esperaba de usted, frau doctora, tan poco valiente evasiva.

- Es como me suelo comportar con los alumnos como usted.

- ¿Cómo soy yo, señora?

- Se lo puedo decir en privado, si me facilita su teléfono.

Los concurrentes aplaudieron la respuesta y, más aun, la actitud de Juan Díaz Ibero, el cual, parsimoniosamente, se levantó de su asiento, se acercó a la tribuna, marcó un teléfono sobre los papeles de la profesora, dijo muchas gracias y salió de clase.

****

Juan Díaz Ibero solía resaltar el haber nacido el 25 de noviembre de 2016, el mismo día del fallecimiento del legendario Fidel Castro Ruz, dictador comunista cubano entre los años 1959 y 2011. No podía ser de otra forma porque, precisamente, la figura y obras de Fidel habían despertado acusadas antipatías en la familia desde que el abuelo materno, el escritor Ricardo Ibero González, hubo de huir de Cuba en 1961 cuando, en reconocido vasallaje hacia la Unión Soviética, gobernada entonces por Nikita Khruschev, la Isla presumió ser el Primer Estado Socialista de América a tenor de los dictados del Marxismo leninista, aplicados con rigor por dicho Fidel Castro Ruz.

El recordatorio de esa coincidencia de fechas, esgrimido frecuentemente por su abuelo, no dejó de estar presente en no pocas de las actitudes de Juan Díaz Ibero: al iniciar los estudios secundarios, se hizo la promesa de ser lo contrario de lo que había sido el viejo dictador comunista. Pidió ingresar en los jesuítas y simultaneó los preceptivos estudios con un especial interés hacia las fuentes, contenido y promotores del materialismo marxista, considerado por él como la antítesis del humanismo cristiano de forma que, ya sacerdote, bien podía pasar por un experto católico en la materia, aunque siempre preocupado por ahondar en el conocimiento en abierto contraste de pareceres.

En consecuencia, en el previsible nuevo encuentro con la neo marxista Helga Baumgarten no quería desaprovechar la ocasión de presentar pertinentes réplicas a unos postulados abiertamente anticristianos. Le cohibía un tanto celebrar en privado el "contraste de pareceres" cuando, en medio, estaba el indiscutible atractivo físico de una mujer que, con toda probabilidad, se mostraría libre de prejuicios.

Es lo que ella hizo ver por teléfono aquel sábado del mes de octubre de 2047 a las diez de la mañana.

-   ¿Eres Juan Díaz Ibero?

- Hola, frau Baumgarten.

- Apea el tratamiento como yo lo hago. Fuera de clase, soy una mujer a la que no importa ensanchar el círculo de sus amistades.

- ¿Entonces?

- ¿Podemos vernos en una hora?

- No tengo ningún inconveniente.

- Apunta mi dirección…

- Podríamos partir distancias y vernos en el Zentral Park.

- Te aseguro que no me como a nadie que no quiera ser comido. O en mi casa o en ningún sitio y, por favor, no te imagines otra cosa que no sea pura discusión académica.

****

Le recibió en bata de casa con el beso habitual de amigos. Le llevó hasta un minúsculo salón que parecía preparado para los distendidos encuentros. Cómodas butacas en torno a un velador con dos copas, botella de vino y un cenicero.

- Antes de entrar en el tema, quiero poner en claro que soy un sacerdote católico y que me comportaré como tal.

- La verdad es que algo así se había imaginado esta pagana materialista que cree que todo termina con la putrefacción o reducción a cenizas de la carne y que, aunque no la importaría sacar el mayor partido posible a la coyuntura, también sabe guardar las "civilizadas" formas.

- Puesto que estamos reunidos para contrarrestar distintos puntos de vista; permíteme que vaya directamente a la cuestión ¿Qué opinas de que para los más grandes filósofos de la antigüedad no hubiera otro ser superior al hombre?

-    Que no es del todo cierto; Sócrates creía en la Justicia como valor superior a todo lo que se mueve sobre la tierra, Platón creía en una idea de hombre superior al propio hombre de carne y hueso, mientras que, para Aristóteles, todo lo movido requería un motor al que prestó eterna inmovilidad. Por otra parte, ni Demócrito, ni Epicuro, ni Leucipo, ni Marx, ni ninguno de los que os decís materialistas habéis aportado demostración alguna a favor del supuesto de que la materia es el principio y fin de todo. Por ejemplo, leyendo a Platón, bien podemos descubrir que, para él, existía un principio o ser superior a todo lo demás: el ser absoluto, el bien supremo, la idea creadora de las cosas. Así como el sol es el origen y la razón suficiente de la luz y la vida del mundo sensible, existe un origen y razón suficiente del mundo inteligible y de todo lo demás que escapa a nuestra capacidad de entendimiento. Por demás y, tal vez, para desvanecer las dudas sobre los límites del entendimiento humano, imaginaos, decía Platón, una caverna iluminada por un gran fuego, con una sola puerta abierta del lado por donde entra el sol, y en esa caverna a varios hombres encadenados, con la espalda vuelta a la puerta, viendo las sombras o figuras que aparecen y desaparecen en el muro, en relación con los objetos que pasan por la puerta, y oyendo el eco de voces confusas de los que hablan fuera, pero sin percibir lo que dicen. He aquí una imagen de la condición del hombre sobre la tierra en general, y con particularidad en orden a la naturaleza y objeto de sus conocimientos. La cueva es la tierra; la hoguera son los sentidos y la inteligencia; la región luminosa fuera de la caverna, es la región de las Ideas iluminadas por la Idea suprema y el sol de este mundo ideal; la visión de las figuras fantásticas y sombras que aparecen en el muro y las voces confusas, representan la percepción de los objetos mediante los sentidos; los prisioneros, en fin, encadenados y sentados con la espalda vuelta a la región de la luz, son las almas sepultadas en el cuerpo y separadas de la región luminosa de las Ideas.

- Tenía entendido que, para vosotros, los católicos, el idealismo platónico no fue más que un anticipo de todo lo que vino detrás de Hegel, el marxismo incluido.

- No creo que se deba confundir el idealismo subjetivista, que el propio Hegel presentaba como emanación de su propio "privilegiado" cerebro, con la doctrina platónica de las ideas, de las que se puede pensar que, para Platón, eran algo así como expresiones de la voluntad de un omnipotente espíritu creador muy por encima de todo lo que se puede ver o tocar. No faltan comentaristas que han visto en el Demiurgo platónico una semblanza del Yahvé bíblico, lo que, si otras hubieran sido las circunstancias espacio temporales, le habría colocado en la posibilidad de adherirse a la personalidad de Cristo Jesús, hijo de Dios, Dios verdadero de Dios verdadero.

- Eso creería yo si fueras capaz de demostrarlo.

- Más que demostrado, se percibe absolutamente necesario desde el sincero reconocimiento de lo que nos falta para afianzar un solo paso hacia lo que aspiramos a ser.

- Desde que me emancipé de mis padres, yo no necesito a nadie más que a mí misma para aplicar mis propias facultades a ganarme la vida de la forma que más me atraiga y, a poder ser, en placentero uso de lo que me ofrecen las personas y las oportunidades de mi órbita.

- Mis maestros me han enseñado que no hay miel sin hiel, ni rosa sin espinas. También que, hasta el momento de la muerte, no estoy en situación de valorar objetivamente los éxitos y fracasos de la propia vida.

- Me sorprende la facilidad con la que los católicos escapáis de la realidad a base de puros deseos, nacidos y alimentados por el simple hecho de haber confundido la antropología o estudio del ser humano, siempre presente y cercano, con la teología o sarta de atribuciones a un supuesto Dios Creador, del que decís que el hombre es imagen y semejanza.

- Sí, es lo que creemos, fundamentalmente, para no desfallecer en el compromiso de colaborar con El, en la ineludible tarea de mejorar lo mejorable.

- Yo también lo creería si no estuviera convencida de que ese dios vuestro no es más que una recurrente proyección de la conciencia humana. Al respecto y, para luego, meternos de lleno en las verdades marxistas, permíteme que, acudiendo a su libro la *Esencia del Cristianismo*, haga mías las palabras de Feuerbach, en el que muchos de nosotros vemos el equivalente de vuestro Juan Bautista: el verdadero sentido de la teología es antropología al hacernos ver que no hay diferencia entre los predicados del ser divino y el ser humano…y, por tanto que tampoco hay diferencia entre el sujeto o ser de Dios y el sujeto o ser del hombre, coincidentes el uno con el otro de forma que la diferencia que se hace o pretende hacer entre lo uno y lo otro se reduce a nada para poder concluir: "Dios es el hombre y el hombre es Dios". El precedente de tal conclusión nos lo dio Hegel al sostener que la conciencia humana es infinita por lo que eso que llamamos Dios no es más que una infinita ilusión nacida de la propia conciencia humana mientras que la infinitud real reside no en el individuo sino en la humanidad, es la humanidad la que es realmente infinita, una infinitud que se manifiesta y se va realizando en la historia de esa humanidad. Marx, por su parte, vio en Feuerbach un sólido apoyo teórico para su materialismo a la par que nos mostró cómo la praxis o acción verdaderamente creadora ha de estar por encima de cualquier teoría en su incuestionable XI tesis sobre Feuerbach: Hasta ahora, los filósofos se han preocupado de interpretar al mundo; de lo que se trata es de transformarlo.

- ¿Cómo y para qué?, preguntó Juan Díaz Ibero, que, sin rechistar, había seguido la muy aprendida y académica argumentación materialista de Helga Baumgarten, ahora mirándole fijamente como muy deseosa por cambiar de tema como si la razón de su carrera doctoral no fuera otra que la de vivir a su aire sin tomarse en serio el bien urdido hilván de unos postulados increíbles para ella misma.

- Tú lo sabes mejor que yo, dijo ella.

- Entonces, déjame que te diga que nos diferenciamos del resto de los animales, tenemos la inteligencia que tenemos y somos como somos para aplicar los dones individuales recibidos en beneficio de todos nuestros semejantes: somos libres para amar a los demás, uno a uno y en función de sus personales necesidades. No para ignorarlos, para tratarlos como un amorfo rebaño o para situarnos por encima de ellos. Ése es el mensaje que nos dejó Cristo Jesús con su venida al mundo: Amaos los unos a los otros como yo os he amado. Un amor expresado en la Cruz e, inequívocamente, por encima de todos los insubstanciales prejuicios humanos.

La profesora Helga Baumgarten, bella y exuberante mujer, dio por terminada una reunión que ella esperaba hubiera derivado en otra dirección.

- Chico, has logrado aburrirme. Pierdes demasiado tiempo en bobalicona huida de lo que te pueda ofrecer una mujer que, por encima de todo, cree en ella misma. Lo dijo Helga con voz muy queda a la par que intentó abrazar a Juan, que se retiró bruscamente hacia atrás.

- Por favor, no te equivoques conmigo. Creo, sinceramente, que he elegido algo mucho mejor para vivir y ser. Rezaré por ti.

- Tonto, más que tonto, dijo ella a guisa de despedida.

Cuando China despierte,
el Mundo temblará,

Napoleón

Capítulo 4º

EL DESPERTAR DE LA CHINA PAGANA

Una muralla de 2.400 kilómetros (la única obra humana perceptible desde la Luna), construida hace más de dos mil años, sugiere un inmenso mundo cerrado, autosuficiente y fiel a sus ancestrales costumbres escasamente alteradas por el dinamismo guerrero. Puede decirse que, durante siglos y siglos, en China se mantuvo similar forma de vivir, generación tras generación, dinastía tras dinastía en deliberada ignorancia de su propia fuerza.

El libro "Shiji" o "Memorias históricas" de Sima Qian (145-90 a. C), el más acreditado historiador chino de la Antigüedad hace referencia a Huang Di, el "Emperador Amarillo" que habría reinado desde el 2698 al 2598 a.C., nada menos que cien años. Al parecer, es el mismo personaje que, en antiquísimas inscripciones, figura como dios de la guerra en similitud con los nórdicos Thor o Wotan para, siglos adelante, convertirse en uno de los inmortales del taoísmo y, en la hagiografía actual china, ser considerado uno de los iniciadores de esa milenaria civilización cuyas muchas peculiaridades se pierden en la noche de los tiempos.

El mismo Sima Qian nos habla de diecisiete sucesivos emperadores de la dinastía Zhia (2100-1600 a. C), seguida por la dinastía Shang (1600-1046 a. C), desplazada ésta por la dinastía Zhou (1050-256 a.C), que cubre una época realmente significativa para la evolución de la cultura china. Son ocho siglos en los que, en paralelo con continuos choques armados, se produjeron provechosos encuentros entre diversas etnias y culturas que terminaron fundiéndose en esa compleja amalgama de ideas religiosas, ciencias, artes, letras y grafismos que, en lenta evolución, llegaron a constituir esa cultura que un personaje como Confucio, supo tomar como base para formular una "singular forma de pensar y de vivir" que, al parecer, aún perdura en el subconsciente de parte de las clases dirigentes del pueblo chino.

Es de hacer notar que los distintos soberanos de las sucesivas dinastías, uno tras otro, sin mayor preocupación que la de no perder sus ancestrales privilegios, no influyen gran cosa en el quehacer diario de la gente de lo común, cuya rutina se mantiene sin apreciables cambios durante siglos y siglos con el Confucionismo como doctrina en el pensar y obrar de la gente de lo común.

Quinientos años antes de J.C., Confucio (551-479 a. de J.C.), había hecho ver un "estado de pequeña tranquilidad" en el cual *"Cada uno mira solamente a sus padres y a sus hijos como sus padres y sus hijos. Los grandes hombres se ocupan en amurallar ciudades. Ritos y justicia son los medios para mantener una estable relación entre el príncipe y su ministro, el padre y su hijo, el primogénito y sus hermanos, el esposo y la esposa.."*

Como contrapunto a esa especie de "inmovilidad en el tiempo", el propio Confucio presenta como horizonte al que aspirar:

"El Principio de la Gran Similitud, por el cual el mundo entero será una República en la que gobernarán los más sabios y los más virtuosos. El acuerdo entre todos será la garantía de una paz universal. Entonces los hombres no mirarán a sus padres como a sus únicos padres ni a sus hijos como a sus únicos hijos. Se proveerá a la alimentación de los ancianos, se dará trabajo a cuantos se hallen en

edad y condiciones de hacerlo, se velará por el cuidado y educación de los niños... Cuando prevalezca el principio de la Gran Similitud no habrá ladrones ni traidores; las puertas y ventanas de las casas permanecerán abiertas día y noche."

Más que religión, el Confucionismo se presentó y pervivió como ciencia de la vida o moral adaptable a las religiones que entonces contaban con mayor número de adeptos; ello en cercana sintonía con el taoísmo, de raíz naturalista y multitud de mágicos ritos y con abierta tolerancia hacia el budismo, que, a diferencia del Confucionismo y del Taoísmo, sí que puede ser asimilado a una especie de religión cuya trascendencia espiritual se apoya en la supuesta trasmigración de las almas. Había sido fundada en la India por el príncipe asceta y teólogo Sidarta Gautama "Buda", que en el siglo V antes de Cristo, renunció a todas las opulencias que rodearon su nacimiento y primera juventud para promover una especie de síntesis entre la espontánea sensualidad, la huida del mundo y el ascetismo hasta llegar a vivir en un equilibrio entre la indiferencia hacia el exterior y la preocupación por uno mismo, actitud existencial que reflejan alegóricamente las numerosas estatuas y pinturas que, de todos los imaginables tamaños, han dedicado sus adeptos al "divinizado" Buda.

Dejando aparte al budismo, buena parte de los que estudian la espiritualidad china, no encuentran grandes diferencias entre Confucionismo y Taoísmo, del que sí que conviene destacar algunos específicos rasgos: empírica y moralizante la doctrina de Confucio, alegórica e idealista la de Lao-Tsé o Laotse, que, para los investigadores más conspicuos o puntillosos, es una ficción histórica inventada por el iniciador o iniciadores secretos del Taoísmo a partir del famosísimo Tao Te King ó Tao (el Camino), libro, probablemente, escrito en la clandestinidad tanto para soslayar la oposición de los situados como para prestar a su contenido un aire esotérico y sugestivo a base de alegorías, poemas y misterios.

Aunque con enfoque menos terrenal que el Confucionismo, tampoco el Taoísmo alcanza la categoría de una Religión, ni siquiera pagana o politeísta como es el sintoísmo japonés en cuanto que, más que de dioses que exigen adoración, habla de fuerzas o sutiles energías cósmicas que están ahí para, con la adecuada disciplina, poder asimilarlas al estile e intensidad de los "inmortales", que pueden servirnos como patrones de conducta en el período de prueba cual es el paso por este mundo..

Por su carácter e "imperativas" maneras de expresión, puede decirse que el Tao, envuelto en alegorías místicas que pueden tomarse como principios de espiritualidad, pretende la exclusiva en patrones de conducta para todos en especial para los gobernantes o guías de la comunidad; ello según un curioso principio llamado *wei-wu-wei* ('acción a través de la inacción'), que viene a significar dominar la precipitación para no contrariar los dictados de la naturaleza que está ahí como esperando indicarnos la más conveniente senda para resolver cualquier problema. Según tal doctrina, ello es así porque la sintonía con el Tao nos hace útiles y más felices mientras que los impulsos ciegos y el exceso de leyes derivadas del "usurpado poder político" entorpecen la marcha de la sociedad hacia donde justamente les corresponde a base de "orden natural, no de leyes".

Confucionismo y taoísmo, hoy tendentes a una síntesis doctrinal, son fenómenos que, sin duda, durante siglos contribuyeron a mantener la línea de segregación social con que las élites trataron de mantener aislado a lo más "enriquecedor" de la cultura tradicional china: vemos prueba de tal actitud en el hecho de que, hasta hace pocos años, la compleja escritura china estaba reservado a pocos miles entre cientos de millones. Paralelamente, se alimentaban abismales diferencias económicas entre unos pocos y la multitud, entre los súbditos y el Hijo del Cielo mantenido como intocable por la llamada burocracia celeste.

****

Dos siglos antes de nuestra era, ocupa el poder en la ya inmensa China la dinastía Han (206 a.C.-220 d.C.), que, tras cuatro siglos de permanencia, resulta víctima de la mediocridad de su último representante, un tal Xian Di que dio paso a cincuenta años de desgobierno (el período llamado de "Los tres reinos") hasta que llega la dinastía Sui, que precede a la dinastía Tangs ésta, a su vez, desplazada por la dinastía Sung, que cae bajo el dominio mongol o dinastía de los Yuan, que gobierna entre 1.279 y 1.353.

Es en los siglos XIII y XIV cuando se puede decir que China desvela parte de sus misterios a Europa gracias a Marco Polo (1254-1324), huésped de Kublai Khan (1215-1294), nieto del legendario Gengis Khan (1162-1227).

En 1368 la dinastía mongol ó Yuan es desplazada por la dinastía Ming (1368-1644), que cubre tres siglos de la historia de China hasta que, "decadente y extranjerizante", es derrocada por los elementos más tradicionalistas que entronizan a la que había de ser la última dinastía, la dinastía Qing, (1644-1911) procedente de Manchuria, de la que los últimos representantes fueron la controvertida emperatriz "regente" Zishi ó Tzu-hsi (1.834-1.908) y "el último Emperador", su sobrino Puyi (1906-1967), un niño de apenas tres años de edad, reconocido como "Xuantong" ó Emperador hasta la proclamación de la República China el 12 de febrero de 1912, ésta combatida desde un teórico marxismo-leninismo por Mao Zedong (1893-1976), el cual, tras una larga, irregular y despiadada guerra, civil aireando la bandera del Marxismo Leninismo, logró la derrota del presidente de esa República, el occidentalizado general Chiang Kai-shek (1887-1975), el cual, con todo su gobierno, hubo de refugiarse en la isla de Taiwán (antigua Formosa) el 10 de diciembre de 1949. El 1 de octubre de ese mismo año Mao Zedong proclamó el nacimiento de la actual *República Popular China*.

Como colofón de toda la sucesión de dinastías con sus titulares regularmente venerados por el "adormilado" pueblo chino, presta su nota patética la trayectoria vital del citado Puyi, nombre con el que se recuerda al último emperador, el mismo que, ajeno a todo lo que ocurría a su alrededor, vivió su niñez y adolescencia sin salir de la "Ciudad Prohibida" de Pekín hasta 1924 en que se vio forzado a huir para ponerse en manos de los japoneses que, diez años más tarde y bajo la promesa de servir a sus intereses en el conflicto chino-japonés, facilitaron su entronización como emperador títere del Manchukúo (1934-1945) hasta ser destronado por el ejército popular chino y ser relegado al papel de jardinero y otros oficios durante el resto de su vida, que terminó "sin pena ni gloria" el 17 de octubre de 1967.

****

Según propia confesión, Mao se sentía "idealista" hasta que, en 1.918 y en su primer viaje a Pekín, el bibliotecario Lit Ta-chao le introdujo en el Marxismo.

El "maestro" Li defendía la teoría de que los países subdesarrollados, colonizados y semi-colonizados son, esencial y moralmente, superiores a los imperialistas e industrializados. Sin duda que Marx habría calificado a China "país proletario".... De ahí a considerar a la lucha por la liberación del imperialismo como una superior forma de la "lucha de clases" no hay más que un pequeño paso que han de ser capaces de dar sus jóvenes contertulios, entre ellos el reflexivo y despierto Mao. Y resultará que China, país esencialmente proletario, podrá colocarse a la vanguardia de la lucha antiimperialista.

Mao apunta que China, en connivencia con la presencia extranjera, se mantiene adormilada por Confucio, el Capital, la Religión y el Poder imperial sus "cuatro grandes demonios" y se hace el propósito de liberarla de toda presencia colonial. Y a tal tarea se aplica durante treinta años.

Cara a sus seguidores, Mao se revela como hombre de inflexible voluntad, patriota, realista, gran estratega, humano, paciente, poeta, inigualable organizador... y "fidelísimo marxista"; ello cuando, en la Unión Soviética, los jerarcas de la Revolución Bolchevique se encargan de divulgar a los cuatro vientos que los "explotadores rusos se han convertido en explotados" gracias a la doctrina de Marx, "omnipotente porque es exacta", según la dogmática afirmación del camarada Lenin.

Desde 1.920, en que Mao encabeza el "partido comunista" de su provincia, hasta 1.949, en que asienta sus reales en la "Ciudad Prohibida" de Pekín, hay un largo, larguísimo, recorrido de acción y destrucción, en el cual la llamada "Larga Marcha" es uno de los principales episodios: diez mil kilómetros recorridos durante un año de huidas, avances y retrocesos hasta el Noroeste, en que se hace fuerte con no más de 40.000 fieles frente a los casi tres millones de soldados que constituyen el ejército de su antiguo socio en la lucha anti-imperialista y hoy implacable enemigo: el general Chiang Kai-chek.

La invasión japonesa abre a Mao un nuevo frente de batalla; pero le brinda la ocasión de aunar voluntades: hace de la invasión un revulsivo de la voluntad popular que ya siente llegado el límite de su paciencia secular, decide romper con el "estado de pequeña tranquilidad" y encarna en el "Gran timonel" a un providencial liberador.

Mientras tanto, la otra China, la de los grandes terratenientes, señores de la guerra, servidores de las multinacionales y de los enclaves nacionales, de los viejos y poderosos funcionarios... se agrupa en torno a Chiang Kai-chek, el cual, con un ejército cien veces superior al de Mao y obsesionado como está por cercar y aniquilar a Mao (quien huye y ataca solo cuando está seguro de vencer), margina un efectivo plan de defensa contra el invasor japonés. En un ataque sorpresa, Mao coge prisionero a su rival y le conmina a agrupar las fuerzas contra el enemigo común. A duras penas mantienen la alianza hasta el final de la Guerra Mundial (1945) que es, para China, el principio de una abierta guerra civil que termina con el confinamiento de los fieles de Chiang en la isla de Taiphen o Formosa (1.949).

El triunfo definitivo puso a Mao en la necesidad de edificar la paz. Complicada tarea jalonada por más de ochocientas mil sumarias ejecuciones: fue esa su forma de "desbrozar el camino hacia el socialismo". Claro que con las sumarias ejecuciones seguía la inercia de la historia, de que tan elocuentes ejemplos, hasta la víspera, habían dado los señores de la guerra.

En ese orden de cosas, sí que podemos decir que, aunque Mao no liberalizó las conciencias de los habitantes de la inmensa China, sí que las despertó de un larguísimo letargo de inanición: algo así como, en el caso de la Francia de los siglos XVIII y XIX, lograron los líderes revolucionarios hasta llegar a Napoleón, que, en alas de una ambición sin medida y con una extraordinaria facilidad para embaucar, convirtió en "idea fuerza" un mensaje del siguiente sentido: "dejad de estar como estáis o estabais y seguidme ciegamente sin discurrir hacia dónde os llevo puesto que yo sé lo que os conviene".

Luego, cuando Napoleón ocupó la cúspide del poder, se dio cuenta de que "no sólo de pan vive el hombre" y, aunque lo hizo por simple conveniencia política, se apresuró a ofrecer a sus súbditos la oportunidad de saborear el "alimento espiritual, que más a mano tenía" con lo que rompió con todo el anticlericalismo de sus predecesores, los ciegos revolucionarios, y, aunque de forma un tanto vergonzante, suscribió la paz con la Iglesia de Roma. ¿Razones? él mismo nos las transmite cuando confiesa:

> *"A los que me acusan de papista, les respondo "yo no soy nada". Fui mahometano en Egipto y seré católico aquí para el bien del pueblo, aunque no creo en ninguna religión... Cuando un hombre muere de hambre al lado de otro que revienta de tanto comer es necesario contar con algo o alguien que le diga: Dios lo quiere así; por lo tanto, es necesario que haya pobres y ricos, pero*

la cosa cambiará cuando, en el otro mundo, el reparto se haga de otra manera"

Si nos atenemos a esa especie de paralelismo que hemos apuntado y vemos cómo Napoleón entendía que no necesitaba ser católico para hacer del catolicismo una guía de conducta para el resto de los seres humanos… ¿Por qué no podemos suponer que el marxismo de un jerarca, que se cree a sí mismo por encima del bien y del mal, no sea más que un medio para mantener orden y sumisión entre sus súbditos?

Al margen del posible progreso material (salto de la miseria a la pobreza) por eso de imponer una disciplina hacia un objetivo de implicación comunitaria…, puesto que "no solo de pan vive el hombre", sobre todo, si ello se impone al precio de una elemental libertad de conciencia, cabe acudir a un sucedáneo de Religión, que en el caso que nos ocupa, nos sentimos inclinados a suponer que Mao lo encontró en un Marxismo que, en alas de la "Revolución Cultural" sirvió como "alimento espiritual" de millones y millones de personas de buena voluntad que, por razones históricas, nada sabían de la Doctrina del Amor y de la Libertad.

Claro que, ya en el avanzado siglo XXI y como ocurre en todos los regímenes autoritarios, la obsesión por el mantenimiento del poder cierra las puertas a cualquier efectiva liberalización de las conciencias con la consiguiente capacidad para diferenciar lo sucedáneo de lo auténtico: es lo que está sucediendo en la China en la que su versión de la "Dictadura del Proletariado" dejaba escaso o nulo espacio al libre desarrollo de la personalidad de todos aquellos que no se pliegan a las directrices intelectuales del poder político de hoy, un tiempo atrás encarnado en Mao Zedong. Ciertamente, el poder político seguía sustentándose en los cuatro principios fundamentales de antaño: moral socialista, identificación de la Democracia con la política del Gobierno, reconocer en el Partido Comunista la exclusiva fuente de poder político y aceptar el legado doctrinal de Mao como la más certera interpretación del Marxismo-Leninismo.

Sin dejar de reconocer que en la China "despertada" de un letargo de unos cincuenta siglos, el progreso material es una palmaria realidad, cabe desear fervientemente que el sistema derive pronto hacia esa liberalización de conciencias que echamos en falta y que difícilmente se logrará en tanto en cuanto el materialismo marxista siga siendo ineludible base para la formación de la juventud.

Claro que bien se puede apreciar que las dificultades para llevar allí las lecciones de Amor y de Libertad inspiradas en el Evangelio no son mayores que aquellas que hubieron de arrostrar los primeros cristianos para contagiar su forma de vivir y pensar a los no cristianos que, de una forma u otra, han "espiritualizado" un Marxismo que, para ellos, ha pasado de la "lucha de clases" a un sugestivo proyecto de acción en común a base del personal desarrollo de las facultades según edad, formación cultural y ubicación geográfica, sin duda que valores terrenales pero aliñados como por un halo de la certera previsión del venerado Gran Timonel: es como si allí se viviera una especie de religión laica situada a medio camino entre el pragmatismo materialista occidental y el umbral de una espiritualidad que bien pudiera derivar en el Cristianismo, confesado o no abiertamente. Todo ello sin conocer aún el verdadero carácter del Realismo testimoniado por los buenos cristianos, los mismos que, en la vida ordinaria, por su forma de pensar y actuar, son capaces de irradiar corrientes de amor y libertad, es decir llegan a convertir a los demás por directo y simple contagio.

****

Pasados unos años de forzada imposición del Marxismo al estilo de Stalin, cuando ya amagaban movimientos de protesta entre los propios cuadros del Partido, en la estrategia de Mao para afianzarse en el poder entró la llamada "Campaña de las cien flores" (1956-57), al parecer, ideada por el primer ministro Zhou Enlai (1898-1976) y que habría de permitir:

"Que 100 flores florezcan y que cien escuelas de pensamiento compitan es la política de promover el progreso en las artes y de las ciencias y de una cultura socialista floreciente en nuestra tierra".

En teoría, el propio Zhou Enlai, con el respaldo de Mao, admitía que

"Sin la crítica de su gente, el gobierno no podrá funcionar como la 'dictadura democrática del pueblo' y se perdería la base o el fundamento de un gobierno saludable... debemos aprender de los viejos errores, aceptar todas las formas de la crítica saludable, y hacer lo que podamos para satisfacerlas".

Mao vio en la campaña una oportunidad para hacer valer su propia interpretación del Marxismo y aplicó toda su capacidad de captación para hacerse con incondicionales difusores de su inquebrantable decisión de resolver todos los problemas de gobierno a la luz de un Marxismo según su propia interpretación.

Según ello, la "Nueva Doctrina" debía resultar capaz de aparcar en el "Museo de la Historia", que diría Marx, hasta los restos del confucionismo y del taoísmo para que todo el pueblo terminara pensando y viviendo según el pensamiento y la vida del Gran Timonel, ajustados en todo y por todo a la obra iniciada con sus escritos por el propio Marx.

Fue así cómo, entre el 1 de junio y el 17 de julio de 1957, millones de cartas fueron enviadas a la oficina del Primer Ministro y a las de otras autoridades del PCCh. La gente comenzó a externalizar sus pensamientos hablando abiertamente y poniendo carteles con consignas políticas en los campus universitarios, reuniéndose en las calles, manteniendo reuniones con miembros activos del PCCh y escribiendo en revistas artículos ideológicamente críticos y comprometidos. Por ejemplo, estudiantes de la Universidad de Pekín (Beijing) crearon un "mural democrático" con muy duras críticas a los más conocidos dirigentes del PCCh.

Como era de esperar, muchas de las críticas, que sirvieron para identificar a los más desafectos a la nueva situación, además de importunar al "Gran Timonel", soliviantaron a muchos de los que veían en el Marxismo no más que el trampolín de la propia carrera política.

En julio de 1957, Mao pone fin a la campaña no sin señalar como derechistas y antirrevolucionarios a cuantos, según él, habían hecho de la crítica un insulto. Consecuentemente, más de 550.000 personas identificadas como (desviacionistas) "derechistas" fueron humilladas, encarceladas, degradadas en sus puestos o despedidas de ellos, mandadas e campos de trabajos forzados o de "reeducación", torturadas o asesinadas.

Nuevo acto de campaña a favor de Mao Zedong fue lo que se llamó "el Gran Salto Adelante" (1958-1961), ideado bajo la pretensión de cambiar de forma radical los "medios y modos de producción" heredados del pasado para hacer de China una gran potencia industrial.

Según los estudiosos de la cuestión, a la ideologizada formulación de los estudios previos se añadieron la torpeza e improvisación en su aplicación sobre la base de crear multitud de pequeñas industrias en lugar de los bien estructurados grandes complejos industriales que, a todas luces, son imprescindibles para la elemental puesta en marcha de una Economía a la altura de las necesidades de un país de las magnitudes de China.

Las consecuencias más serias se derivaron del incontenible afán de los dirigentes por convertir a una parte de los antiguos agricultores en pequeños empresarios industriales sin mayor motivación que un éxito útil para el Partido en las respectivas producciones, ello acompañado de medidas coactivas que derivaron en hambrunas y represiones traducidas en millones de muertes.

Para evadir la responsabilidad a la que aludían muchas de las soterradas críticas del propio Partido, Mao Zedong simuló renunciar a parte de sus poderes sin dejar de seguir apoyado por los hombres fuertes del Régimen, entonces: el "moderado y moderador" Zhou Enlay (1898-1976) en la cuestión político-administrativa y el exaltado y "populista" Lin Biao (1907-1971) en las cuestiones militares y de la propaganda orientada a las juventudes del Partido.

Lin Biao, que decía coincidir al cien por cien con las ideas y obras del Gran Timonel, fue nombrado por el Politburó vicepresidente de la República Popular China en 1958 y, al año siguiente se hizo cargo del ministerio de Defensa por haber caído en desgracia su titular, el mariscal Pen Dehuai, que se había atrevido a señalar que el "Gran Salto Adelante" se había convertido en un "dramático error".

Pronto Lin Biao se ganó la confianza de la que entonces era esposa de Mao, una antigua actriz llamada Jiang Quing, y a través de ella, llegó a convencer al Gran Timonel de la necesidad de romper con todos los vestigios de la tradicional cultura para imponer, incluso por la fuerza, la versión que, en sus discursos, el propio Mao había hecho del Marxismo con los "toques estratégicos" de los ya míticos Lenin y Stalin. Nació así lo que se llamó la "Gran Revolución Cultural Proletaria", cuya base doctrinal resultó ser una colección de 427 "*Citas del Presidente Mao*" agrupadas en los 33 capítulos que conformaron el "*Hong baoshū*" ó "*Libro Tesoro Rojo*": es el llamado "**Libro Rojo de Mao**" del que se dice que se han impreso no menos de 900 millones de ejemplares que fueron distribuidos en centros de enseñanza, talleres y cuarteles para la obligada lectura y aplicación de estudiantes, obreros y soldados, animados todos a integrarse en la ***Guardia Roja***, que habría de llevar la ***"Revolución Cultural"*** a todos los ámbitos de la nueva sociedad según las respectivas capacidades y con la voluntad de superar por los medios a su alcance cualquier eventual resistencia a base de consignas y postulados del siguiente tenor:

> *La fuerza-núcleo que dirige nuestra cause es el Partido Comunista de China. La base teórica que guía nuestro pensamiento es el marxismo-leninismo.*
>
> *Armado con la teoría e ideología marxista-leninistas, el Partido Comunista de China ha aportado al pueblo chino un nuevo estilo de trabajo, que consiste principalmente en integrar la teoría con la práctica, mantener estrechos vínculos con las masas populares y practicar la autocrítica…*
>
> *Ningún partido político puede conducir un gran movimiento revolucionario a la victoria si no posee una teoría revolucionaria, un conocimiento de la historia y una comprensión profunda del movimiento práctico.*
>
> *A nosotros nos incumbe organizar al pueblo. En cuanto a los reaccionarios chinos, nos incumbe a nosotros organizar al pueblo para derribarlos. Con todo lo reaccionario ocurre igual: si no lo golpeas, no cae. Esto es como barrer el suelo: por regla general, donde no llega la escoba, el polvo no desaparece solo.*
>
> *Hacer la revolución no es ofrecer un banquete, ni escribir una obra, ni pintar un cuadro o hacer un bordado; no puede ser tan elegante, tan pausada y fina, tan apacible, amable, cortés, moderada y magnánima. Una revolución es una insurrección, es un acto de violencia mediante el cual una clase derroca a otra.*

****

Con el Vicepresidente y Ministro de Defensa, Lin Biao, responsabilizado de llevar la Revolución Cultural al Pueblo en general, con Jiang Quing, esposa de Mao, responsabilizada de atraer y mantener en el redil revolucionario tanto a los intelectuales o científicos como a los artistas, y con Mao

Zedong, convertido por virtud del "Culto a la Personalidad" en el líder y maestro que nunca se equivoca, durante unos cuantos años se vivió en China una época de forzoso adoctrinamiento teóricamente marxista pero de un carácter tal que llegó a preocupar al propio Mao que, ya muy envejecido, empezó a considerar más positiva la moderación del tándem Zhou Enlay y Deng Xiaoping que el radicalismo de Lin Biao, el cual le despertaba serias reservas al no poder disimular que se veía a sí mismo encumbrado a la más alta cota de poder de la "nueva China": llegó a hacerse sospechoso de formar un gobierno en la sombra con la intención de un golpe de estado que acabaría con la vida del propio Mao, quien, a tiempo, fue puesto sobre aviso y tomó la determinación de apartar de su entorno a Lin Biao, según se dijo, fallecido por accidente aéreo en 1971.

Difuminada en el tiempo la llamada Revolución Cultural, en los últimos años de la vida de un Mao, considerado por buena parte del pueblo llano a la altura de los viejos y semi olvidados maestros, puede decirse que se vivió en China algo parecido a lo que Confucio llamó "estado de pequeña tranquilidad". Ya no se moría de hambre, pero se seguía suspirando por una libertad, tanto más inasequible cuanto más se frenaba el desarrollo de la iniciativa privada en la economía y más se cultivaba una "ciencia de la vida" radicalmente materialista sin el mínimo vestigio de cambio de rumbo, al menos, hasta el 9 de septiembre de 1976 en que fallecía el **Gran Timonel**, es decir Mao Zedong.

Capítulo 5º

ACUERDO DE PAZ PERPETUA EN EL CONTINENTE EUROPEO

En el año 2050, tras una breve guerra que se cortó en seco tras un fugaz amago de confrontación nuclear, la Federación Rusa y la Unión Europea, con ostensible neutralidad de la Gran China y de la Confederación Anglo Americana, firmaron lo que se llamó la *Carta de la Paz Perpetua* según el famoso y voluntarioso guión que, dos siglos y medio atrás, había sido ideado por el ideólogo idealista Enmanuel Kant, discutible y discutido padre de una *Razón Pura* en permanente obscuridad y de un *imperativo categórico* en frecuente desacuerdo con no pocas conciencias personales.

La organización del evento corrió a cargo de la ONU, cuyo delegado "plenipotenciario", Marcelo de Sosa Lamarque, ejerció de moderador. En representación de sus respectivos gobiernos, fueron Karl Kurzt, delegado por la Comisión de la Unión Europea, e Iván Vasiliev, por la Federación Rusa, los que, en una fastuosa sesión que, por imposición de los rusos, se celebró en San Petersburgo, firmaron un documento animado por el común propósito de *enterrar definitivamente el "hacha de la guerra"* en base a seis principios fundamentales y un

imperativo categórico sin marcha atrás.

1. *"Ningún tratado de paz en el cual esté tácitamente reservado un asunto para una guerra futura será válido".*

2. *"Ningún territorio autónomo, grande o pequeño, será cedido a otro estado por medio de herencia, intercambio, compra o donación".*

3. *"Los Ejércitos permanentes locales deberán desaparecer por completo en el más breve tiempo posible".*

4. *"Causa de ruptura del Tratado será la alteración del valor de la moneda de una parte sin el previo acuerdo con la otra parte.*

5. *"Ninguna de las partes debe ni puede inmiscuirse en la constitución o el gobierno de la otra parte".*

6. *"Son inadmisibles actos de hostilidad que debiliten la confianza mutua en la paz futura como el empleo de sicarios y envenenadores, el quebrantamiento de las capitulaciones o el incitamiento a la traición del estado enemigo".*

El *imperativo categórico sin marcha atrás* fue definido como **Principio Fundamental** de la siguiente manera:

*La permanencia del Tratado es garantizada por **Pantión**, indestructible módulo cibernético, que ha sido diseñado y desarrollado por los más acreditados científicos del momento hasta su perfecta viabilidad e inapelable autonomía con el objeto de responder automáticamente a un flagrante incumplimiento del Tratado por una de las dos partes: **sin posible marcha atrás, desencadenará una réplica nuclear hacia el falsario**.*

****

Hubo comentaristas que intentaron poner al semiolvidado Immanuel Kant en el centro de la reflexión pública, algunos haciendo ver cómo los buenos deseos de un solitario idealista habían llegado a convertirse en indiscutibles realidades y otros resaltando el hecho de que fuera una máquina el supremo árbitro ante un más que probable conflicto de intereses. Unos terceros vinieron a decir que, al fin, el aceptable entendimiento entre todos dependía del miedo al desastre total y no de la mediocridad de los políticos, principales protagonistas del toma y daca en los asuntos públicos. El caso fue que, entre unos y otros, pusieron de actualidad lo que un San Agustín habría llamado puro, simple y esterilizante *Academicismo*. Consecuentemente, no estará de más el dedicar el tiempo necesario al recordatorio de las cuestiones planteadas en su tiempo por Kant y unos pocos que se hicieron famosos siguiendo una estela que pronto se convertiría en una especie de *Ideal materialismo*.

Sabido es que Kant escribió dos obras que muchos pretenden eternizar en la historia del pensamiento: *La Crítica de la razón pura* y *La Crítica de la razón práctica*. En la primera defendía que la razón humana, por sí misma, es incapaz de desentrañar los misterios de la realidad y que, por ello mismo, vive como encerrada en una torre de cristal semi opaco, desde donde a lo máximo que llega es a percibir son las sombras de las ideas en las que Platón dijo ver la esencia de las cosas. Para huir del desazonar drama que, para los humanos, representa el no contar con una pequeña evidencia sobre el no saber qué se es, qué hacer y adónde ir la propia razón se hace práctica en cuanto inventa lo que el ideólogo Kant llamó *Imperativo Categórico*, cuya más categórica expresión resultó ser: *Obra como si la máxima de tu acción debiera convertirse por tu voluntad en ley universal de la Naturaleza*.

Para Kant las máximas morales anteriores no eran de obligado cumplimiento en cuanto se basaban en lo que llamó imperativos hipotéticos y no en declarar necesaria determinada proposición, es decir lo que él llamó *imperativo categórico* o incondicional mandamiento moral por antonomasia.

Ese mandamiento kantiano, autónomo, nacido de la razón práctica y avalado por similar audiencia académica que el *cogito* cartesiano, pretendía venir revestido de absoluta suficiencia sin que por ello significase la mínima inspiración religiosa: Para él toda la moral del ser humano debe poder reducirse a un sólo mandamiento fundamental, nacido de la razón y no de la autoridad divina.

Supone y manifiesta Kant que hay en el hombre una seriedad y rectitud de conciencia que nos lleva a realizar el bien, como una opción propia de la voluntad del hombre, no por presión, sino naturalmente. Siguiendo la línea del falso buenista Jean Jacques Rousseau, en Kant hay una confianza total en lo 'puro' del hombre y su buena voluntad y la ley es la forma para enderezar a los que no actuaron en sintonía con la buena voluntad colectiva. Con ello ignora a Aristóteles, para el cual la voluntad de un ser humano, abandonado a las propias fuerzas, se guía más usualmente por sus hábitos, esto es por sus costumbres, virtudes o vicios, que por una pura consideración racional de cada situación y peor aún: desde lo que podía haber representado para él, la savia del Cristianismo, adoptó la posición contraria de un San Agustín que había sentido en sí mismo la desgraciada situación de un ser humano tan pretencioso que cree prescindir de Dios hasta que descubre una apabullante realidad: *Nos creaste, Señor, para Ti y nuestro corazón andará inquieto hasta que no descanse en Ti*. Desconfiemos, pues, de nuestro pretendido saber hacer, de una estúpidamente pretendida infalibilidad, porque dentro de nosotros está nuestro mayor enemigo hasta el punto de que "*los soberbios serán humillados y los humildes ensalzados*". Estamos permanentemente en guerra civil en nuestro interior; vencerá sólo el que vigila, lucha y desconfía contra el mal que está dentro de nosotros mismos. Nada consigue un imperativo categórico quimérico y sí la fuerza que nos viene de Aquel que dijo: "***Yo soy el camino, la verdad y la vida***".

****

En las discusiones previas a la firma de la Carta de la Paz Perpetua del 31 de diciembre de 2050, se habían puesto de relieve dos posicionamientos discrepantes en no pocos puntos esenciales en cuanto un vergonzante agnosticismo alimentaba los argumentos de los representantes de la Unión Europea mientras que Iván Vasiliev, jefe de la delegación rusa, había querido hacer valer en todo momento el hálito cristiano que, según decía, había servido para *poner en su sitio cualquier reminiscencia del Marxismo incluido todo lo tocante a la despersonalizadora y más que anacrónica Escolástica Soviética con sus muchos territorios en desesperada y soterrada desavenencia.*

- Ahora somos, expresó el orador, un solo pueblo que ha sufrido en su propia carne la tragedia del pretendido entierro definitivo del Salvador hasta llegar al amanecer actual en el que, por todo lo que nos ocurre, comprobamos su viva y activa presencia en el fondo de nuestros corazones. En cambio, vosotros, los que presumís de civilizados occidentales, os encontráis separados en dos campos: los que adoráis al mundo que, para mí, sois mayoría y los que guardan su fe para Dios. Fácilmente, habéis olvidado que, en los primeros tiempos del Cristianismo, los ataques de los enemigos de Cristo se dirigían contra el cuerpo de fieles, torturados, flagelados, arrojados a las fieras o al fuego. En el siglo XVI se luchaba contra el pensamiento y doctrina filosófica de la Iglesia hasta que, en el siglo XX y lo que va de éste, se intenta romper definitivamente los resortes más íntimos de la vida moral y espiritual. Sucede esto en tres frentes y al mismo tiempo gracias a esa corriente de fofo buenismo que, con aire avasallador y como verdad incuestionable, afirma sus principios sin necesidad de probarlos con incuestionables razonamientos a la par que se apodera de las conciencias hasta lo más profundo del corazón. Es triste, muy triste, que no queráis reconocer que la realidad natural reclama la siempre presente realidad sobrenatural. Que la insuficiente razón humana no logrará nunca refutar los misterios de la religión, perfectamente adaptables por la Razón en cuanto se admite como hecho cierto la Revelación, avalada por el testimonio y la sangre del propio Hijo de Dios, nuestro incuestionable Salvador. Por demás, resulta absurdo comprobar el hecho de que en alguno de vuestros lugares se mantiene un catolicismo sin Cristo, al que se le ha sustituido por una absurda e impropia divinización de toda la Humanidad, lo que no quiere decir que el centro de la adoración sea el hombre, sino la abstracta idea de un hombre al que, previamente, se ha desprovisto de su dimensión espiritual. Claro que, en determinados casos, es enaltecida la idea del sacrificio personal a cuyo protagonista se le otorga una especie de afinidad simpática a la par que se le niega cualquier íntima razón de carácter religioso. Digan lo que digan algunos de vuestros más reputados ideólogos, que no filósofos, no es verdad **que el hombre no pueda organizar el mundo de espaldas a Dios. Lo que sí es verdad es que el hombre, si prescinde de Dios, lo único que puede organizar es un mundo contra el hombre. Tanto es así que los que vemos a Dios como el principio y fin de todas las cosas llegamos a comprobar que un anticipo de la felicidad eterna ya es disfrutado en esta vida en cuanto el cristianismo es una doctrina que promueve el goce y la fruición de la existencia terrenal en su adecuada expresión,** algo que se manifiesta en una sincera alegría sobrenatural.

Uno de los presentes pidió explicaciones sobre lo que había significado la Escolástica Soviética. A ello respondió Iván Vasiliev con una de sus acostumbradas largas disertaciones, cuyo resumen creemos de lugar. Lo haremos a nuestra manera y sin obviar una referencia al Marxismo, fenómeno que según el propio orador recordó, fue tomado como "sacralizado fundamento" de dicha "escolástica":

- Sabido es que, a pesar de la "caída del Muro de Berlín" y subsiguientes estrepitosos fracasos de las antiguamente llamadas "democracias populares", todas ellas dirigidas o tuteladas por la "Doctrina Marxista", ésta sigue presente sea como "opción filosófica" o como "idea capaz de mover ejércitos". La teoría y la praxis marxistas siguen siendo preciada referencia para cualquier caudillo capaz de presentarlas como disfraz de sus secretas intenciones de forma que un suficiente número de personas lo acepten sea como seguro de propio bienestar, sea como soporte de un nuevo orden o como punto de partida para un mundo sugestivamente irreal. A pesar del derrumbamiento de no pocas experiencias políticas que decían inspirarse en él, sigue vivo el poso de una ideología que, todavía hoy, es aceptada por muchos millones de personas como un cerrado sistema capaz de responder a las eternas preguntas del hombre: ¿de dónde vengo? ¿quién soy? ¿adónde voy? El "no era esto, no era esto lo que Marx quería o hubiera hecho", con frecuencia, sirve de tapadera a los desmanes de los llamados marxistas y también como punto de partida para nuevas experiencias las cuales ¿quién lo duda? seguirán amparándose en la filiación marxista.

Por otra parte, justo es reconocerlo, Marx sigue siendo el más ilustre mentor de cualquier forma de colectivismo más o menos discreto, desde el más radical al más desvaído sea éste el llamado "social-democracia al estilo nórdico"; y también ¿Quién lo duda? como socorrida referencia del materialismo burgués. Se acepta sin dificultad que el MARXISTA ES EL MAS CIENTIFICO DE LOS SOCIALISMOS; de hecho sus mentores, Marx y Engels, lo consideraban así desde su formulación en el "Manifiesto Comunista": presentaban y representaban al "Socialismo Científico" por oposición a los "socialismos utópicos, reaccionarios, burgueses, pequeño-burgueses...", ninguno de los cuales, según ellos, contaba con el aval de las últimas conquistas de la Ciencias Naturales, de la Economía Política y del Pensamiento.

Caben serias dudas sobre la total ausencia de fe cristiana en el Karl Marx ya maduro, tanto que nos sentimos tentados a sostener que el marxismo es, ni más ni menos, que una herejía del cristianismo tal vez nacida de una descorazonadora rebeldía o del prurito del intelectual que pone a su carrera por encima de los gritos de la propia conciencia. En el Sistema (¿o religión?) Marxista, se cuenta con una Omnipotencia (la autosuficiencia de la materia, Gea entronizada), un Enemigo (la Burguesía), un Redentor (El Proletariado), una Moral (todo vale hasta el triunfo final), una Cruzada (la confrontación sin cuartel), un Paraíso (la sociedad sin clases)... Todo ello desde una proclamada "fe materialista" y en abierta rebeldía contra todo lo que recuerda a Jesús de Nazareth.

Es sabido en Occidente que, a sus dieciocho años, Marx se matricula en la Universidad de Bonn para pasar pronto a la Universidad de Berlín. Aquí, se vivía de la estela intelectual de Hegel; son los tiempos de la pasión especulativa se según esas líneas de discurrir llamadas la "derecha hegeliana" con sus coqueteos al orden establecido y la "izquierda hegeliana", Freien o "jóvenes hegelianos", con su rebeldía y con un ostensible ateísmo testimonial. Marx se adhiere a la izquierda hegeliana: busca en ella el medio para ejercer como intelectual de futuro y hace suya la búsqueda de raíces materialistas al panlogismo de Hegel. Colecciona postulados para desde, un materialismo sin fisuras, asentar la plena autoridad de un joven doctor que no oculta su intención de marcar la pauta, ya no a la sociedad en que le ha tocado vivir, sino también, al mismísimo futuro de toda la humanidad: ello será tanto más fácil cuanto más se apoye en una apabullante originalidad.

Cuando, en los libros de divulgación marxista, se abordan los "años críticos" (desde 1.837 hasta 1.847), parece obligado conceder excepcional importancia a la cuestión de la alienación o alienaciones (religiosa, filosófica, política, social y económica) que sufriría en su propia carne Carlos Marx: la sacudida de tales alienaciones daría carácter épico a su vida a la par que abriría el horizonte a su teoría de la liberación (o doctrina de salvación). Si rompemos el marco del subjetivismo idealista, que Marx y sus colegas hacían coincidir con la "subyugante" forma de ser de la

Materia, alienación no puede tener otro sentido que condicionamiento, algo que no tiene por qué ser inexorable.

Sin duda que el propio Marx distó bastante de ser y manifestarse como un timorato alienado: fue, eso creemos, un intelectual excepcionalmente abierto a las posibilidades de redondear su carrera. En ese afán por redondear su carrera, pasó por la Universidad, elaboró su tesis doctoral, estudió a Hegel, criticó a Strauss, siguió a Bauer, copió Feuerbach, Hess, Riccardo, Lasalle, Proudhon.... atacó la Fe de los colegas menos radicales, practicó el periodismo, presumió de ateo, se cebó en las torpezas de los "socialistas utópicos", presentó a la lucha de clases como motor de la Historia, predicó la autosuficiencia de la Materia, formuló su teoría de la plus-valía, participó activamente en la Primera Internacional, criticó el "poco científico buen corazón" de la social democracia alemana de su tiempo, que ponía en tela de juicio el trabajo de los más débiles (mujeres embarazadas o ancianas y niños menores de diez años) y, en fin, publicó obras como "La Santa Familia", "La Miseria de la Filosofía", "El Manifiesto Comunista", "El Capital"... Todo ello, repetimos, más por imperativos de su profesión que por escapar o ayudar a escapar de la "implacable alienación".

Era novedoso y, por lo tanto, capaz de arrastrar prosélitos el presentar nuevos caminos para la ruptura de lo que Hegel llamara conciencia desgraciada o abatida bajo múltiples alienaciones. Cuando Karl Marx vivía de cerca el testimonio del Crucificado apuntaba que era el amor y el trabajo solidario el único posible camino de liberación; ahora, intelectual aplaudido por unos cuantos, doctor por la gracia de sus servicios al subjetivismo idealista, ha de presentar otra cosa: ¿Por qué no el odio que es, justamente, lo contrario que el amor? Pero, a fuer de materialista, "doctorado" en Materialismo, Karl Marx habrá que prestar "raíces naturales" a ese odio. Ya está: en buena dialéctica hegeliana se podrá dogmatizar que "toda realidad es unión de contrarios", que no existe progreso porque esa "ley" se complementa con la "fuerza creadora" de la "negación de la negación" ...

¿Qué quiere esto decir? Que, desde el supuesto de que toda realidad material es unión de contrarios, la obligada síntesis o progreso nace de la pertinente utilización de lo negativo. En base a tal supuesto, ya están los marxistas en disposición de dogmatizar que, en la historia de los hombres, no se progresa más que por el perenne enfrentamiento entre unos y otros: la culminación de ese radical enfrentamiento, por arte de las "irrevocables leyes dialécticas" producirá una superior forma de "realidad social". Y se podrán formular dogmas como el de que "la podredumbre es el laboratorio de la vida" o el otro de que "toda la historia pasada es la historia de la lucha de clases".

En ese odio o guerra latente, tanto en la Materia como en el entorno social, no cabe responsabilidad alguna al hombre cuya conciencia se limita a "ver lo que ha de hacer" por imperativo de "las fuerzas y modos de producción". Asentado en tal perspectiva, de lo único que se trata es de que la subsiguiente producción intelectual y muy posible ascendencia social gire en torno y fortalezca la peculiar expresión de ese subjetivismo idealista de que tan devotos son los personajes que privan en los actuales círculos de influencia.

Epígono de Marx y compañero en lo bueno y en lo malo fue Engels, de quien proceden algunas formulaciones del llamado materialismo dialéctico. Ambos aplican y defienden la dialéctica hegeliana como prueba de la autosuficiencia de la materia, cuya forma de ser y de evolucionar marca para su discurso cauces específicamente dialécticos a la historia de los hombres "obligados a producir lo que comen" y, como tal, a desarrollar espontáneamente "los modos y medios de producción".

Por la propiedad o no propiedad de esos "medios de producción" se caracterizan las clases y sus perennes e irreconciliables conflictos... Creencias, Moral, Arte o cualquier expresión de ideología es un soporte de los intereses de la clase que domina. El Proletariado, última de las clases, está llamado a ser el árbitro de la Historia en cuanto sacuda sus cadenas ("lo único a perder") e imponga su dictadura, paso previo y necesario para una idílica sociedad sin clases y, por lo mismo, en perpetua felicidad.

Eso y no más es el "socialismo científico" o teoría que, sin prueba alguna, pretende mostrar cómo la Materia es autosuficiente, evoluciona en razón a estar sometida en todo y en cada una de sus partes a las perpetuas contradicciones en que se basaría su propia razón de ser. Esta misma materia, en sus secretos designios, alimentaría la necesidad de que apareciera el hombre, que ya no es un ser capaz de libertad ni de reflexionar sobre su propia reflexión: es un ser cuya peculiaridad es la de producir lo que come.

Para los marxistas el ser humano, como cualquier otro elemento material, está sometido, en su vida y en su historia, a perpetuas contradicciones, luchas, que abren el paso a su destino final cual es el de señorear la tierra como especie (no como persona) que aprenderá a administrar sus placeres. Lo de "socialismo científico" representa una idea-fuerza en las prédicas de Marx, Engels y sus herederos. Es "socialismo" porque ellos lo dicen y es ciencia, porfían, porque, desde el materialismo y por caminos "dialécticos" (el summum del discurrir en la Europa posterior a Napoleón), rasga los velos del obscuro idealismo alemán, porque encierra y desarrolla los postulados de la "Ciencia Económica" inglesa (recuérdese a Adam Smith, Riccardo, etc...) e ilusiona con las utopías de los socialistas franceses (Saint Simón, Fourier, Proudhon...)

El "auto de fé" o implacable requisitoria contra los otros socialismos (sentimentaloides, farfulleros, utópicos, burgueses...) lo constituyó, sin duda alguna, el Manifiesto Comunista, "libro sagrado" del revolucionarismo mundial. Sobre el "**Manifiesto Comunista**" escribió Lenin: "Este breve folleto tiene el mérito de un volumen completo. Hasta hoy día, su espíritu inspira y guía a todo el proletariado organizado y luchador del mundo civilizado".

Claro que el Marxismo, según lo han proclamado y repetido hasta la saciedad sus principales exégetas, además de la más cumplida teoría de la Revolución, pretende encarnar la más consumada ciencia de la Totalidad y ello porque, siguiendo las categóricas afirmaciones de sus padres, Marx y Engels, dice ver en la Materia el principio y fin de todos los fenómenos y cosas; según ello, podrá hablarse con propiedad de un Materialismo Dialéctico, que explica el que, por qué y para qué de todos los elementos materiales y, como expresión histórica de ese Materialismo Dialéctico, deberá verse a través del Materialismo Histórico con sus luchas de clases y los sucesivos cambios en los medios y modos de producción todo lo que ha acontecido, acontece y acontecerá entre los humanos.

Con los distintos capítulos, en que se desarrollan tanto el Materialismo Histórico como el Materialismo Dialéctico, ambos complementarios entre sí, se cierra un sistema, el Socialismo Científico o Comunismo que, según los seguidores de Marx y Engels, muestra la autosuficiencia de la Materia y consiguiente inutilidad de un Creador: aunque sin las contundentes pruebas que la Ciencia Experimental requiere para la más elemental suposición de cualquier laboratorio, bajo el patrocinio soviético, una legión de los llamados "obreros del pensamiento" fue subvencionada para casar ideas con tal o cual conato de descubrimiento hasta hacer creíble el dogma de que la Materia, sin principio ni fin, se basta a sí misma para lograr, incluso, las más complejas realizaciones espirituales: es como si la tal Materia aceptada como entidad suprema fuera omnisciente, omnipotente y omnipresente en todas y cada una de las manifestaciones de la Realidad Universal. Aun desaparecida la Unión Soviética, son millones las personas que se empeñan en no dejar de creer en esa eventualidad y ello sin requerir el mínimo cotejo con la realidad que ellos mismos perciben desde el vacío de sus conciencias.

También es cierto que, obviando la precisa e imprescindible de mostración, no faltan reputados intelectuales que presentan al Marxismo como el insuperable humanismo de nuestro tiempo. Entre éstos podemos incluir a Erich Fromm (1900-1980), judío como Marx y Freud, sus principales mentores. Luego de pretender la difícil simbiosis entre el "Materialismo Dialéctico" marxista y el "Psicoanálisis" freudiano, aparca Fromm a Freud para centrarse en el supuesto "valor humano" de la herencia de Marx y hacerse fuerte en lo que él llama "Humanismo dialéctico"; es lo que defiende en su libro "El Corazón del Hombre", en donde contempla a la especie humana actual como esclavizada por los valores del Mercado en cuanto todos y cada uno de sus integrantes se han transformado a sí mismos en bienes de consumo, incluida la propia vida que ha de invertirse material y provechosamente: es la vuelta al mundo como a "un inmenso campo de habas en el que todo un rebaño puede saciarse a placer".

Con veleidades anarquizantes, Fromm (que, ciertamente, dominaba el arte del saber hablar) rememora a Hobbes y su teoría del "hombre lobo para el hombre" (homo homini lupus) apuntando que también ha captado lo de "cordero al que llevan al matadero", síndrome que, según él, aqueja a la gran masa.

De ahí el que considere igualmente culpables al tirano como a los que se dejan tiranizar; lo dice así: "Pero si la mayor parte de los hombre fueron corderos ¿Por qué la vida del hombre es tan diferente de la del cordero? Su historia se escribió con sangre; es una historia de violencia constante, en la que la fuerza se usó casi invariablemente para doblegar su voluntad. ¿Exterminó Talaat Pachá sin contar con nadie millones de armenios? ¿Exterminó Hitler por si solo a millones de judíos? ¿Exterminó Stalin por si solo a millones de enemigos políticos? Esos hombres no estaban solos, contaban con miles de hombres que mataban por ellos y que lo hacían no solo voluntariamente, sino con placer".

Ello quiere decir que, según Fromm, todos somos víctimas del "Síndrome de decadencia" que "mueve al hombre a destruir por el gusto a la destrucción y a odiar por el gusto de odiar". Consecuentemente, "el hombre ordinario con poder extraordinario es el principal peligro para la humanidad y no el malvado o el sádico". Ese negro horizonte, sin otra válvula de escape que el "Humanismo dialéctico", sobre el que teoriza Fromm, no deja de ser una fría traducción de la utopía materialista sobre la que tanto divagaron Marx, Engels, Lenin, etc., etc.,... ello sin parar mientes en la "sangre, sudor y lágrimas", que han salpicado tantos y tantos irreflexivos caminos hacia la cruda y escueta alienación, todo ello sin parar mientes en las más acuciantes necesidades de un mundo hambriento de amor y de libertad, **ese amor y esa libertad que es alimento diario para una buena parte de los rusos de hoy**.

- Para que, si lo tiene a bien, responda a esa larguísima disertación, damos la palabra al delegado de la Unión Europea dijo Marcelo de Sosa Lamarque en nombre de la ONU.

Karl Kurtz, venido a la social democracia desde el comunismo populista de principios de siglo, ahora ostentando el cargo de representante principal de la Comisión de la Unión Europea, se situó parsimoniosamente en la tribuna de oradores para, sin papeles y con voz un tanto engolada, decir:

- Desde la Social Democracia Europea, que es mi partido, vemos al ser humano plenamente autosuficiente en el devenir político y propugnamos un socialismo democrático mediante medidas reformistas y gradualistas nacidas de la común reflexión con las mínimas connotaciones de carácter confesional puesto que, de forma incuestionable, los socialdemócratas supeditamos la religión a una ideología, que se diferencia de otras concepciones del socialismo por la manera que interpreta el significado e implicaciones de ese término, especialmente en materias políticas ya que los socialdemócratas nos caracterizamos por nuestras políticas reformistas ligadas a la participación ciudadana, a la protección del medio ambiente y a la integración de minorías sociales en las democracias modernas, abordando los valores sociales desde un prisma progresista, entendiendo por progresismo el predominio de los valores respaldados por la Razón Laica bajo el lema "Competencia donde sea posible, planificación donde sea necesaria". Al respecto, me remito a los ideales que, en la nueva socialdemocracia, heredera del «revisionismo reformista», quedaron plasmados en la Declaración de Principios de la Internacional Socialista de 1989 en la que se proclamó que «una democracia más avanzada en todas las esferas de la vida: la política, la social y la económica» es el marco y a la vez el fin del socialismo. Debido a ello, no existe un conflicto entre la economía capitalista de mercado y su definición de una sociedad de bienestar mientras el Estado posea atribuciones suficientes para garantizar a los ciudadanos una debida protección social. En general, esas tendencias se diferencian tanto del social liberalismo como del liberalismo progresista en la regulación de la actividad productiva, y en la progresividad y cuantía de los impuestos. Y esto se traduce en un incremento en la acción del Estado y los medios de comunicación públicos, así como de las pensiones, ayudas y subvenciones a asociaciones culturales y sociales. En cierta forma, hacemos nuestra la política que, hace varias décadas, planteaba el memorable senador americano Sanders para el mundo democrático bajo el lema "tenemos que ser tenaces, no estúpidos" y según seis puntos de partida, que no vemos en nada incompatibles con los seis principios fundamentales y el *imperativo categórico sin marcha atrás* de nuestra comprometedora *Carta de la Paz Perpetua*:

- Desmantelar los programas de deportación y los centros de detención.

- Trabajar en una legislación que facilite la urgente y progresiva integración cuando no la expulsión de marginales e indocumentados.

• Asegurar que las fronteras sean seguras, respetando a las comunidades locales.

• Regular el flujo de inmigrantes modernizando el sistema de visas y reescribiendo los tratados defectuosos.

• Mejorar el acceso a la justicia y terminar con la criminalización de los inmigrantes

• Establecer parámetros de supervisión independiente de agencias claves del Departamento de Seguridad Nacional.

- Son puntualizaciones que, a mi modo de ver, responden a las exigencias de mi propia ideología como al respaldo de lo substancial del acuerdo. Termino declarando formalmente que, desde la Unión Europea, nos adherimos sin reservas de ninguna índole a esta grandiosa Entidad Política nacida con el propósito de complementar capacidades a la luz de los diversos puntos de vista, creyentes o no creyentes, siempre con la inquebrantable voluntad de coincidir en lo mejor de lo posible.

- Todo eso está muy bien y será aún mejor si, a la luz de lo que nos han legado los grandes maestros de la vida en sociedad, damos la importancia debida a la palabra siempre viva de Cristo Jesús. Como exordio de su parlamento, dijo esto monseñor Labardini, el delegado del Vaticano, para, seguidamente, hacer oír lo que, según dijo, era el más claro razonamiento sobre lo que no se ha hecho bien y a todos corresponde evitar que se repita. Lo que hizo fue leer los siguientes párrafos de MEMORIA E IDENTIDAD, genial legado de aquel gran papa que fue San Juan Pablo II:

El siglo XX ha sido testigo de acontecimientos históricos que han marcado un cambio decisivo en la situación política y social de muchas naciones, con gran incidencia en la vida de los ciudadanos. Hace ahora sesenta años del final de la guerra que, de 1939 a 1945, involucró al mundo en una tragedia de destrucción y muerte. En los años sucesivos, la dictadura comunista se extendió a diversas naciones de Europa centro oriental, mientras que la ideología marxista se propagaba en otras naciones del continente, así como en África, Latinoamérica y Asia…/Además, el paso al siglo XXI se ha visto trágicamente afectado por la plaga del terrorismo a escala mundial: la destrucción de las Torres Gemelas en Nueva York ha sido su manifestación más impresionante. ¿Cómo no ver en todos estos acontecimientos la presencia activa del mysterium iniquitatis? …/Y llegó 1989, que ha pasado a la historia como el año de la caída del Muro de Berlín, comenzando rápidamente el desmoronamiento de la dictadura comunista en las naciones europeas en las que había dominado por decenios. La francmasonería replica convocando un "anti-concilio". La corriente anti infalibilista secular culmina, en efecto, en la tenida de un "anti-concilio", que tuvo lugar el mismo día en que comenzaba el concilio Vaticano. Este anti-concilio de los francmasones se tuvo en Nápoles, el 8 de diciembre de 1869, es decir exactamente el día de la apertura del concilio vaticano en Roma…/La invitación fue concebida así: "A los librepensadores de todas las naciones. ¡Post tenebras lux!". El lugar de la reunión era Nápoles, porque esta villa, "tuvo la gloria de oponerse sin cesar a las pretensiones y a las usurpaciones de la Corte de Roma después de haber, durante los días más sombríos de la Edad Media. (…) rechazado, constante y enérgicamente, el infame tribunal de la Inquisición. (…) Así, el día mismo en que en la villa eterna se abrirá este concilio, cuyo fin evidente es ajustar las cadenas de la superstición, y hacernos retroceder hacia la barbarie, nosotros librepensadores (…), nueva francmasonería actuando a la luz del sol". …/El gran maestre de la francmasonería francesa aporta su sostén oficial. Los delegados franceses presentes durante el contra concilio hicieron una declaración final escandalosa: "Considerando que la idea de Dios es el sostén de todo despotismo y de toda iniquidad; Considerando que la religión católica es la más completa y la más terrible personificación de esta idea; (…) los librepensadores de París asumen la obligación de emplearse a abolir prontamente y radicalmente el catolicismo, y a solicitar su aniquilación, con todos los medios compatibles con la justicia, comprendido el medio de la fuerza revolucionaria, la cual es la aplicación a la sociedad del derecho de legítima defensa. .../En la época del concilio Vaticano I, un alto dignatario de la masonería se regocijaba del "apoyo precioso que encontramos desde hace muchos años den un partido poderoso, que nos es como un intermediario entre nosotros y la Iglesia, el partido católico liberal. Es un partido que tenemos que cuidar, y que sirve a nuestras vías más que lo que piensan los hombres más o menos eminentes que le pertenecen en Francia, en Bélgica, en toda la Alemania, en Italia y hasta en Roma, alrededor del papa. .../Traté de ahondar en estas palabras y esto me llevó a las primeras páginas del libro del Génesis, al episodio conocido con el nombre de «pecado original». San Agustín, con su extraordinaria perspicacia, describió la naturaleza de este pecado en la siguiente fórmula: Amor sui usque ad contemptum Dei, amor de sí mismo hasta el desprecio de Dios.1 Precisamente el amor sui fue lo que llevó a los primeros padres a la rebelión inicial y determinó la propagación en lo sucesivo del pecado a toda la historia del hombre. A eso se refieren las palabras del libro del Génesis: «seréis como Dios en el conocimiento del bien y el mal» (Gn 3, 5), es decir, decidiréis por vosotros mismos lo que está bien y lo que está mal.

- Somos muchos los que vemos en tales reflexiones un imprescindible toque de atención a la política de nuestro tiempo, dijo a continuación monseñor Lombardini sin consultar papeles. Creo interpretar fielmente el criterio de la Santa Sede, si muestro la satisfacción por comprobar que, gracias al acuerdo entre la envejecido Oeste, la Unión Europea, y el cristianamente rejuvenecido Este, la Federación Rusa, también europea, por fin, nuestro Continente empieza a respirar con sus dos pulmones para, de seguido, propalar hacia el mundo entero el fresco aliento de la esperanza, algo con lo que, a mediados del pasado siglo XX, el gran paleontólogo jesuita Teilhard de Chardin ya soñó y expresó de la siguiente manera: *"Nadie puede negar que una red mundial de afiliaciones económicas y psíquicas se está tejiendo a una velocidad creciente, la cual envuelve y constantemente penetra con mayor profundidad dentro de nosotros. Cada día que pasa se vuelve un poco más imposible para nosotros pensar o actuar de otra forma que no sea colectivamente"*

Los asistentes, puestos en pie, aplaudieron ruidosa y largamente hasta que tomó la palabra el delegado de la ONU

- Para que en el futuro se disipen las dificultades a tan prometedoras perspectivas sepan todos ustedes que la ONU se mantiene firme, prudente y generosa en la defensa de esta formidable entidad política que, extendida desde el Pacífico hasta el Atlántico, nace hoy **¡¡Viva la Unión Continental Europea!!**

*-El peor de los males es tomarse a
uno mismo como principio esencial de
todo.*

*Nos creaste, Señor, para ti y
nuestro corazón está inquieto hasta que
no descansa en ti.*

San Agustín

Capítulo 6°

LA NUEVA REVOLUCIÓN CHINA

En parte del pueblo chino, más o menos fiel al taoísmo, se cultiva la creencia en los ocho inmortales, especie de dioses o semidioses, a los que se liga con la vida ordinaria en distintos patronajes o funciones: Zhongli Quan, el inmortal principal, del que se dice que insufla vida a las almas de los muertos; Cao Guojiu, patrono de actores y espectáculos teatrales; Han Xiangzi, a quien se atribuye la buena música y el florecimiento de las plantas; He Xiangu, bella mujer a la que se ve como símbolo de la fecundidad; Li Tieguai, del cual se hace depender la unión de la tierra con el cielo; Zhang Guo Lao, símbolo de la milenaria tradición; Lü Dongbin, responsable de acabar con los monstruos malignos y Lan Caihe, venerado por los cultivadores y vendedores de flores.

En estudiada sintonía con parte de las creencias populares, además de los inigualables, imborrables y trascendentes méritos atribuidos como artículos de fe al **Gran Timonel**, entre los revolucionarios y estadistas chinos fallecidos, gozan de la categoría oficial de **inmortales,** a tener en cuenta como devota y ejemplarizante referencia entre el pueblo, los siguientes personajes de la reciente historia china: **Deng Xiaoping** (1904–1997), **Chen Yun** (1905–1995), **Peng Zhen** (1902–1997), **Yang Shangkun** (1907–1998), **Bo Yibo** (1908–2007), **Li Xiannian** (1909–1992), **Wang Zhen** (1908–1993) y **Song Renqiong** (1909–2005).

****

Contrariamente a lo que Marx había propugnado, ni en la China de Mao ni en la Unión Soviética de Lenin y Stalin, la rebeldía contra el estado de cosas existente había sido causa de los cambios en los medios y modos de producción.

En el caso de la China tradicional, ni siquiera la doctrina de Marx ayudó a una toma de "conciencia práctica" (trabaja, si quieres comer): diríase que **"el paso de la miseria a la pobreza"** fue presentado y desarrollado como una "idea de salvación" o la fuerza para destruir los obstáculos hasta el reencuentro con una sociedad en la que el trabajo de todos y para todos llegara a ser la primera razón de la existencia. Al parecer, ésa ha sido la más destacada consecuencia del paso por la historia de la China de su **Gran Timonel**: Mao Zedong (1893-1976), implacable e irrepetible personaje, del que se ha dicho que había fundido a Confucio en Marx hasta creerse una reencarnación de ambos sin dejar de tomarse a sí mismo como único ser del universo, realmente, digno de vivir hasta proyectarse hasta más allá del tiempo.

Que, entre sus seguidores, hubo y hay quien se lo creyó y cree lo muestra la persistente y devota evocación de su figura en multitud de actos oficiales y en singulares obras arquitectónicas como la de su soberbio mausoleo en Pekín, justamente, en el centro de la plaza de la Puerta de la Paz Celestial (Plaza de

Tiananmén), innumerables retratos y estatuas, entre las que destaca una faraónica reproducción del intrépido revolucionario cual fue en su juventud: una escultura colosal de 32 metros de altura a base de 8.000 piezas de granito erigida entre 2007 y 2009 en la ciudad de Changsha, provincia de Hunan. Todo sea para mitificar la figura de alguien que, valiente e idealista en su juventud, perdió sus más destacados rasgos de ejemplaridad cuando se dejó corromper por el poder y las bajas pasiones hasta sentirse ajeno al sufrimiento y la muerte de millones y millones de compatriotas.

A pesar de los crueles y desmesurados excesos de su líder principal, sin duda que, con **muchas más sombras que luces**, lo de la revolución marxista maoísta de China derivó en una especie de **despertar hacia el mundo industrializado,** aunque con serias dificultades para asumir el sentido de la libertad forjada por el Evangelio.

Sobre ese **despertar hacia el mundo industrializado** sí que pudo trasmitir a Mao Zedong detallado conocimiento y amplias vivencias Zhou Enlai (1898 – 1976), destacado político de la República Popular China, miembro del Partido Comunista Chino desde su juventud y primer ministro de China desde el establecimiento del régimen socialista en 1949 hasta su muerte.

De espíritu reflexivo y rebelde, en su infancia y adolescencia, recibió la educación reservada a las familias de los funcionarios imperiales para continuar su formación en Japón y Europa residiendo sucesivamente en Francia, Inglaterra y Alemania hasta regresar a China en 1924 con amplio bagaje cultural, el dominio del francés e inglés y su filiación a la rama francesa del Partido Comunista Chino, fundado en 1921 por Chen Duxiu (1879-1942). Al año siguiente, se casó con la activista revolucionaria Deng Ying chao (1904-1992). Al no tener descendencia, el matrimonio adoptó a varios huérfanos, hijos de "mártires de la Revolución", entre ellos, Li Peng (1928-2019), primer ministro de la República Popular China de 1987 a 1998).

En 1949, tras la fundación de la República Popular, Zhou asumió los cargos de Primer Ministro y Ministro de Asuntos Exteriores del nuevo régimen. Encabezó la delegación china a la Conferencia de Ginebra de 1954 y a la Conferencia de Bandung en 1955. En 1958, cedió el puesto de Ministro de Asuntos Exteriores a Chen Yi, manteniendo hasta su muerte el cargo de Primer Ministro.

Aun con serias discrepancias respecto a los extremismos del llamado **Salto hacia Adelante** y la desaforada a la par que sangrienta Revolución Cultural, durante toda su actividad política, Zhou Enlai resultó ser el amigo incondicional y fiel colaborador de Mao Zedong, tan diferente de él en templanza política, valores humanos y fidelidad conyugal, tanto que su influencia en la política china resalta por lo occidentalista, moderada y dialogante, en contraste con los excesos ideológicos del maoísmo. Consciente de un próximo fallecimiento, ocurrido siete meses antes que el de Mao, Zhou hizo un bien documentado y oportuno llamamiento a favor de las "**Cuatro Modernizaciones**" para situar a China en la senda del crecimiento económico. Entre estas cuatro modernizaciones se insistía en la importancia de que China abriera sus mercados, prácticamente que renunciara al comunismo y que entrara al juego del capitalismo. Estas palabras de Zhou serían utilizadas más tarde por los reformistas liderados por Deng Xiaoping (1904-1997).

****

A pesar del inmenso poder que, en alas de la "**Revolución Cultural**" y la decrepitud de Mao, había acumulado la llamada "**Banda de los Cuatro**" con la propia esposa de Mao a la cabeza, a la muerte del "Gran Timonel", siete meses después de Chou en-Lai, pasó la autoridad máxima de la República

Popular China a las manos del gris funcionario **Hua Guofeng** (1921-2008), **expresamente** designado por el "Gran Timonel" el mismo día de su muerte (9 de septiembre de 1976) para imponer un elemental orden en las filas del Partido empezando por poner fuera de la circulación a la citada "Banda de los Cuatro", incluida Jiang Qing (1914-1991), la sediciosa mujer, que pretendía suceder al fallecido esposo no sin el ánimo de superarle en arbitrariedad y bajas pasiones.

Transcurridos dos años de titubeante mandato, en diciembre de 1978, Hua Guofeng se vio obligado a ceder buena parte del poder ejecutivo a Deng Xiaoping (1904-1997), uno de los más veteranos y laboriosos miembros del Politburó, a medias marginado por su escaso respeto a los postulados y secuelas de la Revolución Cultural, tan dentro de la ortodoxia marxista "reformada" por Mao, pero calificada después por el propio Deng Xiaoping como "**la década catastrófica**" (1966-76).

A la vista de lo ocurrido durante sus años de efectivo mandato (desde 1978 hasta poco antes de su muerte en 1997), bien podemos decir que Deng Xiaoping, apodado el **Pequeño Timonel**, fue el pionero y principal artífice de lo que ha resultado ser una inesperada modernización de **los medios y modos de producción** de China, desde entonces, en camino de situarse a la cabeza de la economía mundial en un modo de obrar del que el propio Deng dio testimonio de la siguiente manera:

> *La reforma que estamos llevando adelante es bastante audaz. Pero difícilmente podríamos avanzar si procediéramos de otra manera. La reforma es una segunda revolución en China. Se trata de un asunto muy importante y absolutamente necesario, si bien implica riesgos. En el informe sobre la labor del gobierno rendido a la III Sesión de la VI Asamblea Popular Nacional se señalan algunos de los riesgos que ya hemos corrido. Ya en el momento en que tomamos la determinación de emprender ésta obra éramos conscientes de la probabilidad de que esto ocurriera. Nuestra*

orientación es actuar con audacia pero con pasos seguros. y estudiando cada paso que demos. Nuestra política es firme e inconmovible y así actuaremos siempre. Lo importante es que sepamos sintetizar las experiencias al cabo de un trecho andado, pues en la reforma están comprometidos los intereses vitales del pueblo y cada paso que se da se hace sentir entre centenares de millones de personas Para ver con claridad el éxito o fracaso de la reforma habrá que esperar unos años. La reforma en el campo surtió efecto al cabo de tres años, en tanto que la reforma total, que es más complicada por cubrir tanto la ciudad como el campo, necesitará, suponemos, cinco años para dejar ver sus resultados. Mientras tanto, sin duda se cometerán errores y surgirán problemas. Lo decisivo es que sepamos sintetizar las experiencias y no tardar en rectificar todo lo que se haya hecho en forma inadecuada. Los problemas recientemente surgidos no son nada del otro mundo. Si bien en el exterior hay quienes los consideran bastante graves, nosotros nos sentimos seguros en nuestro fuero interior. Sera inmutable nuestra política de apertura en ambos sentidos, es decir, apertura tanto al exterior como al interior. La reforma que estamos llevando adelante es la continuación y el desarrollo de la política de apertura en ambos sentidos. La reforma requiere la continuación de la apertura. Es Indispensable enfatizar los ideales y la disciplina como hice hace poco en la Conferencia Nacional sobre el Trabajo Científico y Tecnológico al referir a la aplicación de la política de apertura. Hay quienes consideran que insistencia de China en los ideales significa la posibilidad de un nuevo encerramiento. Nada de eso. Tenemos la cabeza lúcida y no estamos ciegos frente a los efectos negativos que pueda traer la apertura. En lugar de cerrarnos, nuestra política es continuar la apertura e incluso ampliarla aún más en lo sucesivo. Hay comentaristas extranjeros que opinan que es irreversible la política vigente en China. Creo que es acertado este concepto (Tomado del portal www.marxist.org).

✶✶✶✶

Frente a sus éxitos en el desarrollo de la agricultura, industria y demás campos de la actividad económica, Deng, infatigable lector que había sabido aprovechar muy bien sus años de juventud pasados en Francia y la Unión Soviética, no dejó de referirse al legado de Marx y Mao en el terreno de las ideas, vistas siempre a la luz de la praxis que, para él, era una maestra inapelable de la gestión de gobierno: "**Mantener en alto la bandera del pensamiento de Mao Zedong y persistir en el principio de buscar la verdad en los hechos**", dijo el "Pequeño Timonel" en 1978, recién asumida la máxima responsabilidad en el gobierno de la entonces llama República Popular China.

Con lo dicho, Deng hacía ver que estaba dispuesto a romper con los exacerbados populismos a la par que dar de lado a los más inoperantes de los dogmatismos ideológicos para centrarse en lo que el entendía como adecuada manera de hacer política de manera que sea lo primero a tener en cuenta lo que da resultado, venga o no venga avalado por los respetables más que respetados maestros. De ahí el famoso dicho del que se hizo eco Felipe González en la visita que hizo al mandatario chino en 1985: "**Gato blanco o gato negro da igual; lo importante es que cace ratones**".

Muchos debieron ser los **ratones cazados** cuando, a diferencia de lo sucedido en el resto de las llamadas democracias populares, en la República Popular China se trata de cultivar la **emancipación mental** para consolidar lo que se sigue llamando democracia popular a partir de la siguiente argumentación por parte del propio Deng Xiaoping, el cual, en su forma de hablar, trataba de respetar lo que podemos llamar ortodoxia semántica marxista-leninista-maoísta en la calificación de las medidas concretas para **modernizar la agricultura, la industria, la tecnología y la defensa nacional.**

Desde las premisas ideológicas del materialismo marxista, sin otra posible interpretación que las del Politburó o poder central, el sistema electoral chino es jerárquico desde la base hasta la cúspide. Los miembros de las asambleas populares locales son elegidos por sufragio directo, mientras que en los niveles más altos de los congresos locales y en la Asamblea Popular Nacional se celebran elecciones indirectas en las que participan los miembros de la Asamblea Popular del nivel inferior inmediato, todos ellos sin apartarse de la disciplina de un partido socialista o comunista de características chinas, bajo la recomendación de ver al poder central como una especie de providencia socialista siempre preocupada porque nadie carezca de lo que se merece en razón de su fidelidad a los ideales comunes. No se habla de virtudes cristianas porque es de buena educación ignorar todo lo referente al Evangelio; para los jerarcas chinos ello no es óbice para que, desde las aportaciones del materialismo dialéctico, se pueda progresar en la emancipación del pensamiento. Lo expresa así el propio Deng Xiaoping:

> *Una condición de suma importancia para la emancipación mental de la gente y la puesta en juego de su inteligencia es la efectiva vigencia del centralismo democrático proletario. Necesitamos una dirección centralizada y única, pero una centralización en el correcto sentido de la palabra presupone una democracia plena. En el período actual se hace particularmente necesario poner énfasis en la democracia. Y esto obedece a que, durante un tiempo bastante largo, el centralismo democrático no tuvo auténtica vigencia debido a que se hizo hincapié en el centralismo prescindiendo de la democracia, la cual resultó muy precaria. Incluso ahora, sólo unas pocas personas avanzadas se atreven a dar su opinión. Tales personas son un poco más numerosas en nuestra presente reunión, pero en todo el Partido y todo el país en su conjunto, mucha gente aún carece del coraje necesario para decir lo que piensa. Si no cambia semejante estado de cosas, es decir, si la gente sigue temerosa de manifestar sus opiniones correctas y de oponerse a los malvados y a sus abusos, ¿cómo será posible propugnar la emancipación mental y el uso de*

la inteligencia? ¿Cómo van a llevarse a cabo las cuatro modernizaciones?

La realidad fue que, en China se empezó a celebrar el **Denguismo** (de Deng) como etapa superior del Marxismo-Leninismo-Maoísmo caracterizante de lo que ha pasado a la Historia de China como "**la década catastrófica**" (1966-76). Ello despertó amplio interés en las llamadas democracias occidentales en cuyos medios de difusión cobraron excepcional relieve entrevistas como la que, en agosto de 1980, concedió el propio Deng Xiaoping a la periodista italiana Oriana Fallaci (1929-2006). A la par que una exposición sobre su propia forma de entender el **socialismo a la manera china**, también llamado oficialmente socialismo de mercado, ofrece una respetuosa y crítica visión del carácter, personalidad y acción política del **Gran Timonel**:

> *Como usted sabe, en el período de Hanan, nuestro Partido sintetizó las concepciones del presidente Mao en los diversos dominios, denominándolas pensamiento de Mao Zedong y lo erigió en su, pensamiento guía. Fue justamente porque nos guiamos por el pensamiento de Mao Zedong por lo que logramos la gran victoria de la revolución. Desde luego, el pensamiento de Mao Zedong no es obra exclusiva de él, ya que han hecho contribuciones a su creación y desarrollo todos los revolucionarios de la vieja generación, pero fue de importancia fundamental la aportación que hizo el camarada Mao Zedong a la formulación de este pensamiento. Sin embargo, con el triunfo, el camarada Mao Zedong perdió la prudencia, y durante los últimos años de su vida comenzaron a manifestarse paso a paso en su mente elementos malsanos, o ideas malsanas, principalmente ideas "izquierdistas". Una buena parte de dichas ideas contradicen sus anteriores concepciones y sus correctos y magníficos postulados de otros tiempos, así como su propio estilo de trabajo. Desde ese momento empezó a disminuir su contacto con la realidad. Y en el período de vida que le restó no continuó como era debido los excelentes estilos que había forjado en el pasado, como, por ejemplo, el centralismo democrático y la línea de masas, ni los refrendó bajo forma de*

sistemas perfectos. Esto no fue un fallo exclusivo del propio camarada Mao Zedong, sino que también tuvimos parte de culpa los revolucionarios de la vieja generación, entre los que me incluyo yo mismo. Desde hacía tiempo se venían observando ciertas anomalías en la vida política de nuestro Partido y del Estado, tales como el incremento del patriarcalismo o estilo patriarcal y la creciente práctica de alabar a personas, y, en fin, no era tan sana la vida política en su conjunto, todo lo cual acabó por desembocar en la "gran revolución •cultural", que fue un error.

El hecho es que, desde su fundación en 1949 hasta finales de 1978, en la República Popular China, primó una economía planificada no muy diferente a la que durante no menos de setenta años fue cultivada a modo de Capitalismo de Estado por la Unión Soviética. Fue la neutralización de la Banda de los Cuatro como capítulo final de la llamada Revolución Cultural lo que, en China, abrió el camino a las **Cuatro Modernizaciones**, que tan concienzudamente puso en marcha a partir de 1978 Deng Xiaoping y el equipo de laboriosos expertos por él dirigido, trabajando siempre en el respeto a los condicionantes de económicos de un país, dos sistemas: La China indivisible con su Socialismo de Mercado y el Sistema Capitalista en donde lo exigieren las circunstancias históricas como, por ejemplo en Hong Kong y similares.

Sin apartarse del terreno de las realidades, ello significa que, en el interior de la República Popular de China, el continente con más de mil millones de seres humanos conservará el sistema socialista, mientras que Hong Kong y Taiwán continuarán bajo el sistema capitalista. Es así cómo, en los últimos años, China ha trabajado duro por superar errores "de izquierda" y ha formulado sus políticas concernientes a todos los campos en concordancia con el principio de proceder desde la realidad y buscando la verdad de los hechos

Primum vivere, deinde philosophare, que dirían los clásicos, fue la consecuencia de la progresiva liberalización económica no sin dejar para más adelante la liberación política, cuestión imposible de orientar en tanto en cuanto no haya surtido positivo efecto la pretendida emancipación mental de la gente no se traduzca en democrática responsabilidad. Ello quiere decir que aun quedaba lejos el dar carta de naturaleza a la Democracia formal de Occidente, la misma de la que un Churchill dijo aquello de "es el peor sistema de gobierno excluyendo todos los demás". Mientras tanto, no se debe temer adoptar los métodos avanzados de gestión aplicados en los países capitalistas puesto que, según han puesto en claro los más acreditados conocedores de la doctrina, "la esencia misma del socialismo es la liberación y el desarrollo de los sistemas productivos en cuanto el socialismo y la economía de mercado no son incompatibles. Ello obliga a la constante preocupación por las desviaciones de derecha, pero, sobre todo, por las desviaciones de izquierda".

****

Con Deng, que, sin alharacas, manejó el poder ejecutivo desde los años setenta hasta su muerte con 93 años y se preocupó de que, a su muerte, no se volviese atrás en la Historia, se impuso en China una economía que no renegaba de los más substanciales parámetros capitalistas con lo que afluyeron a China las inversiones extranjeras que permitieron la creación de millones y millones de nuevos puestos de trabajo y el consiguiente crecimiento del producto interior bruto a un ritmo superior al 5 % anual. El "socialismo con peculiaridades chinas" es visto como "una economía socialista de Mercado" que ratificó **Jiang Zeming** (1926-2003), su sucesor, para el cual ello significaba estar en situación de asimilar parte de los usos de la economía capitalista para no dejar de aprovechar las oportunidades que ofrece cualquier carencia de ámbito mundial.

Jiang, ingeniero industrial de profesión y primer mandatario de la República Popular China entre 1993 y 2003, consiguió que el XVI Congreso insertara en la Constitución del partido, como substrato doctrinal del mismo nivel que el Pensamiento Mao

Zedong y la Teoría Deng Xiaoping, su concepto de las **Tres Representaciones**, el cual, en síntesis, incorpora a las bases tradicionales del PCC, los campesinos, los obreros y los intelectuales, la nueva élite surgida de las reformas de mercado y formada por profesionales técnicos, empresarios, financieros y demás "fuerzas productivas avanzadas" (léase, capitalistas), esto es, los antiguos enemigos del pueblo, elogiados ahora por Jiang como "fuerzas emergentes en el proceso del cambio social", puesto que, según él, también son "constructores de un **socialismo con características chinas**". Se pretendía llegar hasta el primer plano de la economía mundial facilitando así lo que podemos llamar **"paso de la miseria a la autosuficiencia"** en un régimen en el que la libertad política está supeditada a la Razón de Estado.

Fue así cómo Jiang Zeming, calificado por Deng Xiaoping como "núcleo de una tercera generación de líderes" (tras Mao y él mismo), entendió perfectamente la enseñanza del Pequeño Timonel, sintetizada en la fórmula de una amplia reestructuración y liberalización económica sin el menor menoscabo de la ortodoxia política. El XIV Congreso del PCC en 1992 ya había introducido el concepto decisivo de "economía socialista de mercado", eufemismo que expresaba a las claras la cuadratura del círculo ideológico trazada por Deng y que apenas disfrazaba el malsonante término capitalista. Siempre asociadas al líder supremo, consignas como "algunos deben enriquecerse primero" o "hacerse rico pronto es digno de elogio", habían sido publicitadas en grandes carteles incluso antes de las protestas de la primavera de 1989. Para Jiang, el "socialismo de características chinas" consistía en "Repartir los recursos derivados de la economía de mercado y aplicar el principio socialista de la protección social y la mejora de la situación del trabajador. La otra característica era que "seguirá prevaleciendo la propiedad pública, que forma parte de la tradición china".

La línea política de Jiang fue mantenida por su delfín y sucesor, Hu Jintao (1942-), ingeniero hidráulico con plenos poderes entre 2002 y 2013. Según sus propias palabras veía a la República Popular China de la siguiente manera:

> *Un país con un enfoque sistemático a la estructura nacional y al desarrollo que combina un crecimiento económico dinámico, un libre mercado energizado por un vigoroso sector "no público" (es decir, privado), un severo control político y de los medios de comunicación, con libertades personales pero no políticas, preocupación por el bienestar de todos los ciudadanos, ilustración cultural y un enfoque sinérgico para los diversos temas sociales (la perspectiva científica de desarrollo) que conducen, una "sociedad armoniosa".*

Sucedía que, en la **República Popular China de principios de Siglo** no se descuidaba, ni mucho menos, la impronta marxista que, una vez adaptada o interpretada en función de las nuevas circunstancias, además de objeto de estudio en universidades y demás centros culturales, bien puede servir de "alimento ético" para el pueblo, cuyos más sencillos integrantes bien pueden tener al recuerdo de Mao como referencia de piadosa devoción más que como recordatorio de tal o cual debilidad humana.

Mientras tanto, la Política con mayúscula es cosa del Partido, cuyos afiliados están en torno al cinco por ciento de la población. Son sus cuadros de alto nivel los responsables de formar un Politburó en torno a un líder bien visto por el ejército, asistido por una veintena de fieles colaboradores (en los que, al menos, en teoría, delega un Comité Central de unos 350 miembros) y respaldado por la Asamblea Popular (por encima de los 2.000 "representantes del Pueblo"), de la cual dependen las formalidades de votar y demás. En función de su carácter y reparto de responsabilidades, el "Régimen", más que una Democracia (llámese popular o como se quiera), parece ser una Oligarquía al estilo de lo que Aristóteles habría llamado

Aristocracia, en este caso, con un marxismo traducido por el denguismo en base doctrinal y fuente de valores cívicos.

Tras esos apuntes y a la vista de lo que ha venido ocurriendo, nos libramos mucho de considerar a ese "régimen" de inferior categoría y efectividad que tantas y tantas democracias occidentales que se resisten a ponerse al día adaptando sus leyes y modus operandi al imperativo ético y natural de que "mandar es servir" y no ocasión para creerme favorecido por el "dedo de Dios", ´cual puedo pensar es el resultado de una elecciones más o menos trucadas por mi demagogia y una torticera habilidad para traducir en verdad absoluta grandes mentiras o medias verdades. Quede claro que las formas democráticas no bastan para construir una Democracia a escala de las necesidades de tal o cual comunidad o pueblo. Por demás, un Montesquieu y, también, un Aristóteles tratarían de demostrarnos que lo esencial en los distintos regímenes políticos, fueren del color que fueren, es la "Virtud Cívica", valor que bien se puede asimilar a una *"entrega incondicional al bien de todos los que han depositado en nosotros su confianza",* actitud de la que, también, se han podido ver ilustrativos ejemplos en la China ancestral y revolucionaria, tal vez, no menos que en algunas grandes naciones de Occidente, lo que, de cabeza, nos lleva a la siguiente reflexión: En la Política, como en tantas otras cuestiones, no es de recibo el fariseísmo de *"resaltar la paja en el ojo ajeno para que no se vea la viga que llevamos en el nuestro"* (Mt. 7, 3-5). Si, en un "Occidente" muy dado a considerarse plenamente moralizado por una Democracia más nominal que efectiva, se da rienda suelta al aborto, eutanasia, administración desleal, escándalos públicos, perversiones sexuales, etc., etc. ¿Qué autoridad moral nos asiste para situarnos por encima de tal o cual ajeno acto represivo, del cual nos falta un exhaustivo conocimiento de causa?

****

La "quinta generación de líderes", que habría dicho el siempre presente Deng Xiaoping, fue representada por el ingeniero químico Xi Jinping, secretario general del PCCh en 2012 y presidente de la República Popular China un año más tarde. Hijo de un alto mando comunista purgado en la Revolución Cultural y más tarde ejecutor de los primeros experimentos de libre mercado concebidos por Deng Xiaoping, luego un conspicuo representante de los pequeños príncipes, la casta de vástagos privilegiados del régimen, Xi desarrolló una carrera de responsable regional en las industriosas provincias de la costa, donde llamó la atención de sus superiores por su celo en el impulso al crecimiento económico y en la lucha contra la corrupción. En 2002, promovido por Jiang Zemin, el secretario general saliente, fue admitido en el Comité Central y cinco años después ingresó a la vez en el Buró Político y en su Comité Permanente, la exclusiva cúspide de nueve miembros, donde pasó a ocupar el sexto puesto de la jerarquía del PCC. En 2008 fue elegido vicepresidente de la República y en 2010 vicepresidente de la CMC, en ambos casos supeditado a Hu, dos ascensos que le perfilaron como el futuro máximo dirigente de la República Popular China, el primero nacido tras su proclamación.

A raíz del XIX Congreso del Partido Comunista Chino, dentro y fuera de China se prestó extraordinaria atención al discurso de un líder que no tenía reparo en presentarse a sí mismo como principal promotor de la economía mundial a base de llevar a la práctica catorce principios del "Pensamiento sobre el socialismo con características chinas en la nueva época":

1. *Garantizar el liderazgo del Partido Comunista de China sobre todas las formas de trabajo en China.*
2. *El Partido Comunista de China debe adoptar un enfoque centrado en el pueblo por el bien común.*
3. *La continuación de la "consolidación integral de las reformas".*
4. *Adoptar nuevas ideas de base científica para un "desarrollo innovador, coordinado, ecológico, abierto y compartido".*

5. *Continuar el "socialismo de características chinas" con "el pueblo como dueño del país".*

6. *Gobernar China como un Estado de Derecho.*

7. *"Practicar los valores centrales del socialismo", incluyendo el marxismo, el comunismo y el socialismo con características chinas.*

8. *"Mejorar el nivel de vida y el bienestar de las personas es el objetivo principal del desarrollo".*

9. *Respeto a la naturaleza con políticas de "ahorro energético y protección del medio ambiente" y "contribuir a la seguridad ecológica global".*

10. *Perseguir un enfoque global para la seguridad nacional.*

11. *El Partido Comunista de China debe tener "un liderazgo absoluto" sobre el Ejército de Liberación Popular de China.*

12. *Promover el principio de «un país, dos sistemas» para Hong Kong y Macao y finalizar una futura "reunificación nacional completa" y seguir la política de Una China y el Consenso de 1992 respecto a Taiwán.*

13. *Establecer un destino común entre el pueblo chino y otros pueblos del mundo con un "entorno internacional pacífico".*

14. *Mejorar la disciplina partidaria en el Partido Comunista de China.*

****

El 1 de octubre de 2049, China celebró el centenario de su **Revolución Maoísta** con espectaculares fastos a lo largo y ancho de todo el Mundo. Sus ciudadanos, en número superior a los mil quinientos millones, hicieron ver que formaban parte de la primera potencia industrial y comercial con el ruido y la parafernalia que requería la ocasión, tanto que muchas fueron las personas de todas las condiciones y edades, en las que, con el conocimiento del idioma, creció el interés por la génesis y desarrollo de un fenómeno sin precedentes, explicado oficialmente como consecuencia lógica de la singular historia y peculiares vivencias de un pueblo que, desde miles de años atrás, se había mantenido encerrado en sí mismo, aunque siempre atento a potenciar todo lo bueno que le pudiera venir del exterior. Los fastos de celebración se cerraron con el inicio del XXVII Congreso Nacional del PCCh, cuyos tres mil delegados respaldaron por unanimidad una nueva Constitución, encabezada por un Preámbulo que daba pie a un artículo con la siguiente sorprendente redacción:

PREÁMBULO

Como justo colofón de los cien años de progresiva identificación del Pueblo Chino con el cambio de vivir y obrar socialista, apuntado por el Gran Timonel, nuestro inolvidable Mao Zedong, encauzado hacia sus óptimas consecuencias por la maestría del entrañable Deng Xiaoping, el Pequeño Timonel, y convertido en extraordinarias realidades por Jiang Zemin, Hu Jintao y Xi Jinping, los cuales, junto con sus eficientes colaboradores, han elevado a la República Popular China a la cúspide del poderío mundial, muy por encima de sus más directos competidores en los ámbitos de la Economía, la Política y una Fuerza Militar capaz de neutralizar cualquier conato por alterar la presente y futura Paz Universal. Por todo ello, siendo muy consciente de la responsabilidad que entraña, la Asamblea Nacional, en legítima representación de todo el Pueblo Chino, declara a la presente Constitución de obligado cumplimiento en todos sus artículos, encabezados por el artículo primero, que representa el reconocimiento del excepcional carácter de una milenaria e inigualable historia.

ARTÍCULO PRIMERO

Queda abolida la **República Popular China** *para dar paso a un nuevo régimen político que, haciendo suyos los más eficaces principios del* **Socialismo con característica chinas**, *se presenta como perfeccionada continuación de los sucesivos regímenes políticos que han llegado hacer de China* *privilegiado centro de atención de toda la Humanidad. Consecuentemente y a todos los efectos, el nuevo régimen político, con vocación de ser aceptado como tal por sus clientes y amigos, se llamará* **Nueva China Socialista***.*

*Así yo, ciudadano libre de la
República Literaria, ni esclavo de
Aristóteles, ni aliado de sus
enemigos, escucharé siempre con
preferencia a toda autoridad
privada lo que me dictaren la
experiencia y la razón».*

Benito Jerónimo Feijoo

Capítulo 7º

UNA ESPAÑA RENOVADA

Sara Gómez Zapico guapa, alta, morena y con 38 años muy
bien llevados, convocó un Congreso Extraordinario a los
pocos meses de ser elegida secretaria general del viejo **Partido
Socialista Obrero Español** para, según dijo, "enterrar todos
los fantasmas del pasado".

Por doble referencia, la fecha elegida de ese congreso
extraordinario fue el 2 de mayo de 2054, día coincidente con la
celebración del 175 aniversario de la fundación en la legendaria
Casa Labra, a espaldas de la Puerta del Sol, del Partido por el
nunca olvidado **Pablo Iglesias Posse**, aquel tipógrafo idealista
que llegó a tomar al Marxismo como una doctrina de salvación
para gentes que, por aquel entonces, "no tenían otra cosa que
perder que sus cadenas". Por demás, también se podía recordar
que, a diferencia de un siglo y pocos meses, fue hace 75 años,
cuando el Partido renegó de la ortodoxia marxista para,

oficialmente, proclamarse más socialista que marxista; fue por iniciativa de un joven y valiente Felipe González Márquez, que llegó a ser durante no menos de quince años presidente del Gobierno del Reino de España.

- Responsables de mejorar todo lo mejorable es lo que debemos sentirnos todos los aquí reunidos, fue la frase con la que, con voz clara y vibrante, Sara Gómez Zapico inició el discurso inaugural de aquel Congreso Extraordinario, para, tras una estudiada pausa que no provocó aplausos y sí el reforzamiento del interés general, seguir con el tono de una lección magistral:

- Los tiempos cambian y mal vamos si no queremos darnos cuenta de ello, siguió hablando la Secretaria General. La Historia nos dice que, hace 175 años, por iniciativa de don Pablo Iglesias Posse, dieciséis tipógrafos, cuatro médicos, un doctor en ciencias, dos obreros joyeros, un marmolista y un zapatero, es decir, un total de veinticinco personas, se reunieron en una fonda, a espaldas de la Puerta del Sol de nuestro Madrid para formar un partido político para la abolición de clases con la emancipación completa de los trabajadores, transformación de la propiedad individual en propiedad social tras caer el Poder político en la clase trabajadora". En teoría, tal sucedió en Rusia de la mano de Lenin, Trotsky y Stalin dieciocho años más tarde y pudo suceder en España en 1934 y siguientes de la mano de Largo Caballero y otros fervientes admiradores de lo que se llamó socialismo real, doctrina de obligado cumplimiento en la Unión Soviética y sus colonias ideológicas por voluntad de Stalin y sus adláteres a costa de la sangre a que hubiera lugar. Se dijo que con ello no se hacía más que seguir al pie de la letra los dictados del Materialismo Histórico, Dialéctico e, indiscutiblemente, Marxista. ¿Necesitamos bañarnos de nuevo en uno de los innumerables ríos de sangre para no respirar más que odio y ansia para que llegue lo que nunca puede llegar? Bien sabéis que, tras la más sangrienta guerra civil de las sufridas en nuestra España, pasaron cerca de cuarenta años de ajustes de cuentas, no pocos excesos y algunos aciertos que, al menos, sirvieron para que, a la muerte del caudillo Franco y recuperados algunos de nuestros tradicionales valores, el amor patrio y el sentido común se impusieran en los procuradores del antiguo régimen, que votaron la Ley de la Reforma Política con lo que se abría un nuevo y comprometedor capítulo en la Historia de España, a partir de entonces, con el pueblo como principal protagonista y privilegiado interlocutor del rey don Juan Carlos I de Borbón, Jefe del Estado: el mismo que, por extrañas paradojas de la misma historia, fue designado por el propio general Franco para, una vez entronizado, comportarse como el más democrático y constitucional de los jefes de estado democráticos y constitucionales. Democrático porque, desde el principio y durante todo su reinado, ejerció sin desviarse un ápice el poder arbitral que le concedía la Constitución de 1978, nacida ésta de la buena voluntad de unos pocos y que, pronto, derivó en una mayoritaria ilusión por participar activamente en la política, no sin tratar de cerrar viejas heridas a costa de concesiones a unos y a otros. Sucedía esto en una España muy distinta de la anterior a la Guerra Civil con una pujante clase media que tenía mucho que perder y, por lo mismo, era reacia a dejarse engatusar por el crudo revanchismo revolucionario.

Los nostálgicos del caudillismo fueron acomodándose a la nueva situación y se integraron en partidos de derecha y centro, que llevaron la mayoría de votos hasta que hubieron de enfrentarse a la empatía que despertó en las masas la personalidad de un joven y pragmático abogado sevillano llamado Felipe González Márquez, erigido en promotor y portavoz de lo que podemos llamar radical modernización del PSOE de Pablo Iglesias Posse. El punto de arranque de tal modernización fue el 29 de septiembre de 1979, hace poco menos de 75 años, cuando González ganó la batalla ideológica y el marxismo quedó finalmente asumido como "un elemento de análisis, no dogmático" con la siguiente categórica explicación: "No se puede tomar a Marx como un todo absoluto, no se puede, compañeros. Hay que hacerlo críticamente, hay que ser socialistas antes que marxistas".

En el seno del propio partido no faltó quien reprochara al equipo gobernante de derechista por haber sustituido el socialismo por el populismo con lo que, dentro del propio partido, cobró progresiva fuerza una obsesión por volver atrás con el resultado de formalizar lo que se llamó Izquierda Socialista, más afín al Partido comunista e, incluso, a los antisistema, que a un partido deseoso de hacerse con el voto de las clases medias trabajadoras más liberales que sectarias, pero, ciertamente, durante unos cuantos años, triunfó el "centralismo democrático" sobre la perpetua indefinición anarquizante de las masas": lo primero representado por el compromiso responsable hacia lo posible sobre el sueño hacia lo imposible, aunque ello aparezca como más bonito y deseable: Lo primero se llevó el calificativo de social demócrata, interclasista y muy diferenciado de lo segundo, que pretendía identificarse como el socialista de toda la vida, es decir sin diferencias substanciales del llamado socialismo real de clase, tan sacralizado por Marx, Lenin, Stalin, Fidel castro, etc., etc. para, a la postre, ser colocado en el furgón de cola del tren de la Historia. Al respecto y para no herir sensibilidades, prefiero no dar nombres que están en la memoria de todos. Lo que si recordaré es que, a partir de que se declaró socialista antes que marxista y, por lo mismo, incrementó sus posibilidades de alcanzar el gobierno hasta lograrlo con mayoría absoluta en 1982 con subsiguientes derrotas y victorias, nuestro partido, carente de consistentes valores a la par que aferrado a un relativismo moral en el que privan los deseos de los más irresponsables, no ha dejado de perder terreno en la definición ideológica para ganarlo en la ciega obsesión por cobrar sueldos del Estado, cosa que, de no cambiar, a esta secretaria general le roba la ilusión por hacer de su puesto algo para lo que valga la pena vivir. Muy distinto será si de este congreso extraordinario sale una línea de acción que, a la par que responda a las necesidades de nuestra España, nos ayude a todos a ser lo que podemos ser.

En ese punto del discurso, un espontáneo preguntó: ¿Qué entiendes tú por relativismo moral?

- Agradezco una pregunta que me obliga a ir al grano, respondió Sara. Muchos de vosotros sabéis que soy católica practicante desde que me convenció Javier Peláez, mi marido y padre de nuestros cuatro hijos. Como tal, veo muy mal lo del aborto y tantas otras cosas que, afortunadamente, han dejado de ser subvencionadas o amparadas por el Estado. Que cada persona responda de sus actos, pero no con la complicidad del poder político, cuyo compromiso principal es el bien público, en el que se incluye el respeto a la Ley Natural y a la libertad de conciencia de las personas que, éstas sí, pueden optar por vivir a su manera dentro de la Ley con lo que su comportamiento moral puede ser más o menos laso, ajustado al rigor de una doctrina o a las volubles tendencias del momento, es decir arrastrado por el relativismo de tal o cual consigna o moda.

- Dicho lo dicho, ha llegado el momento de abordar la razón por la que la Comisión Ejecutiva ha convocado este congreso extraordinario: entendemos que no podemos perder más tiempo en revisar lo que somos para descargarnos del lastre de nuestros recalcitrantes errores sin descartar el cambio de nombre y el obsoleto carácter republicano de que tanto hemos presumido en el pasado y que ahora, en España, carece de significación. Pongámonos, pues, a la tarea en libre y espero que fecundo intercambio de propuestas desde las respectivas comisiones de estudio a las que os habéis inscrito. Necesitamos claras ideas y factibles compromisos para el programa con el que competir con el *Partido Nacional Popular* en las inmediatas Elecciones Generales. Por mi parte, os propongo que, para hacer ver que vamos a por todas, que no somos solamente de la clase obrera   y que, de alguna manera, consideramos superado el socialismo en todas sus formas, de ahora en adelante, además de sustituir el color rojo del resentimiento por el *verde* de la esperanza, nos llamemos *Partido Obrerista Español* con lo que todo el mundo entenderá que, aun preocupándonos especialmente por los que se siguen llamando obreros, trabajamos y trabajaremos con todos los que trabajan, sea cual sea su calificación profesional o estamento social, y que, como españoles al cien por cien, nos sentimos orgullosos de ser depositarios de lo mejor de nuestra Historia.

A partir de aquel Congreso Extraordinario, el Partido Socialista Obrero Español vino a ser el *Partido Obrerista Español* (*POE*) con una secretaria general que presumía de ser católica practicante y antiabortista, nuevos estatutos con reconocimiento de la Monarquía Parlamentaria como preferente sistema de organización política, precisas referencias al Derecho Natural, abierto rechazo a lo que se calificaba de extremismos laicistas, protección de la familia tradicional y, de forma especial, a la libertad de los padres para educar a los hijos según su propias convicciones.

****

Aunque con distinto nombre, es bien sabido que el actual *Partido Popular Español* (*PPE*) nació de la idea de *Manuel Fraga Iribarne*, que había sido destacado ministro del Régimen Franquista. A la muerte del general Franco, dedicó lo más granado de su amplia formación jurídica e intelectual a trazar las líneas maestras del paso a la *Democracia Participativa* de lo que se llamó *Democracia Orgánica*, sistema apoyado en los llamados *Principios Fundamentales del Movimiento* y que, de alguna manera, hizo valer en la **Constitución del 78**, de la que fue uno de sus siete ponentes. De Fraga, que se consideraba a sí mismo discípulo de Antonio Cánovas del Castillo, se llegó a decir que no le cabía el Estado en la cabeza. Rememorando lo realizado por Cánovas en la restauración de la Monarquía Borbónica en el último tercio del siglo XIX, Fraga explicaba su compromiso político de la siguiente manera:

"Frente a la inútil actitud reaccionaria, y a la peligrosa orientación "progre", no cabe más que una posición a la vez conservadora y reformista. Conservadora, en el más noble sentido de la palabra, que nada tiene que ver con el mantenimiento de injusticias o privilegios; sino con la consideración sensata de que los cambios deben ser estudiados, y lo que funciona respetado. Reformista, porque en toda sociedad, sobre todo en periodo de crecimiento, hay que estar previendo el futuro y encajando en el sistema las fuerzas nuevas." .../ "La ideología revolucionaria juega [...] una ventaja respecto de la conservadora, porque un análisis superficial de la Historia parece darle la razón, puesto que las cosas acaban siempre por cambiar, de un modo o de otro. Pero cualquiera que compare los cambios hechos por reforma o por revolución; o, en cambio, la de los pueblos anglosajones y la de los hispánicos, en los dos últimos siglos, advierte en seguida la gran diferencia. [...] Hay que hacer una positiva afirmación de una filosofía conservadora y reformista a la vez." .../ "El marxismo sigue siendo el opio del pueblo del siglo XX, donde da acogida a las mil frustraciones de un planteamiento materialista de la vida. [...] El comunismo sigue planteando un cambio revolucionario de la sociedad presente; cambio que presupone la abolición total del sistema actual, basado en la propiedad privada, en la herencia, en la libre iniciativa y en la Economía de mercado. No es una social democracia, que aspira a reformas moderadas y graduales, sino un socialismo marxista de objetivos totales [...] Los partidos comunistas no pueden ser alternativa de poder en la Europa occidental. [...] Europa sólo será lo que quede al margen de los telones de acero, externos e internos; de aquí la importancia de un nuevo planteamiento de la izquierda adaptada a la necesidad de una Europa unida, fuerte y

*eficaz." …/ "**Ninguna democracia importante** funciona mucho tiempo sin un sistema de fuerzas políticas alternantes, que ofrezcan opciones básicas de programa y de candidaturas, que permitan a la vez gobiernos fuertes y responsables. Lo demás son falsas democracias, dominadas por la partiditis y la partitocracia (como en Italia), o por partidos inamovibles (como en varios países de América, Asia y África). […] La partitocracia es tan peligrosa como la partiditis. […] Los partidos políticos actúan como dueños absolutos del proceso democrático […]. Precisamente para que las fuerzas partidistas no monopolicen el proceso político, hace falta (como ocurre en los países anglosajones) que las fuerzas sociales se organicen como tales. Sindicatos fuertes e independientes, […] colegios y otras asociaciones de usuarios y consumidores; agrupaciones de vecinos, etc." …/ **La cuestión de las nacionalidades** no es una cuestión semántica. Es el ser o no ser de España. Autonomías, cuantas hagan falta; pero dentro de España, de la nación española. […] Es hora ya de la mutua confianza y de las palabras definitivas. España una y varia; pero siempre España. La oportunidad está ahí, de resolver de una vez esta cuestión, con honor para todos, sin privilegios para nadie, con solidaridad entre todos los españoles. Sería un crimen de lesa patria el no hacerlo así."*

Respeto al adversario político a la par que firmeza en lo que uno cree con irrenunciable oposición a todo lo que se manifiesta contrario a la esencia de lo español, a la unidad de la Patria junto con un escrupuloso respeto la Constitución y resto del ordenamiento jurídico es lo que se deduce de la formulación ideológica del Partido que fundó Fraga. Al inicio, en 1977, fue llamado **Alianza Popular**, desde 1989 hasta 2052, **Partido Popular** y, a partir de ese año 2052, **Partido Nacional Popular** (**PN**).

El añadido de nacional fue acordado por el **Congreso de enero de 2052**, el mismo que otorgó la presidencia del Partido a **Clara Montes del Peral,** atractiva mujer de la que se dijo que convencían más sus miradas que sus palabras, aunque éstas vinieran cargadas con los más sólidos argumentos. Convincente fue el argumento sobre el hecho de intercalar la *N* de ***Nacional*** en las siglas del Partido:

- Bonito, sonoro y muy cercano a la gente es el calificativo de Popular con el que los españoles conocen a nuestro Partido desde el memorable congreso celebrado en Sevilla en enero de 1989. Claro que, si intercalamos el término nacional, el nombre completo resultará redondo ¿No os parece más popular y genuinamente integrador lo de **Partido Nacional Popular**, es decir, **PNP**?

- Claro que sí, gritó uno de los asistentes, despertando con ello el aplauso general.

****

Con amplio eco en el resto del Mundo, fue principal noticia en todo el ámbito del ***Continente Europeo*** el "singular paso democrático hacia adelante" del ***Reino de España*** a raíz de las Elecciones Generales con resultados que no habían otorgado clara mayoría a ninguno de los contendientes: siguiendo la iniciativa de su veterano monarca, ***verdes*** y ***azules***, los dos más grandes partidos españoles, se juramentaron para hacer lo posible para que el eje de la actividad política fuera "el positivo entendimiento entre los dos más grandes partidos al margen de los propios prejuicios ideológicos y la oportunista demagogia de ***los que no saben perder***".

Conviene aclarar que son llamados ***azules*** los pertenecientes al ***Partido Nacional Popular*** (*PNP*), nuevo nombre del veterano *Partido Popular,* y ***verdes*** los afiliados al ***Partido Obrerista Español*** (*POE*), que es el nombre del secular *Partido Socialista Obrero Español* (PSOE).

-Me gustaría, dijo el Rey, que dierais forma de inquebrantable compromiso a las conclusiones a que lleguemos en este para mí decisivo encuentro. Ya sabéis que, constitucionalmente, el rey español, no tiene otros poderes que el arbitral y el moral; a este último me aferro para hablaros sin cortapisas sobre todo lo que yo creo que conviene corregir y de lo que deseo que toméis buena nota.

- Por mi parte, no habrá la mínima dificultad, afirmó con calurosa convicción **Sara Gómez Zapico**, secretaria general del **Partido Obrerista Español**.

- Ésa será para mí una sagrada obligación, confirmó **Clara Montes del Peral** en nombre del **Partido Nacional Popular**.

- Por nada del mundo, continuó el Rey, quiero salirme del marco constitucional que, os reserva la iniciativa de la acción política a vosotras, como lideresas de los dos más importantes partidos del ámbito nacional. Pero, a la vista del confuso resultado de las últimas elecciones, creo interpretar el criterio mayoritario de los españoles y las exigencias de un menos inquietante futuro si os pido que aparquéis, incluso, las legítimas ambiciones de imponeros la una a la otra para que prime el interés general sobre cualquier otra consideración. También es ahí en donde un rey, generoso y liberal, como pretendo ser yo, debe ejercer la responsabilidad que le toca en la línea del fragmento de texto, que procede de Santo Tomás de Aquino y del cual he procurado tomar buena nota en cuanto sirve para todos los que ostentan más o menos notorio poder político y que, de alguna forma, ejercen poder real. Voy a releerlo y, luego, me vais a permitir recordar acontecimientos históricos que no dejan de tener cierto paralelismo con esta mitad del siglo XXI:

"Siguiendo lo dicho, escribió Santo Tomás, consideraremos cuál es el oficio del rey y qué conviene que el rey sea. Puesto que el arte imita la naturaleza, por la que sabemos cómo podemos obrar según la razón, parece lo mejor tomar la pauta del régimen natural para explicar la tarea del rey. Se observa en las cosas naturales un régimen universal y otro particular. El universal, en cuanto todo se halla sujeto al gobierno de Dios, que lo rige con su providencia. El régimen particular,

muy similar al divino, se encuentra en el hombre, que se llama por ello microcosmos, porque en él se observa la forma del régimen universal. Pues como toda criatura corpórea y todas las virtudes espirituales se subordinan al régimen divino, así también los miembros del cuerpo y las restantes potencias del alma son regidos por la razón y así también se observa la razón en el hombre como Dios en el mundo. Pero, puesto que, como ya señalamos, el hombre es un animal sociable por naturaleza que vive en comunidad, la semejanza con el régimen divino se encuentra en él no sólo en cuanto que la razón rija las demás partes del hombre, sino también en cuanto a que la sociedad es regida por la razón de un solo hombre, cosa que pertenece en especial a la tarea del rey, mientras que también en algunos animales que viven en sociedad puede observarse cierta similitud con este régimen, como en las abejas, en las que se dice que también hay reinas, no porque su régimen se fundamente en la razón, sino porque se les revistió de un instinto natural por el sumo gobernador, autor de la naturaleza. Luego el rey debe conocer que ha asumido este cargo, que es en su reino como el del alma en el cuerpo y el de Dios en el mundo. Si observase esto con diligencia, se encendería en él, por un lado, el celo por la justicia, al considerarse colocado para ejercerla en su reino en lugar de Dios; por otro, adquiriría la benignidad de la mansedumbre y la clemencia al juzgar a cada uno de los que se hallan bajo su gobierno como miembros propios."

- En los tiempos, que nos ha tocado vivir, esa deseable confluencia de capacidades, derivada de la colaboración en la diversidad, ha de ser contemplada y llevada a la práctica potenciando más que debilitando el carácter democrático de las instituciones y de todo lo bueno que ampara nuestra Constitución, por ejemplo, la monarquía que yo represento y que, para mí, no es menos liberal y pragmática que la más liberal y pragmática de las repúblicas. Para ello, os lo confieso con toda sinceridad, trato de hacer mío el criterio que Santo Tomás de Aquino copió de Aristóteles: la mayor virtud será la de aquel hombre que no solamente se autogobierna, sino que puede también regir a otros. Esto le corresponde por ser el servidor de Dios y obrar como su Señor atribuyendo a cada cosa su orden, función propia y lugar, por eso obrará con diligencia por la justicia y desde la creencia de que Dios actúa a través de su papel institucional. En la medida de las atribuciones que le otorga la Constitución en vigor, al rey se le confiere el poder por el cual debe implantar un orden en la sociedad, y debe hacerlo con justicia, del mismo modo en que Dios se relaciona con la creación y el alma con el cuerpo, dando a cada cual lo que es debido y recibiendo la obediencia de parte de los súbditos, de manera que pueda conservarse la unidad en la paz, requisito fundamental para lograr el bien común y posibilitar de este modo, una conducción recta del pueblo, y para que éste consiga alcanzar, consecuentemente, aquél fin extrínseco al cual Dios llama a todo hombre : la eterna felicidad en la bienaventuranza. El bien y la salvación de la sociedad son que se conserve su unidad, a la que se llama paz. Esto es a lo que ha de tender sobre todo el dirigente de la sociedad: procurar la unidad en la paz. No obra con rectitud si no consigue la paz en la sociedad a la que sirve.

- Veamos ahora, siguió diciendo el Rey, lo que yo considero una lección a repetir. Pasando por alto los archisabidos avatares de revoluciones, gobiernos que no eran gobiernos, más o menos tiránicas dictaduras, constituciones sin raigambre en la realidad política, social, económica y religiosa de sus momentos, efímeras experiencias republicanas, etc., etc..., recordemos que, tras el golpe del General Pavía y subsiguiente "Pronunciamiento que hizo en Sagunto el General Martínez Campos a favor de la "Restauración Monárquica" en la persona de Alfonso XII, bisabuelo de mi padre , muñidor de la pacífica transición fue don Antonio Cánovas del Castillo (1828-1897), uno de los políticos que labró su propia trayectoria política sin dejar de hacer valer que era tan monárquico como demócrata. Gracias a su carisma y poder de convicción, Cánovas alteró la historia española de los pronunciamientos militares, ganándose la voluntad del propio general Martínez Campos, que delegó plenamente en él tras haber proclamado en Sagunto a Alfonso XII, hijo de Isabel II como legítimo Rey de España y pedirle que formara un gobierno de regencia, ya en nombre del joven monarca, quien, con diecisiete años recién cumplidos, por el Manifiesto de Sandhurst (1974) mostraba su disposición para convertirse en cabeza de una monarquía parlamentaria como rey católico y liberal a tenor de la exigencia de los nuevos tiempos. Dueño de un poder, cuya fuerza descansaba más en la Razón de Estado que en el "ruido de sables", Cánovas logró hasta su muerte en 1897 (asesinado por el anarquista italiano Angelillo) la imprescindible estabilidad política para neutralizar la acción de revolucionarios, demagogos, nostálgicos del cantonalismo, carlistas, etc., los mismos que, desde hacía varias décadas, habían imposibilitado la prosperidad material de la que ya gozaban no pocos países de la órbita occidental. Preparó e hizo aprobar la Constitución de 1876, estableciendo una monarquía liberal inspirada en las prácticas parlamentarias europeas. La clave era acabar con la violencia política y los pronunciamientos militares que habían marcado el reinado de Isabel II, asentando la primacía del poder civil. Pero para ello, al ejemplo de lo que ocurría entonces en Inglaterra, había que garantizar la alternancia pacífica en el poder, aunque ello fuera prestando un peculiar toque a las formas democráticas (cosa que no dudamos repugnaba a Cánovas, hombre para quien la buena política debía inspirarse en el arte de lo posible): fue así cómo diseñó un modelo bipartidista al estilo británico, formando él mismo un gran Partido Conservador a partir de la extinta Unión Liberal; y, para la pertinente oposición, se puso de acuerdo con su más brillante rival, a la sazón líder del Partido Liberal. Se trata, ya lo habéis adivinado de Práxedes Mateo Sagasta (1825-1903): para no discrepar en el pertinente tratamiento de las primordiales razones de estado (Religión, Jefatura del Estado, Orden Público, Acatamiento de la Constitución, Asuntos Exteriores, Guerra Colonial...) en base de lo cual ninguno de ellos encontró inconveniente para establecer turnos de poder entre los dos principales partidos "democráticos" con lo que satisfacer buena parte de las aspiraciones de las respectivas bases y "velar por un mejor futuro para todos los españoles".

Los que se dicen defensores de lo "políticamente correcto" se escandalizan al observar cómo, tras gobernar casi sin interrupciones hasta 1881, Cánovas cedió el poder a Sagasta aquel mismo año para recuperarlo en 1884. Al morir Alfonso XII en 1885 y para consolidar la regencia de María Cristina de Habsburgo, selló con Sagasta el llamado «Pacto de El Pardo», por el cual ambos partidos se sucederían con sus propios de gobiernos, pero en absoluta coincidencia de criterio respecto a los grandes asuntos de Estado. Claro que, según ello, al régimen canovista sí que se le puede reprochar que las distintas convocatorias electorales no pasaban de una farsa manejada por las redes oligárquicas de un caciquismo a diversos niveles, mientras que el Parlamento y el gobierno se formaban de espaldas a la opinión pública, en función de pactos entre los líderes de los dos partidos dinásticos bajo la aquiescencia "constitucional" de la Corona. Queda como positiva lección de constructivo entendimiento entre ambos líderes y sus hombres de confianza aunque ello no impidió que los viejos fantasmas de las dos Españas se mantuvieran al acecho con el afán de potenciar los "tradicionales particularismos", en especial, el anarco-sindicalismo, el materialismo de clase (burguesa y proletaria, esa era la verdad), los paganos nacionalismos y, como amenaza exterior, el reciente y pujante imperialismo americano que tenía los ojos puestos en los restos de lo que fuera el Imperio Español (Cuba, Puerto Rico y Filipinas). Aun así, la conveniencia de aparcar diferencias entre Conservadores y Liberales con Cánovas y Sagasta, sus patrióticos líderes a la cabeza, queda fuera de discusión en cuanto, gracias a ella y pese a la callejera y particularista oposición, España se abrió al siglo XX superando muchas de las vicisitudes que habían labrado su ruina en el siglo anterior.

El asesinato de Cánovas en 1897 no logró frenar el impulso modernizador (o democratizador, según se mire) que Sagasta, buen encajador de los golpes del 98, siguió manteniendo y luego desarrollando con un cierto aire liberal (leyes del Jurado, de asociación, de expresión y reunión, sufragio universal..) hasta que, coincidiendo con su desaparición de la política, la demagogia de muchos de sus antiguos partidarios, la animadversión de algunos acomplejados "prohombres" del 98 y la actividad revolucionaria hicieron revivir viejos fantasmas hasta hacer tambalear en no pocas ocasiones el edificio del Estado: la neutralidad de España en la primera Gran Guerra mundial no pudo ser aprovechada para el desarrollo de una titubeante industria a causa de la falta de entendimiento entre sectores productivos, políticos y ciudadanía en general: faltaban lideres generosos y pragmáticos mientras que del rey Alfonso XIII, no se pudo decir que estuviera a la altura de las circunstancias, esa fue la triste verdad.

Vino después todo lo de dictadura de Primo de Rivera, Segunda República, Guerra Civil, Franquismo, Transición a la Monarquía Democrática y Parlamentaria con todas las buenas cosas y alguna que otra dificultad a superar, entre ellas, el dramático desempleo causado por la falta de competitividad de nuestra economía y la no menos grave de los particularismos nacionalistas con la permanente amenaza de un volver atrás en la historia.

Vosotras y yo sabemos que lo uno y lo otro perdería su actual fuerza si nos pudiéramos de acuerdo en lo fundamental cual es no cabe el mínimo titubeo en aplicar los remedios que nos dicta la Constitución, la buena fe y el sentido común: el bien de todos por encima del capricho de tal o cual parte: es lo que se pretende en este documento que, me gustaría enriqueciéramos con las aportaciones de cada uno de nosotros para luego firmar y aplicar sin reservas durante el tiempo que haga falta.

Desde el mutuo entendimiento, un mundo posible con más amor y más libertad no es ninguna utopía. Para los españoles del siglo XXI será como continuar lo mejor de un proyecto que, con los altibajos de toda obra humana, ha servido para romper barreras y aunar voluntades. En el terreno de lo concreto ello se puede traducir en nuevas realidades de prosperidad en todos los órdenes puesto que, mejor avenidos, podremos aprovechar más y mejor todos los recursos que nos brinda la naturaleza de nuestro entorno, una continua y progresiva voluntad de colaboración, nuestra libertad de iniciativa y la ciencia acumulada a lo largo de los siglos.

La viabilidad de un sugestivo y comunitario proyecto requiere como premisa fundamental una llamémosla "convencional minusvaloración del marco hedonista"; quiere ello decir que, aunque ello no fuere más que por conveniente y convincente realismo, resulta ser crasa imbecilidad obviar la fuerza de cohesión que, para los cristianos de despierta inteligencia y buena voluntad, representa su propia conciencia; para los que no se sienten cristianos e, incluso, niegan valor a la buena voluntad de entendimiento, la ruptura o marginación del materialismo a ras del suelo resultará imperativo de conveniencia si llegan a comprobar que, de esa forma, encuentran mayores facilidades para convertir en realidad sus aspiraciones.

Claro que la mayor responsabilidad en la iniciativa corresponde a los cristianos que, siguiendo el ejemplo y testimonio de Quien todo lo hizo bien, han de tener siempre presente que una fe sin obras es una fe muerta: desde esa perspectiva se comprende muy bien que "principal exigencia espiritual para el cristiano es velar por cubrir las necesidades materiales del prójimo" como dejó escrito Nicolás Berdiaev. Y, ciertamente, es en el campo de la "solidaridad productiva" en donde se puede más claramente comprobar lo de "obras son amores y no buenas razones".

****

Varios años transcurrieron de feliz y fecundo entendimiento entre las direcciones de los dos principales políticos españoles los cuales, según lo firmado, se turnaron en la Jefatura del Gobierno, a ejemplo de Cánovas y Sagasta siglo y medio atrás y siguiendo la pauta marcada por los subsiguientes resultados electorales, pero siempre desde un unificado poder ejecutivo.

A muy corto plazo, se eliminaron las diferencias entre las diversas autonomías cuyas competencias hubieron de caminar en la misma dirección en cuanto educación, sanidad y normativa fiscal dejando para el Poder Central todo lo concerniente a Legislación, Relaciones Exteriores, Política Penitenciaria y Mando de todos los cuerpos armados.

Hubo substanciales cambios en la legislación laboral con medidas como la de establecer como base de cálculo el salario hora y globalizar indemnizaciones por despido con resto de posibles ayudas de forma que el despedido se vea motivado para instalarse por su cuenta o buscar diligentemente nuevo trabajo con el resultado de que el desempleo dejó de ser significativo. También norma determinante fue dejar plena libertad a empresarios y asalariados para fijar horarios y jornadas de trabajo siempre con referencia a las horas trabajadas y a los resultados de las respectivas cuentas de explotación con la consiguiente motivación para todos los participantes en el proyecto común: si lo permitía la actividad de la empresa, podían fijarse tres turnos de seis horas, previa eliminación de las horas extraordinarias. Se potenció al máximo la modernización de la Agricultura con especial atención a lo genuinamente español, convenientemente tipificado e industrializado, llegó hasta sus óptimos niveles el llamado teletrabajo, con el consiguiente beneficio para la conciliación familiar y la atención de la infancia y a los ancianos. Con el mayor nivel de oportunidades de trabajo, desapareció el temor a que se agotase la llamada Hucha de las Pensiones, que llegó a tener un creciente saldo positivo.

Ante el temor de que flaquease el buen entendimiento entre las principales fuerzas políticas y resultara imposible el pactado turnismo en la Jefatura de Gobierno, por iniciativa de **Clara Montes del Peral** y **Sara Gómez Zapico**, fue promulgada una nueva **Ley Electoral** con el objetivo de hermanar la libertad de voto con el presunto grado de responsabilidad personal, familiar y social: a partir de los datos inscritos en el DNI se hizo posible la evaluación automática de cada voto con las precisas referencias a la edad y estado civil del votante con la consecuencia de conceder valor uno en el tramo de edad entre 18 y 21 años, 1,50 a partir de los 22 años y un plus de 0,50 puntos a todas las personas con responsabilidad familiar.

Capítulo 8°

DEBATE DE IDEAS EN LA NUEVA CHINA SOCIALISTA

El 31 de diciembre de 2054, el Segundo Congreso de la **Renovación Socialista China** (el mismo que algunos siguen llamando XXVIII Congreso del Partido Comunista Chino), por notable mayoría, reafirmó a **Liu Yichong** como **Primer Mandatario** de la **Nueva China Socialista.**

Es de lugar recordar que, ya por aquellos años, la República Popular China, renombrada **Nueva China Socialista** era la principal potencia económica y comercial del mundo con **USA** y el **Continente Europeo** en segundo plano. Ello derivó en un progresivo incremento del bienestar material de las clases más desfavorecidas que vieron disminuir las horas de trabajo a la par que el disfrute de una ansiada libertad para orientar las propias vidas sin mayor límite que el de no cuestionar la acción política del Gobierno.

Liu Yichong, vocación de mando, infatigable ansia de saber, mirada de águila y recia figura sin exceso de grasa, vive prácticamente enclaustrado en un moderno y amplio apartamento habilitado según su gusto en medio de los más frondosos jardines de la **Ciudad Prohibida de Pekín** (o Beijín, tal como los chinos de hoy gustan llamar a su capital imperial). Además de su familia con una fiel esposa como principal consejera, guardia personal, reducido servicio doméstico y los tres más relevantes ministros, muy pocos son los que gozan del privilegio de ser recibidos con relativa frecuencia en lo que él llama su biblioteca, un despacho de no más de sesenta metros cuadrados, cómodos muebles, una amplia mesa de trabajo y todo lo necesario para disponer de cualquier texto de todos los publicados a lo largo de la historia de la civilización, estar perpetuamente comunicado con el exterior, recibir información, transmitir órdenes e incluso contactar con el más alejado o humilde de los ciudadanos chinos.

Para justificar su aislamiento y el claro repudio del ceremonial del que hacían gala los titulares de las antiguas dinastías y, aún hoy día, se rodean los jefes de Estado, el **Primer Mandatario**, manifestó como respuesta a su consolidación en el cargo:

- Habéis delegado en mí porque habéis creído que, de buen grado, iba a trabajar por el bienestar de todos y os aseguro que así ha de ser a base de dedicar a la constructiva reflexión la mayor parte de mi tiempo, máxime cuando, desde muy chico, no he saboreado mayor placer que el de gobernar para ayudar a los que vienen detrás; mucho es lo que me falta por saber, no desbarrar y ayudar a revivir los más nobles avatares de nuestra milenaria Historia. Bien tendréis en cuenta que la civilización china es, probablemente, la más antigua del mundo en cuanto tenemos pruebas de que la Cultura de Yangshao se desarrolló hace más de seis mil años en la región de Huang He, regada por el Río Amarillo, impartiendo su modo de vida, sabiduría e invenciones que, sucesivamente, hicieron nuestra vida más cómoda y se hicieron notar en otros muchos territorios: como destacados ejemplos, ahí tenemos el papel, la brújula, la escritura, la imprenta, el arte de la cerámica y de la porcelana o la caligrafía. Para ponerme a la altura de las circunstancias, necesito un tiempo que no puedo dedicar a estériles divagaciones y sí a tomar buena nota de las lecciones de la Naturaleza, la Historia, los grandes viejos maestros nuestros, el sentido común y mi modesto saber hacer, todo con el propósito de responder acertadamente a la siguiente pregunta: *¿Cómo podemos mejorar todo lo mejorable y no cargar* **con todas las taras del decadente mundo occidental, tan orgulloso él de una civilización de más en más estéril y aburrida?**

Además de no desechar nada de lo positivo del Socialismo con características chinas o, lo que es lo mismo, las enseñanzas de Marx y Mao, sutil y genialmente interpretadas por el inigualable Deng Xiaoping, quiso el **Primer Mandatario** que, empezando por él mismo, los más influyentes de sus compatriotas bebieran ideas y saber estar del nunca olvidado Kung Fu Tze, popularmente recordado como el Maestro Kong o **Confucio** (551 a.C. a 479 a.C.). Para la primera autoridad del gobierno chino las confucianas eran valiosas enseñanzas, que habían de ser contrastadas con lo más granado de otras civilizaciones, incluida la cristiana, de la que tan poco se hablaba cuando se trataban los más candentes problemas de la Economía, la Política y las normales relaciones humanas.

Tales apuntes despertaron un apasionado debate entre los más ilustrados de los congresistas de forma que, entre exposiciones, réplicas y contrarréplicas, el Segundo Congreso de la **Renovación Socialista China** hubo de prolongarse durante dos días más hasta llegar al acuerdo de convocar un **Congreso Mundial de Ideólogos** a celebrar en la Ciudad Prohibida con la Economía, la Religión y el Derecho como esenciales cuestiones a debatir.

****

Desde los años cincuenta, **Saúl Schieber** se hace llamar **Renato Capitalino**, se cuida mucho de no aparecer en público y, tras el aparatoso incendio de la fracasada **Forgotten Abbey**, no ha talado ni ha hecho talar más cipreses. El poco tiempo, que, en estos años, dedica a los negocios, lo distribuye entre marcar la estrategia de un ejército de agentes de bolsa y en manejar caprichosamente la mitad de los dividendos de su inmensa fortuna (la primera del mundo según la revista Forbes) comprando voluntades aquí y allá a través de una presunta ONG, llamada **Costless Fundation,** con ramales hasta los más apartados rincones del Planeta.

- Como ves, con tu inmejorable colaboración, he logrado convertir al dinero en el más fiel de mis esclavos mientras me sobra todo el tiempo del mundo para divagar y pontificar sobre todo lo que me venga en gana, lo mismo que, traducido en libros, marcan el norte a millones de estúpidos lectores, dice Renato Capitalino a **Pierre Trapiel,** su lugarteniente de siempre.

- Bueno sería, le respondió este ladino y soberbio burócrata, que, si no esclavo, al menos colega tuyo se considerara su majestad socialista **Liu Yichong**, al cual vemos también empeñado en modelar a su gusto el ideario mundial. Debo informarte de que sus incondicionales han abierto en la capital imperial un concurso de monstruos pensantes sobre Religión, Economía y Derecho, entre los cuales, no sé por qué, me incluye a mí mismo.

- Será para someterte a un tercer grado y robarte las ideas con las que me has hecho lo que soy.

- Eres lo que eres más por tu padre y tú mismo que por mí, que no hago más que interpretar tus más secretos y fecundos pensamientos, eso sí, con una libertad que, por nada del mundo pienso perder. Razón de más para no acudir a esa tramposa cita.

- Ya que tú no quieres acudir ¿Sabes que a mí no me importaría? Para mí es esencial saber lo que piensan otros para que mi réplica suene más fuerte gracias todo el dinero que haga falta. Me dejaré la barba y nadie sabrá si soy tú o eres yo. Haz lo necesario para allanarme el camino hasta Pekín; por demás, quiero que me acompañe Odile sin que nadie llegue a verla como una de mis favoritas.

- ¿Es la misma que me presentaste el mes pasado como tu

preferida?

- Sabes, miserable chupatintas, que no me cae nada bien el que tomes a coña mi búsqueda de la auténtica afinidad electiva. Sí, Odile es la misma del mes pasado y te puedo asegurar que, sino la única y definitiva, sí que es la que más y mejor respeta mi libertad emocional: entre ella y yo hemos llegado a un amor necesario que tolera muy bien la existencia de cuantos amores contingentes surja a lo largo del camino.

- Es decir, que os pondréis mutuamente los cuernos sin que ello produzca desazón, trifulca o drama alguno.

- ¿No es esto mejor que la monogamia a la que conformistas como tú os habéis condenado hasta el resto de sus vidas?

- Sinceramente, dudo mucho de que lo tuyo sirva ni siquiera para matar el aburrimiento, cosa que sí se puede lograr buscándole cierto misterio a lo de siempre.

- Puede que no te equivoques, razón de más para seguir con Odile Tribaut que, además de joven, hermosa y de perfecta escultura, ha pasado por las mejores universidades, cuenta con más de un premio literario y es más inteligente que yo. Pero, volvamos a lo que ahora realmente me importa: Asistir a ese debate mundial de ideas. ¿Crees tú que veremos ahí algo de luz los que, según algunos que tú ves mejores que yo, vivimos en la más negra obscuridad?

- Seguro que, además de sobre lo que haremos cuando el Polo Norte termine de derretirse mientras el Polo Sur crece y crece, se debatirá lo de siempre en ese tipo de conciliábulos: que si Dios o no Dios, que, si seremos capaces de colonizar Marte, que por qué unos tienen tanto y otros tan poco o, si me apuras un poco, sobre cuál es el sentido de una vida que los más locos de los científicos quieren alargar sin pensar que con lo que ahora dura ya el aburrimiento empieza a hacerla insoportable.

- Voy con la seguridad de que los debates me confirmarán en la idea de que todo empieza y acaba con lo que podemos ver, tocar, oler u oír, lo que querrá decir que Dios solamente existe porque lo hemos creado desde la materialidad de nuestra mente. Soy menos que nada si no me convenzo a mí mismo de que yo soy tanto o más importante y real que Él en cuanto puedo enriquecer, empobrecer o hacer desaparecer a millones y millones de personas. No haré más que seguir la línea de mi propia vida: Si, en mi primera juventud entendía que el existir solo tenía sentido si, jugándote el todo por el todo, apurabas hasta el último poso lo que entonces llamábamos modernas experimentaciones, ahora, ya entrado en la madurez, lo que me preocupa principalmente y además de hacerme notar por una supuesta filantropía, es leer, divagar y hacer el amor desde la perspectiva de que "en la variación está el gusto"

- Así creo que pensaba el pobre fracasado y sorprendido por la propia muerte Jean Paul Sartre, el mismo del que he ojeado muchos libros sin nunca pasar de la primera página. Para mí que no fue más que un pedante que llegó a dominar el arte de hacer dormir a las ovejas.

- Yo, al menos, lo he leído de él lo suficiente para llegar a conclusión de que o te suicidas o tratas de ver la realidad como algo que no tiene otra explicación de que es una algo que está ahí mientras tú la ves y la vives. Lo que quiere decir que tiene valor en cuanto la tienes para ti sin importarte lo que es sino como la ves debido a la utilidad que te puede proporcionar.

- Según te explicas, eso parece muy capitalista o burgués y, según tengo entendido, Sartre era marxista y pro soviético.

- Más que marxista, el decía ser materialista dialéctico porque veía que la materia llega a ser lo que es por sus propias contradicciones internas sin necesidad de una voluntad exterior a sí misma.

- No entiendo cómo algunos podéis entretener a la conciencia reflexiva con cuestiones de las que nunca llegáis a encontrar la verdadera razón. Más vale no pensar en nada y limitarse a vivir.

- Esa verdadera razón puedes encontrarla en los cinco postulados a los que, en mis momentos de cábala, he reducido el pensamiento de Sartre. Aunque frunces el ceño, una vez más te leo la nota que siempre llevo encima y, por eso de que soy tu jefe, vas a escuchar sin rechistar, uno a uno, los cinco postulados:

> 1. *Conciencia subconsciente y conciencia reflexiva: La conciencia subconsciente es el mero hecho de percatarnos de algo, el tener conciencia de algo, y la conciencia reflexiva (el ego cogito cartesiano), surge cuando me doy cuenta de que me estoy percatando de algo.*

> 2. *El ser-en-sí: Sartre rechaza el dualismo entre apariencia y realidad y sostiene que la cosa es la totalidad de sus apariencias. Si quitamos lo que en la cosa es debido a la conciencia, que le confiere la esencia que la constituye en tal cosa y no en tal otra, en la cosa solo queda el ser-en-sí.*

> 3. *El ser-para-sí: Si toda conciencia es conciencia del ser tal como aparecer, la conciencia es distinta del ser (no ser o nada) y surge de una negación del ser-en-sí. Por tanto, el para sí, separado del ser, es radicalmente libre. El hombre es el no-ya-hecho, el que se hace a sí mismo.*

> 4. *El ser-para-otro: Sartre defiende que mi yo revela la indubitable presencia del otro en la relación en que el otro se me da no como objeto sino como un sujeto (ser-para-otro).*

> 5. *Ateísmo y valores: Para el filósofo, la existencia de Dios es imposible, ya que el propio concepto de Dios es contradictorio, pues sería el en-sí-para-sí logrado. Por tanto, si Dios no existe, no ha creado al hombre según una idea que fije su esencia, por lo que el hombre se encuentra con su radical libertad. Este ateísmo tiene una consecuencia ética: Sartre afirma que los valores dependen enteramente del hombre y son creación suya.*

- Creyendo lo que crees, para mí, querido jefe, que volverás de la Ciudad Prohibida con más dudas de las que ahora tienes.

****

Fue el 27 de mayo de 2054 cuando **Juan Díaz Ibero,** recién nombrado Obispo de Zamora, recibió la siguiente breve carta del Cardenal Primado de España:

"Hermano en Cristo: Acabo de ser invitado por un alto funcionario chino a participar en lo que presentan como **Debate mundial de ideas**. *Al parecer, se trata de un encuentro interreligioso más que intercultural del que se pretende deducir medidas políticas de carácter humanístico y progresivamente liberal. No debemos desaprovechar esta ocasión para hacer valer el mensaje evangélico de que tan necesitado está buena parte de nuestro mundo, incluido la nueva China, en la que se sabe muy poco de la venida del Hijo de Dios al mundo. No siéndome posible asistir y, puesto que se me autoriza para que delegue en persona de mi confianza, he pensado en ti, cuya vocación apostólica me es muy conocida y de quien sé que, además del alemán y el inglés, dominas el chino mandarín".*

- No domino el chino mandarín, Eminencia, le habría dicho Juan Díaz Ibero al Cardenal, de haberlo tenido delante. A lo sumo, me defiendo para entenderlo y responder con unas pocas frases hechas, cuando se me habla despacio. Pero, bueno, ya que su Eminencia me honra con esa confianza, con la ayuda de Dios, haré todo lo que de mí dependa para estar a la altura de las circunstancias y llevar el Evangelio en cualquier ocasión que se me presente.

- Para ello, siguió el obispo hablando consigo mismo, empezaré por repasar el texto de los sermones que encontraron mayor eco. Frente a la audiencia china, tendré la ventaja de que el budismo, prácticamente ha desaparecido tras aquella lamentable Revolución Cultural del fundamentalismo maoísta del siglo pasado y de que, hoy día, con el progresivo incremento del bienestar material de los más humildes, ha crecido en la mayoría de los ciudadanos ese vacío interior que Agustín de Hipona describió magistralmente con aquello de "nos creaste, Señor, para ti y nuestro corazón está inquieto hasta que no descansa en ti": es el hálito de religiosidad que lleva a una fe directamente traducible en dinámica esperanza cuando no deja de alimentarse en la visión del otro como un apreciable compañero de viaje. Pienso que así lo habrán entendido las autoridades chinas cuando, al igual que, según la Historia, le sucedió a Napoleón, aceptan como razón de estado favorecer todo lo que puede contribuir a mitigar la desesperanza de cuantos se sienten maltratados, aspiran a vivir en un mundo mejor y ven en la religión el alimento espiritual que ha de darles el alimento espiritual para no desfallecer.

Aquel había sido un sermón que, como sucinta exposición del Catolicismo, logró amplio eco en la materializada Cuba cuando, cinco años atrás, Juan Díaz Ibero había visitado esa entrañable isla, deseoso de conocer el medio en el que había crecido Ricardo Ibero González, el abuelo que tanto interés se había tomado en hacerle sentir español y no menos buen católico. Con el encabezamiento **La Palabra hecha carne**, tal era el texto de dicho sermón:

El Evangelista San Juan nos da noticia del principal capítulo de nuestra Historia cuando dice: *"la Palabra se hizo carne y puso su morada entre nosotros, y hemos visto su gloria, gloria que recibe del Padre como Hijo único, lleno de gracia y de verdad"* (Jn 1, 14). Es la Palabra que viene de la Eternidad y se hace historia tal como el mismo Juan nos explica: *"En el principio la Palabra existía y la Palabra estaba con Dios; la Palabra era Dios. Ella estaba en el principio con Dios. Todo se hizo por ella y sin ella no se hizo nada de cuanto existe. En ella estaba la vida y la vida era la luz de los hombres, y la luz brilla en las tinieblas, y las tinieblas no le vencieron... La Palabra es la luz verdadera que ilumina a todo hombre que viene a este mundo. En el mundo estaba y el mundo fue hecho por ella, y el mundo no la conoció"* (Jn 1, 1-10).

"El Padre le había puesto todo en sus manos y que había salido de Dios y a Dios volvía" (Jn 13, 3).

El evangelista San Juan hace referencia al gran Misterio acudiendo al término Logos, Verbum o Palabra porque, de alguna forma comprensible, ha de designar a la Sabiduría de Dios encarnada, al Hijo de Dios que se hace Hombre y que, para difundir su gracia y mensaje, se refleja en la Palabra, esencial facultad humano-divina con la que, merced a la energía infinita de que se alimenta, contagia amor y libertad a los que la escuchan y traducen en acción creadora. Esta Palabra, Verbum o Logos no es el demiurgo de Platón, el Logos-criatura de Filón de Alejandría ni, mucho menos, el Logos-satélite de Heráclito o de los estoicos: es, ni más ni menos, una inequívoca referencia a Jesús de Nazareth, Hijo de Dios, Dios de Dios, Dios verdadero de Dios verdadero (Credo de Nicea), coeterno e increado con el Padre y el Espíritu, tres Personas distintas y un solo Dios verdadero.

Con la Palabra hecha carne tiene lugar la realización de la gran promesa de que ya nos habla el Génesis: *"Serán benditas en Ti todas las familias de la Tierra"* (Gen.12-3) y recibe nuestro padre Abraham: *"Por tu descendencia se bendecirán todas las naciones de la tierra"* (Gen. 22, 18). Entre los profetas, es Isaías uno de los que lo expresan con más claridad cuando dice

"Porque nos ha nacido un Niño, nos ha sido dado un Hijo, que tiene sobre sus hombros la soberanía y que se llamará maravilloso consejero, Dios fuerte, Padre sempiterno, Príncipe de la Paz" (Is. 9-6)..... *"Saldrá un vástago del tronco de Jesé* (padre del rey David) *y un tronco de sus raíces brotará. Reposará sobre él el espíritu de Yahvé: espíritu de sabiduría e inteligencia, espíritu de sabiduría e inteligencia, espíritu de consejo y fortaleza, espíritu de ciencia y temor de Yahvé" (Is 11, 1-2). El profeta Miqueas anticipó que, tal como ocurrió, habría de nacer en Belén: "Mas tú, Belén-Efrata, aunque eres la menor entre las familias de Judá, de ti ha de salir Aquel que ha de*

dominar en Israel" (Miqueas 5,2).

En los tiempos del rey Herodes el Grande y del emperador César Augusto, el Hijo de Dios nació en Belén de una Virgen descendiente del rey David. Es San Lucas el que, con extraordinaria sencillez, nos relata el Misterio:

"No temas, María, porque has hallado gracia delante de Dios; vas a concebir en el seno y vas a dar a luz un hijo, a quien pondrás por nombre Jesús. Él será grande y será llamado Hijo del Altísimo, y el Señor Dios le dará el trono de David, su padre; reinará sobre la casa de Jacob por los siglos y su reino no tendrá fin" María respondió al ángel "¿Cómo será esto puesto que no conozco varón?" El ángel le respondió: "El Espíritu Santo vendrá sobre ti y el poder del Altísimo te cubrirá con su sombra; por eso el que ha de nacer será santo y será llamado Hijo de Dios" .... Dijo María: "He aquí la esclava del Señor; hágase en mí según tu palabra" (Lc 1, 30-38).

"Feliz la que ha creído las cosas que le fueron dichas de parte del Señor" (Lc 1, 45) fue la felicitación a María de su prima Isabel; a lo que, ya plenamente consciente del Gran Misterio obrado en ella, la gloriosa Madre del Señor exclamó:

"Engrandece mi alma al Señor y mi espíritu se alegra en Dios mi salvador porque ha puesto los ojos en la humildad de su esclava, por eso, desde ahora, todas las generaciones me llamarán bienaventurada, porque ha hecho en mi favor maravillas el Poderoso, santo es su nombre y su misericordia alcanza de generación en generación a los que le temen. Desplegó la fuerza de su brazo, dispersó a los que son soberbios en su propio corazón. Derribó a los potentados en sus tronos y exaltó a los humildes. A los hambrientos colmó de bienes y despidió a los ricos sin nada. Acogió a Israel, su siervo, acordándose de la misericordia —como había prometido a nuestros padres- a favor de Abraham y de su linaje por los siglos" (Lc 1, 46-55)

Jesús de Nazareth, la Palabra de Dios encarnada, vino al mundo en un establo y se educó en la Ley de Moisés al tiempo que aprendía y practicaba el oficio de carpintero al lado de José, su padre a los ojos del mundo. Sin dejar de ser niño, adolescente o joven maduro, Jesús *"progresaba en sabiduría, en estatura y en gracia ante Dios y ante los hombres"* (Lc 2, 51-52).

Cuando José falleció, Jesús siguió trabajando con sus manos, cuidando y siendo cuidado por María, su Madre Virgen, hasta cumplir los treinta años, en que inició su vida pública:

"Por aquellos días, se nos dice en el Evangelio, *vino Jesús desde Nazareth de Galilea y fue bautizado por Juan en el Jordán. No bien hubo salido del agua, vio que los cielos se rasgaban y que el Espíritu, en forma de paloma, bajaba a Él. Y vino una voz de los cielos: Tu eres mi Hijo amado; en Ti me complazco"* (Mc 1, 9-11).

Refiriéndose al principal capítulo de nuestra historia, dice San Gregorio de Niza (335-394):

"Nuestra naturaleza enferma exigía ser sanada; desgarrada, ser restablecida; muerta, ser resucitada. Habíamos perdida la posesión del bien, era necesario que se nos devolviera. Encerrados en las tinieblas, hacía falta que nos llegara la luz; estando cautivos, esperábamos un salvador; prisioneros, un socorro; esclavos, un libertador. ¿No tenían importancia estos razonamientos? ¿No merecían conmover a Dios hasta el punto de hacerle bajar hasta nuestra naturaleza humana para visitarla ya que la humanidad se encontraba en un estado tan miserable y tan desgraciado?"

Ante el vacío y desespero de los irreconciliables odios o torpes amores y falsas o nulas libertades, cuál era la general forma de vivir de sus contemporáneos, viene Jesús de Nazareth, Hijo de Dios, a demostrar y decir: *"Yo soy el Camino, la Verdad y la Vida. Nadie va al Padre sino por mí. Si me conocéis a mí conoceréis también a mi Padre. Desde ahora le conocéis y le habéis visto"* (Jn 14, 6-7). Y, en perfecta y armoniosa sintonía con el Padre (Mc 9,7), nos invita a imitarle; es decir, a optar por la mejor forma de entender nuestra propia vida: *"Si alguno quiere venir en pos de mí, niéguese a sí mismo, tome su cruz y sígame. Porque quien quiera salvar su vida, la perderá; pero quien pierda su vida por mí y por el Evangelio, la salvará. Pues ¿de qué le sirve al hombre ganar el mundo entero si arruina su vida?"* (Mc 8, 34-36).

Así pues, en la acción de cada día... ¿cuál es la pauta a seguir? Él nos la señala sin equívocos: "*Amaos los unos a los otros como yo os he amado*" (Jn 15, 12).

Durante su corta vida en la tierra, Jesús de Nazareth, Hijo de Dios, Dios verdadero de Dios verdadero, *"todo lo hizo bien"* (Mc 8, 37); los apóstoles, testigos directos de su vida, muerte, resurrección y vuelta al Padre para ocupar su trono de omnipotencia y poder universal, podrán decir: "*Hemos visto su gloria, gloria que recibe del Padre como Hijo único, lleno de gracia y de verdad*" (Jn 1, 14). E, imbuidos del Espíritu Santo, contagiarán su generosidad y ansia de libertad a todas las personas de buena voluntad desafiando a los poderes de este mundo para dar a conocer la Buena Nueva: *"Sepa, pues, con certeza toda la casa de Israel que Dios ha constituido Señor y Cristo a este Jesús a quien vosotros habéis crucificado"* (Hch. 2, 36)

Desde los primeros días, se contaban por millares las conversiones a una nueva forma de vida: *"Todos los creyentes vivían unidos y tenían todo en común; vendían sus posesiones y sus bienes y repartían el precio entre todos según la necesidad de cada uno"* (Hch. 2, 44)

No estaba entre los doce que siguieron de cerca la vida y obra del Hijo de Dios; era un joven fariseo, reconocido ciudadano romano, que soñaba con un Israel señor de este mundo y odiaba lo poco que sabía del rabino nazareno que se había dejado crucificar ignominiosamente. En los Hechos de los Apóstoles se cuenta que guardó la ropa de los asesinos de San Esteban, el primer mártir cristiano, para luego brindarse a perseguir a todos los discípulos de Cristo, desde Jerusalén a Damasco. Se llamaba Saúl o Saulo en recuerdo del primer rey de los judíos.

Otros eran los planes de Dios, tal como leemos en el Nuevo Testamento:

"Entretanto Saulo, respirando todavía amenazas y muertes contra los discípulos del Señor, se presentó al Sumo Sacerdote y le pidió cartas para las sinagogas de Damasco, para que si encontraba algunos seguidores del Camino, hombres o mujeres, los pudiera llevar atados a Jerusalén.

Sucedió que, yendo de camino, cuando estaba cerca de Damasco, de repente le rodeó una luz venida del cielo, cayó en tierra y oyó una voz que le decía: «Saúl, Saúl, ¿por qué me persigues?» El respondió: «¿Quién eres, Señor?» Y él: «Yo soy Jesús, a quien tú persigues. Pero levántate, entra en la ciudad y se te dirá lo que debes hacer.» Los hombres que iban con él se habían detenido mudos de espanto; oían la voz, pero no veían a nadie. Saulo se levantó del suelo, y, aunque tenía los ojos abiertos, no veía nada. Le llevaron de la mano y le hicieron entrar en Damasco.

Pasó tres días sin ver, sin comer y sin beber. Había en Damasco un discípulo llamado Ananías. El Señor le dijo en una visión: «Ananías.» El respondió: «*Aquí estoy, Señor.*» Y el Señor:

«*Levántate y vete a la calle Recta y pregunta en casa de Judas por uno de Tarso llamado Saulo; mira, está en oración y ha visto que un hombre llamado Ananías entraba y le imponía las manos para devolverle la vista.*» *Respondió Ananías: «Señor, he oído a muchos hablar de ese hombre y de los muchos males que ha causado a tus santos en Jerusalén y que está aquí con poderes de los sumos sacerdotes para apresar a todos los que invocan tu nombre.*» *El Señor le contestó: «Vete, pues éste me es un instrumento de elección que lleve mi nombre ante los gentiles, los reyes y los hijos de Israel.*

Yo le mostraré todo lo que tendrá que padecer por mi nombre.» Fue Ananías, entró en la casa, le impuso las manos y le dijo: «Saúl, hermano, me ha enviado a ti el Señor Jesús, el que se te apareció en el camino por donde venías, para que recobres la vista y seas lleno del Espíritu Santo.» Al instante cayeron de sus ojos unas como escamas, y recobró la vista; se levantó y fue bautizado. Tomó alimento y recobró las fuerzas. Estuvo algunos días con los discípulos de Damasco, y en seguida se puso a predicar a Jesús en las sinagogas: que él era el Hijo de Dios.

Todos los que le oían quedaban atónitos y decían: «¿No es éste el que en Jerusalén perseguía encarnizadamente a los que invocaban ese nombre, y no ha venido aquí con el objeto de llevárselos atados a los sumos sacerdotes?» Pero Saulo se crecía y confundía a los judíos que vivían en Damasco demostrándoles que aquél era el Cristo (Hc 9, 1-22).

Como ciudadano romano, que era, adoptó el nombre latino de Paulus (Pablo). Lleno del Espíritu Santo, se entrega incondicionalmente a la difusión de la Buena Nueva e, hizo infatigable viajero, transmite su fe en raudales de amor y de libertad desde Jerusalén hasta Roma pasando por los más importantes enclaves del inmenso Imperio Romano como punto de partida para el resto del mundo. Fue su doctrina calco fiel de lo dicho y hecho por Jesús de Nazareth, al que, sin la mínima vacilación reconoce y declara Hijo de Dios, sentado a la derecha del Padre e impartiendo su gracia para atraer a sí a todas las personas de buena voluntad. En discurso a sus correligionarios judíos, dice San Pablo:

«Israelitas y cuantos teméis a Dios, escuchad: El Dios de este pueblo, Israel, eligió a nuestros padres, engrandeció al pueblo durante su destierro en la tierra de Egipto y los sacó con su brazo extendido. Y durante unos cuarenta años los rodeó de cuidados en el desierto; después, habiendo exterminado siete naciones en la tierra de Canaán, les dio en herencia su tierra, por unos cuatrocientos cincuenta años. Después de esto les dio jueces hasta el profeta Samuel. Luego pidieron un rey, y Dios les dio a Saúl, hijo

de Cis, de la tribu de Benjamín, durante cuarenta años. Depuso a éste y les suscitó por rey a David, de quien precisamente dio este testimonio: He encontrado a David, el hijo de Jesé, un hombre según mi corazón, que realizará todo lo que yo quiera. De la descendencia de éste, Dios, según la Promesa, ha suscitado para Israel un Salvador, Jesús. Juan predicó como precursor, ante su venida, un bautismo de conversión a todo el pueblo de Israel. Al final de su carrera, Juan decía: ""Yo no soy el que vosotros os pensáis, sino mirad que viene detrás de mí aquel a quien no soy digno de desatar las sandalias de los pies."" «Hermanos, hijos de la raza de Abraham, y cuantos entre vosotros temen a Dios: a vosotros ha sido enviada esta Palabra de salvación. Los habitantes de Jerusalén y sus jefes cumplieron, sin saberlo, las Escrituras de los profetas que se leen cada sábado; y sin hallar en él ningún motivo de muerte pidieron a Pilato que le hiciera morir. Y cuando hubieron cumplido todo lo que referente a él estaba escrito, le bajaron del madero, y le pusieron en el sepulcro. Pero Dios le resucitó de entre los muertos. El se apareció durante muchos días a los que habían subido con él de Galilea a Jerusalén y que ahora son testigos suyos ante el pueblo. «También nosotros os anunciamos la Buena Nueva de que la Promesa hecha a los padres Dios la ha cumplido en nosotros, los hijos, al resucitar a Jesús, como está escrito en los salmos: Hijo mío eres tú; yo te he engendrado hoy. Y que le resucitó de entre los muertos para nunca más volver a la corrupción, lo tiene declarado: Os daré las cosas santas de David, las verdaderas. Por eso dice también en otro lugar: No permitirás que tu santo experimente la corrupción. Ahora bien, David, después de haber servido en sus días a los designios de Dios, murió, se reunió con sus padres y experimentó la corrupción. En cambio aquel a quien Dios resucitó, no experimentó la corrupción. «Tened, pues, entendido, hermanos, que por medio de éste os es anunciado el perdón de los pecados; y la total justificación que no pudisteis obtener por la Ley de Moisés la obtiene por él todo el que cree" (Hch. 13, 16-39).

Convencido de que Cristo vino a salvar a todo el mundo sin distinción de razas, clases ni colores, Pablo se dirige tanto a judíos como a gentiles. Es lo que se lee en los Hechos de los Apóstoles:

"El sábado siguiente se congregó casi toda la ciudad para escuchar la Palabra de Dios. Los judíos, al ver a la multitud, se llenaron de envidia y contradecían con blasfemias cuanto Pablo decía. Entonces dijeron con valentía Pablo y Bernabé: «Era necesario anunciaros a vosotros en primer lugar la Palabra de Dios; pero ya que la rechazáis y vosotros mismos no os juzgáis dignos de la vida eterna, mirad que nos volvemos a los gentiles. Pues así nos lo ordenó el Señor: Te he puesto como la luz de los gentiles, para que lleves la salvación hasta el fin de la tierra.

Al oír esto los gentiles se alegraron y se pusieron a glorificar la Palabra del Señor; y creyeron cuantos estaban destinados a una vida eterna. Y la Palabra del Señor se difundía por toda la región (Hch. 13, 14-19).

Es San Pablo el ***primero después del Único***, según feliz expresión de sus exegetas. Por la gracia de Jesucristo vemos en el también llamado Apóstol de los Gentiles la más elocuente expresión de la divina ***Doctrina del Amor y de la Libertad***.

****

Henri Tricker, secretario general de **UNICRI** (Instituto Interregional para Investigaciones sobre la Delincuencia y la Justicia), aceptó de buen grado la invitación al **Congreso Mundial de Ideólogos** a celebrar en la **Ciudad Prohibida**. Sería para él privilegiada ocasión de hacer valer sus aportaciones a la moderna concepción del Derecho Universal, detalladamente expuestas en **La Conciencia Colectiva en el Derecho de Gentes,** un libro en el que pretendía demostrar que el Derecho no puede ser otra cosa que la adaptación de la Conciencia Colectiva tanto a la Ley Natural de los instintos primarios como al dictado de los medios y modos de producción de la época en que toca vivir.

Era lo mismo que, en la segunda mitad del siglo XX, habían defendido algunos de los ideólogos de la hoy tan desprestigiada Escuela de Frankfurt, entre ellos, Heriberto Marcuse (1898-1979), cuya producción intelectual quiso ser una síntesis de los legados de Hegel, Marx y Freud. Las concomitancias entre Marx y Freud las tomó Marcuse de W. Reich (1897-1957), médico psicoanalista empeñado en demostrar el "absoluto paralelismo" entre la lucha de clases y la sublimación sexual:

"Aunque es necesario, decía Reich, acabar con la represión sexual de forma que se despliegue todo el potencial biológico del hombre, solamente en la sociedad sin clases, podrá existir el hombre nuevo, libre de cualquier sublimación".

Reich había ido a Estados Unidos por "escapar de una doble incomprensión": de una parte, el Partido le acusaba de obseso sexual mientras que, en los círculos freudianos, no se entendía muy bien esa relación entre las luchas políticas y el sicoanálisis. Ya en Estados Unidos, Reich siguió cultivando su obsesión por la "síntesis entre la lucha de clases y la sublimación represiva". Apoya su tesis en la formulación de lo que llama "Orgonterapia", el "descubrimiento científico más importante de los tiempos modernos", capaz, aseguraba Reich, de curar el cáncer gracias a la aplicación del "orgón" o "mónada sexual".

Los extraños "tratamientos terapéuticos" de Reich llamaron la atención de la policía americana, quien descubrió que las pretendidas clínicas eran auténticos prostíbulos. Reich murió en la cárcel. Había escrito dos libros que hicieron particular mella en Marcuse: "Análisis del Carácter" y "La Función del Orgasmo".

La "sociedad industrial avanzada" de Estados Unidos es otro de los fenómenos presentes en la obra de Marcuse, como también lo es un crudo "pesimismo existencial", posiblemente, hijo del resentimiento.

Desde ese conglomerado de influencias y vivencias personales nació la doctrina marcusiana de la "Gran Negativa", del "Hombre Unidimensional" (sometido al instinto como única fuerza determinante de su comportamiento) y de la "Desublimación", títulos en que se apoya la relevancia que le concede la "New Left" o Nueva Izquierda. Fue éste un producto marcusiano presente de los movimientos de protesta de los señoritos insatisfechos, en el "mayo francés" del 68 del siglo pasado, en las reivindicaciones de algunos grupos de marginados y, también, en muchas de las ligas abortistas o de "liberación sexual".

Marcuse fue aceptado por los "nini" de entonces (ni estudiaban ni trabajaban) como una especie de profeta de la "protesta porque sí", algo que, en cada momento, debía adoptar la forma que requiriesen las circunstancias: demagogia de salón, crítica académica, revuelta callejera... o simple afán de destrucción. Con Marcuse se dejaba atrás el camino de Utopía:

"El desarrollo de las fuerzas productivas ha alcanzado tal nivel que en la actualidad la idea de erradicar el hambre y la miseria en el mundo no es ningún sueño utópico. Como no lo es el pensar que pueda transformarse la naturaleza del trabajo alienado en trabajo verdaderamente creador y gozoso. O que pueda edificarse una civilización no represiva. De ahí, pues, 'El Final de la Utopía', en el sentido de que 'las nuevas posibilidades de una sociedad humana y de su modo circundante no son ya imaginables como continuación de las viejas, no se pueden representar en el mismo continuo histórico, sino que presuponen una ruptura precisamente con el continuo histórico, presuponen la diferencia cualitativa entre una sociedad libre y las actuales sociedades no-libres, la diferencia que, según Marx, hace de toda la historia transcurrida, la prehistoria de la humanidad'"

Siguiendo a Reich, el psicoanalista inventor del orgón, para Marcuse la solución mágica a los problemas de la época parte de una "sublimación no represiva", elemental "evidencia de la verdadera civilización la cual, como ya decía Baudelaire, no está ni en el gas ni en el vapor, ni en las mesas que giran: se encuentra en la progresiva desaparición del pecado original" y el camino que ha de llevar a tal civilización se expresa en el enfrentamiento dialéctico entre el Eros freudiano (simplemente deseo y culminación sexual) y Thanatos, el genio griego de la muerte. Eros y Thanatos son fuerzas que llegarán a la "síntesis" o equilibrio en la solución final.

Es en esa solución final en donde encontrarán su culminación los mitos de Orfeo, pacificador de las fuerzas de la Naturaleza, y de Prometeo, esa marxiana expresión de "odio a los dioses". En esa solución final, como no era para menos, habrá desaparecido la lucha de clases, la angustia sexual y, gracias a todo ello, se habrá logrado

> "*la transformación del dolor* (trabajo) *en juego y de la productividad represiva en productividad libre. Es una transformación que habrá venido precedida por la victoria sobre la necesidad gracias al pleno desarrollo de los factores determinantes de la nueva civilización*"

Marcuse, que no dejó de lograr una extraordinaria influencia entre las élites de no pocas revueltas, nunca fue más allá de la primera apariencia de las cosas ni de una superficial y sentimental apreciación de los fenómenos humanos. Era su preocupación fundamental la de ser reconocido como "maestro de la juventud":

> "*Me siento hegeliano, decía, y mi más ferviente deseo es ejercer sobre la juventud una influencia similar a la que, en su tiempo, ejerció Guillermo Federico Hegel*".

Por ello, a tenor de las variadas orientaciones de lo que imaginaba preferencias juveniles, ora apoyaba esto ora aquello otro radicalmente distinto a lo anterior si, en ambos casos, mostraban ser muestras de incontenible rebeldía: más que el objeto de la protesta era la protesta en sí lo que despertaba en él una especie de patriarcal aprobación. Era su forma de huir de la realista reflexión por el mismo laberinto por el que intentaron escapar sus mentores Hegel, Marx y Freud prestando a lo particular o contingente (una simple experiencia cuando no apreciación superficial de tal o cual pasaje histórico) la categoría de universal. Claro que, muy probablemente, incurrió en ello sin fe y por el único afán de "incrementar el prestigio académico" sin importarle vaciar de responsabilidad personal a sus propios seguidores, invitados todos ellos a "pedir lo imposible" para así justificar una perpetua insatisfacción.

Desde esa perspectiva, no es de extrañar que **Henri Tricker**, en su actuación al frente del citado **UNICRI**, aún en contra de las recientes disposiciones legales de la Unión Continental Europea, considerase "derechos humanos" el aborto, la eutanasia, la familia humana de cualquier género y las relaciones sexuales sin cortapisa alguna, siempre que ello no fuera mal visto por una parte de los ciudadanos sin que estos demostrasen ser mayoría, aunque sí los más perjudicados si sus pretensiones no fueran atendidas.

- Que la **voz de la calle** es y debe ser fuente y referencia principal del **Derecho** es algo que me toca defender en ese **Congreso Mundial de Ideólogos,** se dijo Henri Tricker para justificar cualquier escrúpulo que pudiera afectar a su propia convicción sobre las genuinas fuentes del **Derecho Natural**, el mismo que un Santo Tomás habría identificado con la **Ley de Dios**.

****

La especial atención que, en este relato, dedicamos a Renato Capitalino (antes llamado Saúl Schieber), Juan Díaz Ibero y Henri Tricker, viene a ser reflejo de la mostrada por las autoridades chinas al haberles cursado una invitación firmada por el propio Primer Mandatario, a diferencia del resto de los congresistas (hasta un total de cien) que salieron del sorteo entre miles de solicitantes que hubieron de acreditar independencia de criterio y la suficiente formación académica para ser tenidos en cuenta.

Los tres citados, además de Odile Tribaut, la bella acompañante del primero de ellos, fueron recibidos en el aeropuerto de Yiwú por el que se presentó como Shui Yanguo, tercer secretario de su Majestad Imperial Socialista.

- Sentíos como en vuestra propia casa, dijo al saludar con refinado ceremonial a cada uno de los varones para, al llegar a la mujer, acentuar la inclinación de cabeza y besarla la mano, deferencia que a Odile despertó el siguiente comentario.

- Halaga el comprobar cómo hacéis renacer los corteses modales que en Occidente hemos olvidado. Tanto mejor cuanto muchos de los que allí viven de la política parecen haber adoptado la ordinariez por bandera.

- Habrá que disculparles porque aun no han comprendido las ventajas que, para las buenas maneras, sirve un socialismo moldeado a la realidad de una China que, desde hace más de dos mil años, aprendió del maestro Confucio la esmerada educación, el cuidado de las pequeñas cosas, el amor al orden y la necesidad de que cada ciudadano se aplique a desarrollar la tarea que le corresponde en para su propi tranquilidad de vida y en beneficio de la comunidad. Dejadme ahora que os manifieste que es el propio Primer Mandatario el que me ha pedido que os de a conocer la auténtica realidad de la China que aspira a ser amiga de todo el Mundo sin atropellar a nación alguna pero, también, sin sentirse inferior a ninguna de las que, todavía hoy, se niegan a bajar del pedestal de una supuesta primera potencia.

Aunque fueron suficientes para apreciar que la ciudad era una muestra de que el Mercado Chino carecía de fronteras para llegar al último rincón del Mundo, no se detuvieron más de dos horas en la ciudad de Yiwú, lugar de destino y partida de trenes que llegaban hasta Madrid en lo que aquí gustaba llamar "Nueva Ruta de la Seda" con la deriva de que es llamado el Tren de la

Seda el Talgo de superior velocidad que, en tres horas, lleva de Yiwú a Pekín.

- Les tengo reservadas dos excepcionales experiencias, les había adelantado Shui Yanguo: la de visitar el Mercado de Yiwú y la de una dialogante sobremesa de no más de tres horas sobre lo que cada uno de ustedes entiende por Justicia, la más preocupante cuestión para nuestro gobierno.

La rápida visita mostró al Mercado Central de la ciudad como la bandera del nuevo comercio mundial por la inigualable variedad de productos, el variopinto carácter de la multitud de compradores (desde los más remotos lugares, insistió el señor Shui) y el monocorde guirigay en las discusiones y acuerdos de intercambios hasta llegar a una línea de precios que desafiaba con creces la foránea competencia.

- Nadie busca otro mercado cuando ha pasado por aquí, dijo el tercer secretario con un tono que, a Juan Díaz Ibero, obispo cubano de nacionalidad española, le sonó como el más patriótico de los orgullos y como prueba de que tomaba al comercio como esencial Ley Natural.

****

Ligero fue el almuerzo que dio paso al previsto diálogo sobre la Justicia según el formato sugerido por el anfitrión, es decir, por el señor Shui, quien, por demás, se cuidó de que sus invitados se expresaran con absoluta libertad. Fue Renato Capitalino, el primero al que tocó hablar:

- Justicia es lo que marcan los grandes empresarios, que son los que más tienen que perder; son los mismos que, aunque, en ocasiones, no figuren como gobernantes, lo son siempre al amparo de las leyes que, para ellos, carecen de valor alguno en cuanto no favorecen a sus irrenunciables intereses. Justicia será o debe ser el objeto principal de los que mueven el mundo de la Economía.

- Querido, le replicó Odile entonces deseosa de quedar en buen lugar respecto al representante del gobierno chino, llamas justicia a lo que no es más que la injusta consecuencia de las pretensiones de unos pocos que debieran limitarse a no salir del papel que les corresponde. La Justicia, como ya dijo Platón y veo es entendida en China, debe ser formulada y mantenida por los que más destacan en formación, prudencia y ascendiente natural: son los mismos que saben lo que la sociedad necesita, resultan ser los más prudentes y los que gozan de mayor capacidad de convicción para ser secundados por los mantenedores de un orden, tan necesario para que, a su vez, cumpla con la función correspondiente la numerosa clase trabajadora, de la que depende la producción de los bienes necesarios para todos.

- Amigos, no está demás tener en cuenta la formación, prudencia y ascendiente natural de los legisladores para delegar en ellos la defensa de la justicia. Lo dijo Juan Díaz Ibero, que continuó con lo siguiente: Las obras de tales personas no serán lo que cabe esperar si no nacen y se apoyan en la inteligencia, la voluntad y la emoción, caudales de los que dependen la **sabiduría**, el **valor** y el **dominio de uno mismo**. La sabiduría, que presta la inteligencia, lleva a identificar y realizar las acciones correctas en adecuado uso de la virtud de la Prudencia. Una voluntad, que genera valor, empuja a tomar decisiones y a defender los propios ideales a pesar de amenazas y dificultades mostrando la virtud de la Fortaleza. Por último, la emoción que logra el dominio de sí mismo permite interactuar con el otro a pesar de tal o cual adversa situación, gracias a la virtud de la Templanza. En un buen orden social estas tres virtudes o positivas particularidades humanas son complementadas con una cuarta: la virtud de la Justicia, según la cual, respetamos a los demás en la medida de que aspiramos a ser respetados. Ese Buen Orden Social es pura utopía cuando escasea la virtud cívica de forma que son una ínfima minoría los que se sienten obligados a hacer por los demás lo que éstos no hacen por ellos. Ello no obstante y porque Dios lo quiere, ese buen orden social debe ser tomado como categórico imperativo moral por la citada ínfima minoría de forma que, si llegan a contagiar ´su generosidad a una buena parte de la Sociedad, el Buen Orden Social deja de ser pura utopía y la Justicia empezará a cobrar fuerza desde abajo hacia arriba hasta que los buenos gobernantes sean lógica consecuencia de los buenos ciudadanos.

- Palabras, palabras y solo palabras, dijo el jurista Henri Tricker. Como secretario general de **UNICRI** (Instituto Interregional para Investigaciones sobre la Delincuencia y la Justicia), vivo atento a descubrir y aplicar las más pertinentes normas del Derecho, cuya codificación es y debe ser indudable expresión de una Justicia de todos y para todos. Hoy día, una sociedad estructurada a su mayor conveniencia ha llegado a la conclusión de que todos y cada uno de los individuos, que la integran, han de sujetarse a todas y cada una de las normas jurídicas que, inspiradas por el criterio de la mayoría, no dañen la estabilidad económica del conjunto. Se llega así a una liberal y placentera forma de vida garantizada por la suficiencia de recursos naturales a expensas de la adecuada actuación del poder político, al cual no corresponde intervenir más que en los casos en los que el uso de la libertad de un ciudadano o grupo de ciudadanos coarta el uso de esa misma libertad por parte de los ciudadanos en general.

- ¿Quiere eso decir que, por ejemplo, el derecho a la vida depende del criterio de la mayoría mientras que el negarse a pagar impuestos debe ser considerado flagrante delito?, fue la pregunta de Juan Díaz Ibero.

- El derecho a la vida, respondió Tricker con parsimoniosa ironía, es un derecho natural al uso de cuantos lo aprecian o puedan apreciarlo. Ello excluye a los no nacidos, a los tarados y a los que, por una causa u otra, han llegado a no apreciar la vida.

- Según usted, que no olvidemos, representa, en el ámbito de la **Organización de las Naciones Unidas**, al **Instituto Interregional para Investigaciones sobre la Delincuencia y la Justicia**, el individuo medio puede hacer absolutamente todo aquello que le interese hacer, todo lo que le cause placer, siempre y cuando pague sus impuestos y el Estado no le imponga ni obediencia, ni obligación, ni prohibición alguna respecto de uno u otro acto que a él se le antoje realizar, sea el aborto o la muerte de un familiar que ya no puede o quiere opinar por sí mismo.

- Más o menos, eso es lo que quiero decir, respondió el alto funcionario de UNICRI, ahora con un tono que al obispo hispano cubano sonó a insultante cinismo.

- Con ello, señor Tricker, se colocan usted y su organización en las antípodas del *Derecho Natural* que, para mí y muchos millones de personas, incluidos los ciudadanos de la *Comunidad Continental Europea*, es parte muy substancial de la *Ley de Dios*.

Henri Tricker, secretario general de **UNICRI** y, como tal, alto funcionario de la **ONU**, se levantó de su asiento y extendió su brazo derecho con el dedo índice amenazador hacia Juan Díaz Ibero. El gesto no duró más de un segundo en cuanto vio delante de él una indisimulada cámara que grababa todo lo que ocurría.

- Naturalmente que, para tomar en consideración sus más sabias conclusiones, dijo el señor Shui Yanguo, hemos querido conservar testimonio de lo que dicen y acuerdan nuestros distinguidos invitados. Y por lo que se refiere al respeto a la vida humana, debo recordar al señor Tricker que, actualmente, en China también el aborto es considerado **contrario al Derecho Natural**.

****

Aunque no fue posible el pretendido acercamiento de posiciones entre el hedonismo materialista y el ascetismo religioso representado por mitad y mitad de los reunidos en la Ciudad Prohibida, sí que se llegó al acuerdo de repetir las reuniones "en la frecuencia y lugares que dictaren las circunstancias" a la par que se puso de manifiesto que *Confucionismo y Cristianismo no son doctrinas absolutamente incompatibles*. Con párrafos como los siguientes, lo expresó Juan Díaz Ibero en el informe que hizo llegar al Cardenal Primado de España y del que cabe destacar:

> *Los debates y continuos cambios de impresiones de estos días me han llevado a la conclusión de que la China de hoy es considerablemente más confuciana que marxista hasta el punto de que, parodiando a Marx, podríamos decir que, en institutos y universidades, la tradicional cultura china ha relegado al Marxismo al museo de las Antigüedades*

> *El canon de la filosofía confuciana lo componen Cuatro Libros elaborados durante un largo período comprendido entre siglos VII y III a. C. Se sabe que en 221 a. C., por iniciativa de Qin Shi Huang, era aceptada como generalizada norma de conducta y referencia principal para la élite comprometida en el estudio de las ciencias y de las artes. Como para la mayor parte de sus contemporáneos, los confucianos ven el cosmos como algo armónico que regula las estaciones, la vida animal, la vegetal y la humana. Si esta armonía era trastornada, habría graves consecuencias. Un ejemplo común que utiliza el confucianismo es el del mal gobernante que conduce a su pueblo a la ruina mediante su conducta. El mal gobierno contradice el orden natural y viola el Mandato del Cielo. El gobernante que se conduce así pierde su legitimidad y puede ser depuesto por otro que recibirá este mandato.*

> *Aunque llegó a simbolizar la filosofía china, Confucio no tuvo mucho éxito en su vida. Vivió durante una era en la que el país que hoy conocemos como China era un mosaico de pequeños reinos en competencia y, vagando por ellos, desarrolló una filosofía*

política que reflejaba su horror ante la guerra constante que lo rodeaba. Deambuló de reino en reino, tratando de persuadir a los gobernantes para que siguieran sus enseñanzas, pero nunca logró nada más que un puesto público de bajo escalafón. Sin embargo, sí consiguió un grupo devoto de seguidores, que transmitió sus enseñanzas a las generaciones posteriores bajo la triple consigna de obedecer, trabajar y permanecer.

El confucianismo no es una religión como tal. Aunque Confucio no negó la existencia de un mundo espiritual, afirmó que era más importante concentrarse en este mundo mientras uno estaba en él. Reflejando su disgusto por la guerra, declaró que el orden era un requisito clave en la sociedad. Apuntalar ese orden era creer en la importancia de las relaciones jerárquicas. Los sujetos debían obedecer a sus gobernantes, los niños, a sus padres y las esposas, a sus esposos. Sin embargo, Confucio no pretendía que ese orden fuera impuesto por la fuerza. Pensaba que la sociedad debía ser armoniosa y se debía alentar a las personas en su "autodesarrollo" para que pudieran aprovechar al máximo su posición.

Según el confucianismo, el hombre debe armonizarse con el cosmos, es decir, estar de acuerdo a lo ordenado por el Cielo. Para ello, debe autoperfeccionarse mediante la introspección y el estudio. Si lo logra, tendrá conocimiento de sí mismo y de los deseos del Cielo, lo que le servirá para desarrollar su Li, es decir, la práctica de los ritos, las ceremonias, la rectitud y las buenas formas interiorizadas. El Li es útil para desarrollar el Ren que se podría traducir por «buenos sentimientos hacia los demás hombres». La práctica del Ren supone las virtudes Zhong y Shu, que se traducen aproximadamente como 'lealtad' y 'perdón', o como 'fidelidad' y 'compasión'. Si el hombre tiene Ren, podrá fácilmente practicar la justicia, los buenos principios, llamados Yi.

En el confucianismo, Yi se opone a Li, siendo este último de diferente tono y grafía al Li anteriormente citado que significa ritos o ceremonia. El Li opuesto a Yi significa beneficio, ganancia, lo *que supone alejamiento de la generosidad que exige Ren. El hombre virtuoso es un hombre superior, un Junzi, término derivado de las clasificaciones jerárquicas con las que se distinguía a los nobles y caballeros y, a veces, hoy se utiliza para señalar a los privilegiados del Partido y oponerlo a Shunin, es decir, los de abajo, lo que va en contradicción con la significación tradicional en la que se resaltaba la superioridad moral, sin relación al origen social. El Junzi sería educado y justo, la (virtud) le sería inherente y siempre estaría en el Justo Medio, que indicaba la necesidad de moderación en todo. El Junzi conoce y respeta los mandatos del Cielo a la par que trata de ajustar su vida a los mandatos de la propia conciencia.*

Para tantos millones de seres humanos que, en estas latitudes, muy poco o nada han oído sobre una mínima aproximación a la Verdad Evangélica… ¿No podríamos ponernos en el lugar de Pablo cuando, previamente informado sobre las creencias del público al que se proponía hablar, se presentó en el Areópago y, tomando pie en la idea del «Dios desconocido» (el Cielo, para los confucianos), hizo valer la inmaterialidad, sabiduría, omnipotencia, omnipresencia y justicia como atributos de ese Dios en cuya presencia discurre nuestra vida y que, por elemental lógica, ha de estar por encima de todo lo visible? Si logramos despertar inquietud hacia el conocimiento de la voluntad de Dios, estaremos en buena disposición para anunciarles el misterio de la Encarnación y de la revelación de Dios en el Hombre a través de Cristo, crucificado y resucitado.

****

A punto de iniciar el viaje de regreso a España, una llamada telefónica, seguida de una voz femenina en perfecto castellano, trastocó las inmediatas intenciones de Juan Díaz Ibero: Buenos días, señor Obispo, su excelencia el Primer Mandatario quiere saludarle. Efectivamente, era el propio Liu Yichong, Primer Mandatario del Estado Chino Integrador, el mismo que, con pasmosa sencillez, le invitaba a su residencia de la Ciudad Prohibida para, según dijo, dialogar sin límite de tiempo sobre

España y su circunstancia: tal cual, como muy familiarizado con la obra de Ortega y Gasset, que, según dijo luego, había formado parte de su formación universitaria.

Le recibió la propietaria de la voz al teléfono, que resultó ser la señora Liu Xuanyuan, esposa del Primer Mandatario.

- Me siento medio española por haber pasado dos años entre Madrid y Málaga. Debe disculparme si me he permitido aconsejar a mi esposo esta reunión que, para mí, representa revivir felices tiempos. Son muchas las cosas que él y yo queremos saber de la España actual fuera de cualquier trámite protocolario. Siéntase usted como en su propia casa.

Y así resultó todo, desde el saludo inicial de bienvenida por parte del señor Liu Yichong, Primer Mandatario, hasta toda una tarde de reunión a tres pasando por un apetitoso y cordialísimo almuerzo amenizado por la simpatía y erudición de la señora Liu, perfecta en su papel de primera dama en la Nueva China Socialista.

- Para entrar en materia a su comodidad, sea usted el que haga la primera pregunta, le pidió a Juan Díaz Ibero su anfitrión.

- Me gustaría conocer la razón por la que han cambiado el nombre de República Popular China por el de Gran China Socialista.

- Desde el inolvidable presidente Deng Xiaoping, la calificación de socialista es irrenunciable para los más responsables de nuestro pueblo. Él mismo nos lo razonó en un inigualable texto que se hace aprender de memoria en las escuelas. Déjela a mi esposa que se lo repita en español:

- Fue en una charla con el profesor Chen Ku-ying, de la Universidad de Taiwán, el 20 de mayo de 1985. Este es el extracto al que se refiere mi marido:

El continente mantendrá el sistema socialista y no tomará el camino equivocado, el camino capitalista. Uno de los rasgos que distinguen al socialismo del capitalismo es que el socialismo significa prosperidad común, y no polarización del ingreso. La riqueza creada pertenece primero al Estado, y segundo al pueblo; es por lo tanto imposible que emerja una nueva burguesía. El monto que vaya al Estado será gastado para el beneficio de la gente, una pequeña porción será usado para favorecer la defensa nacional y el resto para el desarrollo de la economía, la educación y la ciencia, y para elevar el nivel de vida y de cultura de la población. Desde la caída de la Banda de los Cuatro, una tendencia ideológica ha aparecido, que nosotros llamamos liberalización burguesa. Sus exponentes valoran la "democracia" y la "libertad" de los países del Occidente capitalista y rechazan al socialismo. Esto no puede permitirse. China debe modernizarse, no debe en absoluto liberalizarse o tomar el camino capitalista como los países de Occidente han hecho. Esos exponentes de liberalización burguesa que han violado las leyes estatales deben ser tratados con severidad. Porque lo que están haciendo es precisamente, "hablar libremente" ventilando sus "opiniones" completamente, presentando carteles con grandes testimonios y produciendo publicaciones ilegales; todas las cuales sólo crean inquietud y vuelven a traer las prácticas de la "Revolución Cultural". Debemos mantener esta diabólica tendencia reprimida. En 1980 el Congreso Nacional del Pueblo adoptó una resolución especial para borrar del artículo 45 de la Constitución, la disposición de que los ciudadanos "tienen derecho a hablar libremente, ventilar sus opiniones, mantener grandes debates y escribir carteles con grandes testimonios"- una disposición que había sido agregada durante la "Revolución Cultural". La gente que adora la "democracia" occidental está insistiendo siempre con esos derechos. Pero, habiendo pasado la ordalía de los diez años de la "Revolución Cultural", China no puede restituirlos. Sus ideales y su fuerte sentido de la disciplina harían imposible la adhesión al sistema socialista y llevar adelante el programa de modernización. En la Tercera Sesión Plenaria del Onceavo Comité, el Partido decidió acerca de la política de abrirse al mundo exterior y al mismo tiempo demandó restricciones sobre la liberalización burguesa. Estas dos cosas están relacionadas. A menos que restrinjamos la liberalización burguesa, no podremos hacer efectiva la política de apertura. Nuestro recorrido de modernización y la política de apertura debe excluir la liberalización burguesa. En los últimos años ha habido un pensamiento liberal no sólo en la sociedad en general, sino también al interior del partido. Si se permitió que estas tendencias se extendieran, no deben socavar nuestra causa. En resumen, nuestra meta es crear un ambiente político estable; en un ambiente de malestar político nos será imposible seguir con la construcción socialista o lograr cosa alguna. Nuestra tarea principal es construir el país, y las cosas menos importantes deberían subordinarse a eso. Aún si existe una buena razón para tenerlos, la tarea principal debe ser prioritaria.

- Por lo que veo, el de ustedes es un socialismo en el que caben no pocas libertades burguesas y en el que, como de rondón, se cuela algún principio del humanismo cristiano, adujo el obispo español.

- Tiene usted razón siempre que en esas libertades burguesas no incluya el hedonismo desenfrenado y la corrupción política que, entre nosotros, siguen castigados más duramente que en otros sitios, lo que, evidentemente, nos permite ver que, año tras año, se vaya reduciendo. El nuestro es un socialismo que tiene mucho más del Maestro Confucio que del ateo Karl Marx y, por lo tanto, recomienda lo que ustedes llaman la virtud de la templanza.

- ¿No se consideran ustedes ateos?

- ¡Claro que no! Ateo es el que niega a Dios para ponerse a sí mismo en su lugar. Con el maestro Confucio hemos aprendido que todo viene del Cielo, lo que nos muestra que, cobijados bajo un mismo firmamento, todos los seres humanos somos iguales y estamos regidos por la misma justicia universal.

Lo único que nos diferencia a unos de otros son las funciones que, a cada uno, nos toca desempeñar.

- Permítame señalarles que esto último ya lo enseñó nuestro Pablo de Tarso cuando, hace más de veinte siglos, recomendaba a los romanos recientemente cristianizados que se sintieran como distintos miembros de un solo cuerpo de forma que el capaz de enseñar, que enseñase, de dirigir, que dirigiese, el de animar en momentos de desánimo, que animase a los más descorazonados. Todos obrando con sencillez y gratificante generosidad según sus respectivas capacidades.

- ¿No cree usted que a ese Pablo pudo llegarle algo de las enseñanzas de nuestro gran maestro, muerto unos siglos atrás?

- No digo yo que no; pero en él influyó mucho más la voz que oyó en lo que los cristianos llamamos su caída del caballo.

- Sabemos a qué se refiere usted, dijo la Primera Dama. Pero, sin dejar de interesarle cotejar unas con otras enseñanzas, cosa que podrá hacer en los habituales contactos con sus colegas religiosos, lo que ahora desea es que le hable usted de España, a la que desgraciadamente, conoce menos que yo.

- Efectivamente, siguió el Primer Mandatario. Para que luego me hable de lo que en China se llama el "milagro español del siglo XX", le pido que, ahora, trate usted de explicarme el porqué, habiendo sido los más influyentes del mundo hace seis siglos, ahora los españoles representan tan poco en el concierto de las grandes potencias, entre ellas, nuestra **Nueva China Socialista**.

- Creo yo que algo similar a lo que, a lo largo de la Historia, les ha ocurrido a todos los imperios en relación con los pueblos asociados o sojuzgados: los lazos de cohesión se debilitan a lo largo del tiempo y en la medida de que los particularismos de uno y otro lado se convierten en barreras infranqueables, máxime si el poder político no ejerce su función de la forma que le corresponde y tal o cual potencia rival entra en liza y se aprovecha de la situación. Así se rompieron los lazos entre la

España Peninsular y la de Ultramar, con la consecuencia de que ambas caminaron sin freno hacia una decadencia en parte mitigada por los valores compartidos y, también, por la evolución de lo que Marx llamó "medios y modos de producción". Por demás, sin duda alguna, que en esa decadencia ha contado mucho el desaforado individualismo de buena parte de los españoles más influyentes, el mismo individualismo que, según se cuenta, despertó en Otto Bismarck, el canciller prusiano del siglo XIX, el siguiente irónico comentario: "Demostrado está que España es el país más fuerte del mundo en cuanto los propios españoles llevan siglos tratando de destruirlo y no lo han conseguido".

- Según nos cuenta la Historia, comentó la Primera Dama, por poco no llegaron los españoles a su autodestrucción total en aquella guerra civil de la primera mitad del siglo XX ¿Qué sentido tiene que, entre hermanos, pasaran del millón de muertos?

- Querida, no es el momento de divagar sobre eso cuando los chinos contamos con episodios históricos no menos estúpidos y sangrientos. Hablemos de la recuperación española a raíz de aquella catástrofe: fue una recuperación que muchos de nosotros tomamos como precedente de la recuperación que, tras los desastres de la fatídica Revolución Cultural, propugnó nuestro siempre presente Deng Xiaoping y que, ni mucho menos, debemos dar por consumada. Seguro que del recordatorio de aquella vuestra recuperación habrá mucho que nos vendrá bien en la línea de acción para la nuestra, cuya meta, ni más ni menos, está en la prosperidad de todos gracias a la incondicional entrega de nuestro pueblo y al posible entendimiento comercial y cultural con todos los países del mundo.

Lo dicho por el Primer Mandatario de la Nueva Gran China despertó en la mente de Juan Díaz Ibero el comentario no formulado de que esa supuesta incondicional entrega del Pueblo implicaba clara falta de libertad para millones y millones de trabajadores sujetos sin remedio a la función que les había tocado en suerte. Se diría que tal consideración encontró eco en la mente del señor Liu Yichong, que se vio obligado a justificarse de la siguiente manera.

- Más de mil quinientos millones de personas, para subsistir, dependen de no desvariar en la línea marcada por nuestro Comité Central: trabajar y descansar para, luego, volver a trabajar en la medida de la propia capacidad y dentro de un orden patriótico, ello sin dejar de reflexionar libremente para compaginar el bienestar de la propia vida con el de los próximos y lejanos ciudadanos. Tiempos vendrán, en los que esa libre reflexión de progresivo paso a la libertad de acción. Eso es lo que el Comité Central procura tener en cuenta y delega en mí para llevarlo a la práctica. ¿No es algo así lo que vuestro general Franco hizo para recuperar la economía destrozada por la revolución republicana y la subsiguiente guerra civil?

- Aunque, por mi parte, no siga de cerca las directrices del Socialismo con características chinas, respondió Juan con una sonrisa, lo que usted dice, señor Primer Mandatario, me hace recordar lo aprendido en el Seminario: Primum vivere, deinde philosophare o, lo que es igual, primero vivir, luego pensar. Por demás, a muchos años de aquello, cabe recordar también que, con no pocos fallos, Franco procuró que los españoles olvidaran degradantes utopías para reactivar la práctica de valores que, según la Historia, habían llevado libertad y generosidad a lo que se llamó nuevo mundo.

- De esto último tenemos que seguir hablando tras el receso que nos hemos merecido, dijo el **Primer Mandatario** de la **Nueva China Socialista**, haciendo ver que era el momento de levantar la sesión.

Capítulo 9º

REVOLUCIONARIA "GLOBALIZACIÓN" DE OPORTUNIDADES

Aún suena en la mente de todos nosotros el eco del discurso, que el uno de septiembre de 2095, coincidente con la solemne celebración del 150º aniversario de la fundación de la Organización de Naciones Unidas, pronunció su secretario general, el acreditado astrofísico maltés Edmund Reygodron. Bien vale la pena traerlo a la memoria de todos:

Nos congratulamos de que, por fin, la estrecha colaboración científica y económica entre la **Unión Continental Europea, los Estados Unidos de América** y la **Gran China Socialista** ofrezcan realidades como la reducción de la contaminación atmosférica a niveles perfectamente tolerables por la vida humana mientras que la temida escasez de energía es cosa del pasado gracias a esa maravilla de la fusión nuclear, hoy principal fuente de producción eléctrica. Ello ha facilitado una mayor agilidad del comercio hacia la superación de ancestrales carencias de personas y pueblos de forma que bien se puede decir que estamos llegando a lo que podemos calificar **Era de la Globalización Total**.

A siglo y medio de aquel 24 de octubre de 1945, bien podemos decir que, superados innumerables desencuentros, sangrientos enfrentamientos y no pocas dificultades para el pacífico entendimiento, vivimos en un mundo que mucho se parece al que pretendía la **Carta** firmada por China, Francia, la antigua Unión Soviética, el Reino Unido y los Estados Unidos para, seguidamente, ser ratificada por otras 46 naciones y las que vinieron detrás hasta completar los dos centenares de la actualidad.

En teoría y a partir de su **Declaración Universal de los Derechos Humanos** del 10 de diciembre de 1948, la **ONU** ofrecía al Mundo una referencia jurídica de insuperable carácter moral desde el **Derecho Natural** que, para los cristianos, coincidía plenamente con la **Ley de Dios**. Al respecto, basta recordar el texto original de los **cuatro primeros artículos de dicha Declaración**:

Artículo 1.- * Todos los seres humanos nacen libres e iguales en dignidad y derechos y, dotados como están de razón y conciencia, deben comportarse fraternalmente los unos con los otros.

Artículo 2.-* Toda persona tiene todos los derechos y libertades proclamados en esta Declaración, sin distinción alguna de raza, color, sexo, idioma, religión, opinión política o de cualquier otra índole, origen nacional o social, posición económica, nacimiento o cualquier otra condición. * Además, no se hará distinción alguna fundada en la condición política, jurídica o internacional del país o territorio de cuya jurisdicción dependa una persona, tanto si se trata de un país independiente, como de un territorio bajo administración fiduciaria, no autónomo o sometido a cualquier otra limitación de soberanía.

Artículo 3.- * Todo individuo tiene derecho a la vida, a la libertad y a la seguridad de su persona.

Artículo 4.- * Nadie estará sometido a esclavitud ni a servidumbre, la esclavitud y la trata de esclavos están prohibidas en todas sus formas.

A decir verdad, tanto la positiva práctica de tales derechos como la voluntad de superar faltas de entendimiento por cuestiones de raza, sexo, religión, nivel social o afinidad ideológica han brillado por su ausencia en innumerables ocasiones. Los fundadores de la ONU manifestaron tener esperanzas en que esta nueva organización sirviera para prevenir nuevas guerras. Estos deseos no se han hecho realidad en muchos casos, que, para no repetirlos, debieran estar en la memoria de todos. También, durante muchos años, el artículo 3º, el mismo que consagra como derecho inalienable el derecho a la vida de todo ser humano, ha sido atropellado en millones de abortos, las más de las veces propiciados por los propios padres o madres.

Ahora, si se nos pide cual ha sido el principal logro de la ONU, buena parte de los aquí reunidos habremos de reconocer que, sin duda alguna, fue la consensuada ilegalización universal del aborto, la eutanasia, la mutilación femenina e, incluso, ensayos clínicos con embriones humanos con la consecuencia de excluir de nuestra Organización a las naciones en las que, libremente, se siguen practicando tales medidas que nada tienen de terapéuticas y sí de crímenes contra la humanidad.

También es motivo de gran satisfacción el desenmascaramiento definitivo de cuantos criminales de guerra hicieron de la religión un arma de opresión política: hoy se considera doble delito cualquier muerte en nombre de Dios, cuyo Amor y Misericordia son los reconocidos principales atributos para la mayoría de los fieles a las religiones monoteístas, llámense judíos, cristianos o musulmanes. Al respecto, todos hemos de celebrar lo que muchos consideran el gran milagro de Oriente Medio: la reconciliación entre judíos y musulmanes ejemplarizada en el matrimonio por amor del emir Abdel Haqq y la judía Esther Aaronshon, hoy Primera Ministra del gobierno de Israel.

Si, en el plano de la moral, bien podemos decir que, en buena medida, se ha superado el degradante relativismo que, como torpe herencia de los que fueron llamados "maestros de la sospecha" (Marx, Nietzsche y Freud) privó en la sociedad opulenta en la segunda mitad del siglo XX y primera del presente, en el plano de la economía global resulta no menos notorio el auge de la Gran China Socialista en detrimento de los Estados Unidos de América hoy atenazados por una huelga general de la que se ve muy difícil la pacífica salida después de más de cuarenta días desde que se inició. Por demás, buena parte del pueblo americano se siente irremediablemente defraudado por haber perdido la primacía en la exploración del Espacio.

Recordemos que, frenada por los vaivenes políticos de sus años revolucionarios, China entró en la carrera espacial más tarde que Estados Unidos y la Unión Soviética. Pekín no lanzó su primer satélite hasta 1970 mientras que el primer taikonauta chino no voló en un vehículo propio hasta 2003. Los avances se aceleraron conforme iba creciendo la confianza y autoestima de los dirigentes políticos: en 2016, China terminó de construir el mayor radiotelescopio del mundo, una antena de 500 metros de diámetro en las montañas de la provincia de Guizhou y, dos años más tarde, había superado a Estados Unidos en el número de cohetes lanzados al espacio.

Fue en octubre de 2007, cuatro años después de convertirse en la tercera nación en enviar un hombre al espacio, cundo China lanzó su módulo Chang´e-1, para estudiar la superficie lunar. Tras impulsar su programa espacial con cinco misiones tripuladas y construir el Tiangong-1 (Palacio Celestial), hizo que la sonda Chang´e-3, en diciembre de 2013, desplegara sobre el suelo lunar a Yutu (Conejo de Jade), capacitado para tomar fotografías que pudieran ilustrar sobre el hallazgo de materiales interesantes. Poco tiempo más tarde, fue enviada la sonda Chang'e-4 a inspeccionar la cara oculta de nuestro satélite. Luego, con destino la Luna y Marte, vino lo que está en la memoria de todos: viajes tripulados, prospecciones a la búsqueda de materias primas, experimentos de cultivos agrícolas en espacios cerrados, etc. etc.

Ahora lo que toca y hemos de reconocer que la poderosa economía de la China Socialista está en ello, es potenciar al máximo un sistema comercial multilateral universal, basado en normas aceptables y aceptadas por todos en responsabilizada libertad de forma que se logre estimular considerablemente el crecimiento en todo el mundo con atención preferente a los países que más lo necesitan en generosa sintonía con una Economía de la Reciprocidad, capaz por sí misma de allanar todas las dificultades que, en otro tiempo, venían agigantadas tanto por excrecencias colonialistas como por tal o cual prejuicio de tipo ideológico, racista o, incluso, religioso.

****

Ese mismo año, siguiendo la tradición, el Foro Económico Mundial reunió en la pequeña ciudad turística de Davos, Suiza, a los más ricos del Planeta, entre ellos, el llamado **Héctor Capitalino**, cuya fortuna dobla al que le viene detrás y que, a juicio de los que le llegaron a tratar, gozaba de una inteligencia a nivel de su fortuna. Por ello, no es de extrañar, que una mayoría de los participantes en esa reunión anual del "Foro" delegaran en él para la exposición de una ponencia que redactó él mismo.

Bien os podéis imaginar que **Héctor Capitalino** es hijo de **Renato Capitalino,** aquel multimillonario que tomó este nombre y apellido en lugar de **Saúl Schieber**, que portaba en su juventud cuando presumía de romper todos los diques morales hasta cometer infames trastadas como la de incendiar su propia mansión y talar de hacer talar centenares de cipreses por odio a todo símbolo de ascensión a las alturas.

Éste es el mismo personaje que, años más tarde, interesado por lo que ocurría en la nueva **China Socialista**, aprovechó la ocasión de participar en el **Debate Mundial de Ideas** del año 2054, volviendo de allí aún más decidido a no ceder un ápice en lo de aprovechar su dinero para hacerse notar en repulsa a todo lo sagrado. Pero sí que abrazó una mala copia de la idea de que se puede triunfar en el plan económico sin dejar de sentirse socialista, es decir, miembro de un rebaño sin otros afanes que los puramente materiales (Fue esa la falsa idea que Renato Capitalino I se hizo de la China, que visitó en los años cincuenta): la misma que puso como ejemplo a seguir a **Héctor Capitalino,** el hijo habido con su acompañante en aquel debate mundial de ideas, la bella, "ilustrada" y un tanto ninfómana Odile Tribaut, con la que nunca llegó a casarse.

Muerto el padre, el hijo simultaneó la práctica de hacer dinero a base de "seguros negocios" con el estudio y aplicación de lo que llamaba **Socialismo Industrial**, cuyo inspirador, según él mismo reconocía, fue el Conde de Saint Simon (1760-1825), cuya "parábola de organización social", según los marxistas, sirvió de punto de partida al **Socialismo Burgués** y ahora, como podemos ver, fue referencia principal de su ponencia en el citado Foro Económico Mundial de 2095:

> *Girará en torno a la organización social que me parece más apropiada para el próximo Siglo XXII. Por no pocos testimonios de la Historia, bien podemos dar por bien muerto lo que, en su origen, los marxistas llamaron Socialismo Científico y, también, Comunismo, para, luego, los soviéticos presentarlo como Socialismo Real bajo la tiranía de sátrapas, que, asistidos por una tropa de infames burócratas se presentaban a sí mismos como encarnación de la Dictadura del Proletariado con las denigrantes y trágicas consecuencias que debemos asumir como magistral lección de la Historia.*

> *Nada más lejos de lo que el Socialismo, que predicó el inolvidable conde de Saint Simon y que, por cierto, mucho se parece al que la Nueva China ha puesto en práctica: Una doctrina para convencer a los de arriba y a los de abajo de que la pobreza no se puede resolver con más pobreza y sí con un trabajo bien asumido y mejor dirigido por los promotores y gerentes de una Sociedad de más en más industrializada, aunque, a veces, también martirizada por los vendedores de utopías. Creo oportuno recordar*

la lección que nos dejó aquel noble francés con lo que se sigue llamando "parábola contra la ociosidad".

«Supongamos, escribió Saint Simon, *que Francia pierde súbitamente sus primeros 50 físicos, sus primeros 50 químicos, sus primeros 50 fisiológicos, sus primeros 50 banqueros, sus primeros 50 comerciantes, sus primeros 500 agricultores, sus primeros 50 maestros.../Como esos hombres son los franceses más esencialmente productores aquellos que producen los productos más importantes, la nación se convertiría en un cuerpo sin alma desde el momento que los perdiese; caería inmediatamente en un estado de inferioridad respecto a las naciones con las cuales ella rivaliza y continuaría siendo subalterna de ellas en tanto no reparara esa pérdida, en tanto no tuviera de nuevo una cabeza... Pasemos a otra suposición. Admitamos que Francia conserve todos los hombres de genio que posee en las ciencias, en las bellas artes, en las artes y los oficios, pero que tenga la desdicha de perder en un solo día a monsieur hermano del rey, a los cardenales, a los obispos, a los magistrados y al mismo tiempo a los grandes oficiales de la corona, todos los ministros del Estado, con o sin cartera, los consejeros de Estado, todos los maestros de requetés, todos los mariscales, todos los prefectos y subprefectos, todos los empleados en los ministerios, y además los 10.000 propietarios más ricos entre los que viven de sus rentas sin producir nada. Claro que tamaño accidente afligiría a los franceses porque son buenos...Pero esta pérdida de los 30.000 individuos más reputados como los más importantes del Estado sólo acusaría pena en el aspecto sentimental, pero Francia no sufriría ningún daño político».* Desde esa predisposición, el conde de Saint Simon, del que yo me hago ferviente deudo, reclamaba "sustituir el gobierno de las personas, por la administración de las cosas», a la par que se presentaba a sí mismo como el reformador que la sociedad estaba esperando y se atrevió a señalar: «La Edad de Oro de la Humanidad no está detrás de nosotros: está por venir y se encontrará en el perfeccionamiento del orden social. Nuestros*

padres no la vieron; nuestros hijos la contemplarán algún día. Tenemos el deber de prepararles el camino». Para aquel valiente e innovador ideólogo, la Gran Revolución de 1789 había proclamado una libertad cimentada en el aire del rencor, de la precipitación y, también, de la falsa idea de la igualdad de todos los seres humanos, los mismo que, aunque lo fueren por ley natural, dejan de serlo en el momento en el que intervienen las "leyes económicas" que, por principio, promueven la desigualdad social lo que obliga a que el libre juego de la competencia sea sustituido por una "sociedad organizada" en perfecta sintonía con la "era industrial". Saint Simon titubeó sobre las modalidades concretas de esa "sociedad organizada" que, para él, van desde aceptar la situación establecida con el añadido de la participación de un "colegio científico representante del cuerpo de sabios" a otorgar el poder a los más ilustres representantes del industrialismo, "alma de una gran familia, la clase industrial, la cual, por lo mismo que es la clase fundamental, la clase nodriza de la nación, debe ser elevada al primer grado de consideración y de poder". Es entonces cuando "la política girará en torno a la administración de las cosas" en lugar de, tal como ahora sucede, "ejercer el gobierno sobre las personas". Tal será posible porque "a los poderes habrán sucedido las capacidades" con la consecuente "renovación de la Moral y de la Religión" en una especie de "nuevo cristianismo ateo", que por la fuerza la evolución de las unidades productivas ayudará a que, "todos los hombres y mujeres se consideren hermanos".

Fue aquella una piadosa ensoñación que dividió a los discípulos de Saint Simon en dos cofradías radicalmente diferenciadas aunque ambas "confesionalmente" ateas: En primer lugar, la del socialismo "romántico" de Próspero Enfantin (1796-1864), para quien un venturoso futuro sería consecuencia del generoso esfuerzo de la clase trabajadora hacia una sociedad sin clases (premonición de la consigna marxista de "proletarios de todos los países, uníos"). Es un "socialismo" que será eclipsado por ese fenómeno sin Dios, sin Amor y sin Libertad, que, desde Marx y Engels, los comunistas y otros "colectivistas" han llamado *y siguen llamando "socialismo científico" para hacer de él el principal alimento de cuantos, en teoría, "no tienen otra cosa que perder que sus cadenas". En segundo lugar, la del "positivismo elitista" de Augusto Comte (1798-1857), para el cual, la Historia mostraba cómo, gracias a los más avispados de los emprendedores, la Humanidad, luego de pasar por el "Estado Teológico" y el "Estado Metafísico" estaba llegando al pleno conocimiento de todos los aspectos de la Realidad por estar ya inmersa en el "Estado Positivo" en el que, destronado definitivamente Dios, la Humanidad, aceptándose como Ser Supremo (Grand Être) puede volcar sus apetencias espirituales en sí misma.*

He citado de pasada a esos dos discípulos de Saint Simon para llegar a un síntesis doctrinal en la que cabe el esqueleto organizativo que propuso Saint Simon, la romántica ensoñación de Próspero Enfantin, la visión de los tres estados de Comte y ¿porqué no presumir de ello? el poder socializador del Capital en manos, claro está, de los que podemos hacer y hacemos de él un dios domesticado que se inclina ante nuestro yo soberano a la par que logra millones y millones de fieles sembrando sueños entre los incautos, los mismos que, sin las viejas cadenas, viven adictos al trabajo productivo del cual, junto con la pura y dura especulación, se alimenta el propio Capital. Es esta síntesis doctrinal la que estoy empeñado en implantar allí en donde sea bien recibido, como ya ha sucedido en el Estado de Florida, hoy pionero de la imparable decadencia de los Estados Unidos de América, hace años derribado del primer puesto por la **Nueva China Socialista** *y ya hoy en la posición cuarta de las grandes economías, por detrás de la entente* **Japón-India**.

- ¿Quiere usted decir que esa especie de **Socialismo Industrial**, a la par de un artilugio para redondear dividendos, es la solución ideal para reactivar la economía de los países en decadencia? preguntó Nicolai Plinton, multimillonario propietario de la naviera Klosjilac.

- Por supuesto que sí. Y no solo de ellos, sino también de cualquier rincón del mundo en donde no tiene el mínimo sentido el que pase hambre todo aquel que quiere trabajar luego de aplicar la siguiente fórmula: de cada uno según su capacidad y a cada uno según sus necesidades. Será así cómo los ricos nos haremos más ricos mientras que los pobres dejarán de ser pobres.

- Al precio de su libertad, supongo, gritó alguien.

- A la libertad la entiende a su manera cada uno de los que pueden comer hasta hartarse, mientras que los que pasan hambre piensan en un trozo de pan antes que en la libertad.

- ¿Quiere eso decir que en la **Nueva China Socialista** todos son libres puesto que ya nadie pasa hambre?

- No solo de pan vive el hombre …, sin atreverse a continuar, dijo Héctor Capitalino recordando lo aprendido en sus primeros años de estudio.

- Y sí también de la libertad personal y de la palabra que sale de la boca de Dios, completó, un periodista que se había presentado como **Curioso Impertinente** y que resultó ser un enviado del Papa con la comisión de invitar a los reunidos a una nueva reunión que, si les parecía bien, podría celebrarse en el mismo Vaticano.

****

No todos los multimillonarios reunidos en Davos aceptaron la invitación papal y viajaron hasta el Vaticano para "cotejar iniciativas hacia la igualdad de oportunidades para todos los pueblos del Mundo", según rezaba en el escrito firmado por el propio Sumo Pontífice. Héctor Capitalino y Nicolai Plinton sí que estuvieron entre la veintena de personajes que aceptaron una invitación que, a decir verdad, no fue bien vista por una parte de la curia romana, uno de cuyos miembros llegó a decir:

- Ya tenemos a los mercaderes en el Templo.

- Así contaremos con la ocasión de hacer valer el látigo del ejemplo, si es que todos y cada uno de nosotros podemos demostrar que en algo nos parecemos al Divino Maestro, respondió el Papa.

****

Los aquí reunidos, empezó diciendo el **Arzobispo Cardenal Abdeladim** (un antiguo ulema marroquí convertido al catolicismo), os distinguís de la mayoría del resto de los mortales en que tenéis muchos lujosos sitios en los que caeros muertos, lo que aún no sucede a tantos desarrapados que viven y mueren en sitios a la buena de Dios. Con lo dicho y a la vista de los necesarios que seguís siendo, me libro de condenar el derecho a usar de vuestras propiedades si es que no lo hacéis contra la Ley Natural y el saber hacer que nos mostró el Divino Maestro en su paso por la Tierra. Ahora, permitidme recordar lo que se dice al respecto en el libro "**Cristianos, burgueses y proletarios**":

Meollo de la actividad económica, es el llamado DERECHO DE PROPIEDAD. De tal pretendido derecho ya encontraron los españoles una definición "jurídica" en las célebres   PARTIDAS   del cristiano rey Alfonso X: "Es el poder que home ha en su cosa de face della e en ella lo que quisiere segund Dios e segund fuero". Si en el término "segund Dios" se ve una clara referencia a la moral natural o ley de Dios, no así en Código Napoleón cuyo artículo 544 dictamina: "La propiedad es el derecho de gozar y de disponer de las cosas de la manera más absoluta dentro de los límites que marquen las leyes o reglamentos". Algo así ya se decía en el viejo Código Romano que ve en la Propiedad el "ius utendi atque abutendi re sua quatenus iuris ratio patitur" (es el derecho de usar y de abusar de lo propio hasta el límite que marca la Ley). Sin el claro matiz recordado oportunamente por el Rey Sabio y, dadas la abundantes situaciones no previstas por la Ley, es evidente que el Derecho de Propiedad ha resultado y resulta un autorizado sistema de acaparamiento. Ello debe preocupar a cuantos creen, creemos, en la necesidad de que cada hombre disponga de lo necesario para cumplir el fin que le es propio: desarrollar sus facultades personales en Libertad, Trabajo y Generosidad. En esa línea se han movido los promotores de la enseñanza cristiana: "Si la Naturaleza ha creado el derecho a la propiedad común, es la violencia la que ha creado el derecho a la propiedad privada". Tal enseñaba San Ambrosio, Arzobispo de Milán. "Los propietarios, dijo San Agustín, deben tener en cuenta que han sido la iniquidad humana, sucesivos atropellos y miserias... lo que ha privado a los pobres de los bienes que Dios ha concedido a todos. En consecuencia, se han de convertir en proveedores de los menos favorecidos".

Estos Padres de la Iglesia, tenaces promotores de la enseñanza evangélica, encontraron ilustrativas referencias al tema en nuestro Libro Sagrado, cuyas son las siguientes categóricas precisiones: "Yahvé vendrá a juicio contra los ancianos y los jefes de su pueblo porque habéis devorado la viña y los despojos del pobre llenan vuestras casas. Porque habéis aplastado a mi Pueblo y habeis machacado el rostro de los pobres, dice el Señor" (Is.3,14). "¡Ay de los que añaden casas a casas, de los que juntan campos y campos hasta acabar el término, siendo los únicos propietarios en medio de la tierra!" (Is.5,8). "Ved como se tienden en marfileños divanes e, indolentes, se tumban en sus lechos. Comen corderos escogidos del rebaño y terneros criados en el establo... Gustan del vino generoso, se ungen con óleo fino y no sienten preocupación alguna por la ruina de José" (Am.6,4). "Codician heredades y las roban, casas y se apoderan de ellas. Y violan el derecho del dueño y el de la casa, el del amo y el de la heredad" (Miq.2,2)

Es el propio Jesucristo quien ilustra el tema con la siguiente parábola: "Había un hombre rico, cuyas tierras le dieron una gran cosecha. Comenzó él a pensar dentro de sí diciendo: ¿Qué haré pues no tengo en donde encerrar mis cosechas? Ya sé lo que voy a hacer: demoleré mis graneros y los haré más grandes, almacenaré en ellos todo mi grano y mis bienes y diré a mi alma: alma, tienes muchos bienes almacenados para muchos años: descansa, come, bebe, regálate... Pero Dios le dijo: Insensato, esta misma noche te pedirán el alma y todo lo que has acaparado ¿para quién será? Así será el que atesora para sí y no es rico ante Dios" (Lc. 12,16). Claro que de algunos de los ricos de su época, Jesucristo arrancó el siguiente compromiso: "Daré, Señor, la mitad de mis bienes a los pobres. Y, si en algo defraudé a alguien, le devolveré el cuádruplo" (Lc. 19,8). A sí se expresó Zaqueo y demostró cómo una privilegiada situación económica puede traducirse en bendición social. La función social del derecho de propiedad era una de las principales preocupaciones de San Pablo, quien recomendaba a sus discípulos: "A los ricos de este mundo encárgales que no sean altivos ni pongan su confianza en la incertidumbre de las riquezas, sino en Dios quien, abundantemente, nos provee de todo para que lo disfrutemos, practicando el bien, enriqueciéndonos en buenas obras, siendo liberales y dadivosos y atesorando para el futuro con que alcanzar la verdadera vida" (I Tim.6,14). El rico de este mundo puede serlo sin sentirse por ello con especiales derechos sobre las personas que le rodean; por contra, existen muchos marginados por la fortuna material obsesionados por vivir del trabajo ajeno y, envidiosos hasta el paroxismo, no tienen otra preocupación que la de "atropellar a quienes les atropellan" lo que, sin duda, les aproxima a los ricos, radicalmente insolidarios, los mismos que prestan argumentos al apóstol Santiago para fulminar: "Vosotros, ricos, llorad a gritos sobre las miserias que os amenazan. Vuestra riqueza está podrida. Vuestros vestidos consumidos por la polilla, vuestro oro y vuestra plata comidos por el orín. Y el orín será testigo contra vosotros y roerá vuestra carne como fuego. Habéis atesorado para los últimos días. El jornal de los obreros, defraudados por vosotros, clama y los gritos de los segadores han llegado a los oídos del Señor de los ejércitos. Habéis vivido en delicias sobre la tierra, entregados a los placeres: os habéis cebado para el día de la matanza"

(Sn.5,6). Sucede que lo que yo considero mío, incluso cuando sobre ello me reconozca la ley el derecho exclusivo al uso y al abuso, no es más que una condición para la realización personal, vocación truncada si al mundo que me rodea le pongo el límite de mi propio ombligo.

Pero hemos hablado de Trabajo y de Libertad. Para que, en libertad, el Trabajo alcance un buen grado de fecundidad necesita suficiente motivación. Claro que tenemos al Amor como la más noble y la más fuerte de las posibles motivaciones; pero si el Amor como fuerza creadora y de proyección social nace de la voluntaria entrega al servicio de los demás, hemos de reconocer que no es un factor de progreso social suficientemente generalizado.

Para que el Trabajo y la Libertad sean continuos factores de desarrollo económico y social (es inconcebible el último sin el primero) debe ofrecerse a los actores un amplio abanico de motivaciones. Y sin duda que no es la menos efectiva de las motivaciones ésta que late en el derecho de propiedad. Así es y así ha de ser reconocido por imperativo de la Realidad.

La estabilidad y desarrollo de la economía, en gran medida, se apoya en el afán y preocupación de los hombres de industria y de negocio por alcanzar esas cotas de poder social que da el uso y disfrute de determinados bienes o posiciones. También se apoya en la solidez jurídica de los logros personales, desde donde, a la par que desarrollar determinados caprichos es posible abrir nuevos cauces a la explotación de recursos naturales y subsiguiente creación de empresas, sin lo cual es impensable la organización y consolidación de la vida económica.

Es deseable que lo que hemos llamado Amor esté presente en los actos y pensamientos de todos los hombres y mujeres; el camino está iniciado pero progresa con agobiante lentitud. Bueno es, entre tanto, usar de otras motivaciones cual es el ansia de poseer o apasionado cultivo del derecho de propiedad dentro de los límites, claro está, que marque la Ley.

De ahí se deduce que, si el Trabajo y la Libertad, se muestran como imprescindibles condicionamientos del desarrollo económico, es el espíritu generoso (o Amor) la mejor vía para que los "regalos de la fortuna" no se conviertan en la principal trabazón del desarrollo personal ("alcanzar la verdadera Vida", según está escrito y testimoniado).

Caben ahí las puntualizaciones de Santo Tomás de Aquino: "Si se le concede al hombre el privilegio de usar de los bienes que posee, se le señala que no debe guardarlos exclusivamente para sí: se considerará un administrador con la voluntad de poner el producto de sus bienes al servicio de los demás... porque nada de cuanto corresponde al derecho humano debe contradecir al derecho natural o divino; según el orden natural, las realidades inferiores están subordinadas al hombre a fin de que éste las utilice para cubrir sus necesidades. En consecuencia, parte de los bienes que algunos poseen con exceso deben llegar a los que carecen de ellos y sobre los que detentan un derecho natural". Hay en esta acepción del derecho de Propiedad profundo conocimiento de la naturaleza humana y de los precisos resortes en que se apoya la voluntad de acción al tiempo que una preocupación por la universalización de los bienes naturales, cuyo descubrimiento y optimización, lo sabemos muy bien, depende, en gran medida, de la acción manual y reflexiva del hombre. Por ello, se ha de tomar como rigurosamente realista.

No tan realista es la pretendida colectivización irracional que, defendida apasionadamente por los utopistas de los dos precedentes siglos, suponía a un hombre cómodo y "socialmente productivo" desde la total irrelevancia dentro de la masa. Lo aventurado de tal suposición viene avalado por la más reciente historia: sin libertad, la generosidad es sustituida por la apatía y el trabajo se convierte en una carga sin sentido. De una forma u otra, el hombre, para resultar como tal, ha de aspirar a manifestarse como persona, es decir, como ser perfectamente diferenciado de sus congéneres: cuando no lo sea por su derroche de generosidad, pretenderá serlo desde el libre ascenso hasta algo que su entorno celebre.

Tampoco es realista el redivivo sueño calvinista de que el poder y la riqueza son muestra de predestinación divina o que el derecho a usar y abusar de las cosas es una imposición de la moral natural, mensaje subliminal que parece latir en el meollo de la llamada Economía Clásica alguno de cuyos teorizantes se han atrevido a presentarse como voceros de la voluntad de Dios: "Digitus Dei est hic", escribió Bastiat al principio de sus "Armonías Económicas", libro que fue presentado como pauta de una cruzada hacia la verdad y la justicia por el camino de la propiedad sin freno social alguno puesto que "el interés exclusivamente personal de los privilegiados es el instrumento de una Providencia infinitamente previsora y sabia".

Pero sí que es realista asumir la circunstancia con ánimo de humanizarla. Hubo en el pasado artífices de progreso cuya obra fue hija del más craso egoísmo; hay empresarios que dan trabajo sin la mínima preocupación por cuantos rezan en su nómina... hay descubrimientos geniales, fruto exclusivo de la vanidad de su autor...

Entre los promotores del progreso, hemos de reconocerlo, son pocos, poquísimos, los que cultivan el trabajo enamorado y muchos, muchísimos, que cumplen una función social (desarrollan un trabajo trascendente) desde la sed de fama, poder o dinero, en suma, desde el más crudo egocentrismo. Para éstos como para los más generosos, una realista visión del Progreso pide Libertad, por supuesto que dentro de una Ley preocupada por zanjar ancestrales discriminaciones.

Por debajo de la generosa e incondicionada preocupación por el prójimo (eso que estamos llamando Amor) el entorno social brinda otras motivaciones a la participación en el Progreso: una de las más fuertes es la aspiración tanto a disponer caprichosamente del resultado del propio esfuerzo como a dejar constancia de ello. Por eso resulta socialmente positiva la institucionalización del derecho de propiedad sobre las cosas que va más allá del simple uso y facilita la libre disposición de ellas en operaciones de compra, venta, donación, herencia... etc. Y habremos de dar la razón a los que sostienen que "la propiedad privada debe ser considerada una indispensable función social destinada a formar y administrar los capitales que permiten a cada generación preparar los trabajos de la siguiente".

Tomados así, los títulos de propiedad y el dinero son positivas herramienta de trabajo. Desde la óptica cristiana, el derecho de propiedad implica la administración sobre las cosas de forma que éstas puedan beneficiar al mayor número posible de personas. Ello obliga al "propietario" a ser riguroso en el tratamiento de los modos y medios de producción, a desarrollar la libertad y el amor al trabajo, a valorarse y a valorar en la justa medida a todos sus compañeros de empresa, a procurar que ésta se ajuste a la línea de progreso que permiten las técnicas y sus medios económicos y, por lo mismo, alcance la mayor proyección social posible: el llamado propietario puede y debe estar gallardamente en ese mundo sin ser de ese mundo.

Para los cristianos el derecho de propiedad no es, propiamente, un derecho natural pero sí una especie de imposición de las realidades que facilitan el equilibrio y el progreso social: es para ellos un derecho ocasional o, si se prefiere, un privilegio consagrado por la ley. Privilegio que puede enriquecerle espiritualmente si le empuja a procurar el bien material de los otros hombres.

Al observar los positivos avances de la Justicia Social a lo largo de la Historia, bien puede creerse que evoluciona todo lo que responde positivamente a las potencias del Amor a pesar de que no son pocos los que se entretienen en resucitar el culto a la animalidad y a la intrascendencia al estilo de un Spengler, del que se ha dicho que fue uno de los ideólogos que, tomándose al pie de la letra las ensoñaciones de Nietzsche, más ha contribuido a envilecer a una parte del género humano con enseñanzas como las que se desprenden de las siguientes palabras: "Lo que está en juego es la vida, la raza y el triunfo de la voluntad de dominio; no la conquista de verdades, de inventos o de dinero. La Historia Universal es el tribunal del mundo: da siempre la razón a la vida más fuerte, más plena, más segura de sí misma y confiere siempre a esa vida derecho a la existencia, sin importarle que resulte justo o injusto a la conciencia.. Ha sacrificado siempre la verdad y la justicia al poder, a la raza, y ha condenado siempre a muerte a aquellos hombres y pueblos, para quienes la verdad fue más importante que la acción y la justicia más esencial que la fuerza". Según él, "así fue y así será siempre en la historia de la humanidad desde "el hombre primitivo que anidaba solitario como un ave de rapiña. El alma de este fuerte solitario es enteramente guerrera, desconfiada, celosa de su fuerza y de su botín... conoce la embriaguez del deleite cuando el cuchillo entra en la carne del enemigo y cuando el vaho de la sangre y los chillidos de la víctima penetran en sus sentidos triunfantes..."

Es una radical bestialización que, para Spengler, priva y triunfa a todo lo largo de la historia puesto que, tal como proclama sin rebozo alguno "todo varón auténtico, aun en los estadios superiores de las culturas, percibe en sí mismo el dormido rescoldo del alma primitiva". Vemos ahí una "justificación intelectual" de los tiránicos totalitarismos, guerras mundiales y masacres de pueblos que ha vivido nuestro siglo: de hecho, Spengler invita al hombre-bestia (torpe diosecillo de barro hijo del "superhombre" de Nietzsche) a erigirse en protagonista de la historia por el camino del atropello y del crimen sin paliativo alguno. Coloca al hombre en el nival más bajo de la escala zoológica. Por directa imposición de la Realidad ya sabemos que estructurar la Vida y la Historia por la exclusiva inspiración de la fuerza animal es cultivar una absoluta ceguera hacia la única dimensión humana que garantiza un Progreso sin dramáticos baches: la dimensión espiritual.

Por el contrario, el pobre ser que se deja dominar por la borrachera de la bestialidad aun en vida captará palmariamente el vacío en que se ha encerrado: es un encierro que no le impedirá vivir y morir atormentado por su sed (vocación) de trascendencia. Es un tormento tanto mayor cuanto más en serio se haya tomado el alcanzar la cúspide de la pirámide humana: siempre será rebasado por otro más bestia o más fuerte y, en el último término, por la muerte. Ha perdido el precioso tiempo que se le concedió de vida puesto que, por incurrir en la apostasía de la insolaridad, ha resultado la principal víctima de un antinatural, desbocado y ridículo egocentrismo.

Para huir de tales extremos otros muchos de nuestros contemporáneos cultivan la vieja evasión romántica que preconizó Klages: Luchando siempre contra el más vago impulso de irracionalidad, toman la vida propia como un juego intrascendente en el que solamente deben intervenir los instintos, el blando sentimentalismo, lo lúbrico, el "pathos"... sin otra preocupación que la de aprovechar las migajas de bienestar o placer animal que deja escapar la fatalidad. Se huye así del constante dominio que ejerce el espíritu sobre la técnica, la economía, la civilización y la política. El tal dominio, dogmatiza Klages, fue iniciado por los más celebrados pensadores griegos para "fortalecerse descomunalmente" con el Cristianismo. Contra tal corriente "espiritualizadora" invita Klages a oponer toda la fuerza de la dimensión humana que más interesa a una inmensa mayoría: la dimensión animal.

Es la propia Realidad, insisto, la que no admite tan pobres concepciones del Hombre, que, en su noble esencia, no es una fiera al acecho ni tampoco un animalillo que distrae sus sufrimientos con el continuado recurso a sus más elementales instintos.

Ni Spengler ni Klages dudan de la dimensión espiritual del Hombre: lo que pretenden es encadenarla a la dimensión animal que es (o ¿debe de ser?) la "triunfadora". Tras ellos no falta quien niegue, pura y simplemente, la dimensión espiritual del Hombre.

En cambio, la Historia, que Jesucristo preconiza, se basa en la Libertad responsabilizante de cada hombre. Es una libertad que se muestra regresiva y estéril si no va acompañada por un vuelco social de las personales facultades, es decir, si no cuenta con la progresiva fuerza del Amor. Por eso, en una de sus más fervientes oraciones como Hombre, la de la Ultima Cena, nuestro Hermano Mayor suplica al Padre: "Que todos sean uno como Tú, Padre, en mí y Yo en Ti; que ellos también sean uno en Nosotros para que el mundo crea que Tú me has enviado. Yo les he dado la gloria que Tú me diste para que sean uno como nosotros somos Uno: Yo en ellos y Tú en Mí" (Jn.17,21)

En el Antiguo y Nuevo Testamento late esa genial Realidad, que "tienes enteramente cerca de tí: está en tu boca, está en todo tu ser para que todos tus pensamientos sean fecundos" (Dt.30,14), "es por quien todo existe todo y todo se ajusta al Plan de Dios" (Ecles.42,15); "es lo que empuja a la acción a cuantos creen" (Ts.3,13).

Plan de Dios y Libertad del Hombre, según amplias referencias de la Doctrina que sirve de alimento a la Fe, son factores incluidos claramente en la Obra de la Redención, principalísimo capítulo de la Creación en Marcha. De toda la Teología es lo referente a la voluntad de Dios, al Plan de Dios, lo que más interesa al Hombre y, sin duda, es en ello en lo que ha de basar su participación en la Historia. Con palabras más o menos modernas así lo han entendido los más influyentes Padres de la Iglesia: al estilo de San Bernardo de Claraval, cuya es la siguiente declaración: "Más que adentrarme en la Majestad de Dios prefiero aplicarme a interpretar su voluntad". Y queda claro que la voluntad de Dios respecto al hombre ni puede ir más allá de las fuerzas de éste ni contravenir su sagrado respeto por la Libertad en que cobra valor creador el Trabajo Solidario del hombre. El Plan de Dios preside y se ajusta a la Realidad.

La parte de Realidad, que nos desvela la Ciencia, se centra y se explica por el fenómeno de la revolución interior, merced a la cual el ser humano se sitúa en el camino de su propia realización (de ser lo que puede ser) en tanto en cuanto desarrolla y aplica los bienes de que dispone y sus facultades personales según el continuo empeño de "amorizar" su circunstancia material y social. Os alejáis de ello no por ser ricos sino por creer que vuestro dinero os coloca por encima de los demás en lugar de aceptarlo como algo prestado para producir bienes al servicio del bien común.

Para concluir este ya largo exordio si, de algún modo ha despertado o hecho crecer vuestra voluntad de compartir parte de lo que no necesitáis, sí que me permito aconsejaros que, para no alimentar a tiranuelos y demás, procuréis que, entre vosotros y los posibles beneficiaros, no se cuele tanto intermediario que solo piensa en sí mismo y, las más de las veces, pretenderá reírse de unos y de otros.

****

- Para que no caigan en saco roto muchos de los buenos deseos que, sin duda alguna, han despertado en alguno de nosotros tan ilustrativas reflexiones, bueno sería que nos olvidáramos de cualquier posible réplica al discurso del sabio y bien documentado cardenal y, apoyándonos en la consideración de que, por ser ricos, disponemos de la libertad, el dinero y el tiempo necesarios para hacer algo diferente o complementario a lo que hasta ahora venimos haciendo, estamos en la obligación de comprometernos a ello. Tanto mejor si además de no debilitar nuestras respectivas fortunas, ese algo diferente se traduce en obras que se vean obligados a agradecer los que ahora, no sin cierta razón, nos consideran una especie de insaciables sanguijuelas. ¿Qué os parece si ese algo diferente se traduce en una fundación con su laboratorio de lo que podemos llamar ajustes sociales, sin otra condición que la de tratar de ser originales?

Eso fue lo que, después de tres horas de convencionales exposiciones y subsiguientes desvaídas réplicas, propuso Héctor Capitalino y fue aceptado por unanimidad. Así nació la fundación **Facts and not words** o, lo que es lo mismo, **Hechos y no palabras**, para cuya sede social eligieron un discreto edificio de la ciudad de Roma.

****

Fue el profesor español Toribio Álvarez de la Torre quien, en el papel de secretario de la fundación **Facts and not words**, tomó nota de las conclusiones mayoritarias y redactó una ponencia que se dio a conocer a los principales medios de información de todo el Mundo. No fue todo lo original que se pretendía pero sí que presentaba sugerencias y puntos de reflexión, de los que pudieron tomar nota los políticos vocacionales.

Empezaba la ponencia con una apelación a la progresiva humanización del Mercado desde la constatación de que "resulta rentable dedicar dinero a resolver las situaciones de mayor pobreza"; consecuentemente, los "grandes capitalistas" deberán aplicarse a crear centros de producción allí en donde la falta de oportunidades de desarrollo resulten más notorias porque, se razonaba, así como el derecho de propiedad es inviolable siempre que se ajuste dentro de la ley, el derecho y el deber al Trabajo son las dos columnas básicas del desarrollo personal.

Si hablamos de creación y desarrollo de empresas, bueno será promover viables proyectos al alcance de modestos emprendedores, los cuales, más que entrar en rivalidad, sí que pueden complementar la función social de las grandes empresas a la par que ofrecer valiosas oportunidades a la humanización del mundo de la producción y subsiguiente distribución, de difícil consecución cuando el problema del desempleo ennegrece las perspectivas de un continuado progreso social. Ello desde el objetivo de crear el máximo de puestos de trabajo con cada partida de dinero disponible.

La Historia de la Economía Española, cuenta con una muestra de que tal objetivo no es pura utopía con todo lo que ha representado y sigue representando para la **Economía Social de Mercado** la centenaria **Cooperativa Arrasate-Mondragón.**

Certera visión del sacerdote **José María Arizmendiarrieta Madariaga** (1915-1976), **Mondragón** nace como empresa cooperativa en 1956 y, en unos 50 años, llega a ser un ejemplarizante grupo de 264 empresas con destacada presencia en las áreas financiera, industrial, docente y de distribución. En el 2006 su cifra de negocio superó los 13.000 millones de euros con una plantilla de 81.880 de trabajadores, una buena parte de ellos con directa participación en los beneficios en base a un régimen cooperativo, estructurado de tal manera que cultiva y desarrolla la integración empresarial a todos los niveles sin que los acusados vaivenes de los avatares políticos logren romper la ascendente conquista de una substancial parcela de Mercado. El Padre Arizmendi (así le llamaban y recuerdan sus discípulos, colaboradores y continuadores) no se andaba por las ramas y parte de una constatación de la que hace regla de conducta para sí mismo y para la élite de los socios cooperativistas: "Nada diferencia a los hombres y a los pueblos como su respectiva actitud en orden a las circunstancias en que viven. Los que optan por hacer historia y cambiar por sí mismos el curso de los acontecimientos llevan ventaja sobre quienes deciden esperar pasivamente los resultados del cambio". Es también consciente de lo poco que significa un beneficio a corto plazo en una empresa con vocación de larga permanencia en el Mercado: "Un presente por espléndido que fuere lleva impresa la huella de su caducidad en la medida que se desliga del futuro", ha dejado también escrito.

Las cooperativas en la línea de **Mondragón,** cuyos bien estudiados y orientados estatutos son dignos de muy especial consideración, representan una pragmática visión empresarial que no pretende sustituir a las grandes sociedades capitalistas, que tienen su propia razón de ser en una polivalente **Economía Social de Mercado**; pero sí que, a diferencia de ellas, promueve el carácter personalista de la participación al lograr supeditar al valor de cada uno las propias y ajenas aportaciones de capital: la implicación en labores de orientación, gestión, sustento económico y control representa otras tantas oportunidades de consenso y colaboración, tanto más traducibles en gratificantes realidades cuanto más sintonizan con las exigencias del Mercado. Por supuesto que todo ello se traduce en palos al agua si no viene acompañado de la rentabilidad consecuente con una certera visión comercial en un ambiente de certera planificación y rigurosa eficacia en la gestión.

Al insistir en la capacidad de vuelco social de los emprendedores, no ponemos fronteras a la posibilidad de incluir entre ellos a destacados políticos, los cuales, como cabe esperar, podrán redondear su carrera si, al margen de lo que les dicta la ideología oficial que les sostiene y ampara, aciertan a valorar la rentabilidad social y satisfacción personal que proporcionan comunidades de trabajo con suficiente espectro de motivaciones. Además de hombres de empresa con destacadas dosis de talento, medido sentido del riesgo, libertad y generosidad es de los políticos de quienes depende una progresiva proyección de lo mucho que podemos hacer los españoles: tanto mejor si superamos los evidentes fallos de una democracia que no deja de cultivar irresponsabilidades (particularismos y más particularismos) y en el horizonte de la confrontación electoral aparecen personas y grupos con verdadera altura de miras y el suficiente sentido común para comprender que en la política como en el ámbito de lo financiero-industrial-comercial no caben mayores satisfacciones que las de desarrollar al máximo las respectivas capacidades en buena sintonía con la propia circunstancia.

En la misma línea de razonamiento, se recomendaba a los países de mediano desarrollo industrial establecer normas para **desarraigar en firme el desempleo**. Al respecto y sin afectar a los derechos adquiridos por los que cuentan con un trabajo regular y luego de tomar el salario-hora como base de cálculo salarial, adaptar horarios, tiempos de trabajo y modalidades salariales a las circunstancias de cada tiempo y lugar de forma que, en unos trabajos, como el de las minas, puedan darse seis turnos de cuatro horas, en carreteras y otros servicios de superficie, cuatro de seis y, en el resto, tres de ocho, siempre que los respectivos puestos hubieran o pudieran ser cubiertos a lo largo de las 24 horas del día.

Respecto a los inalienables derechos de jubilación, se propone que ésta, a partir de los 65 años, pueda retrasarse a voluntad de los interesados en la medida que lo permitan el carácter de la actividad y sus condiciones físicas sin desestimar ninguna de las compensaciones a que tuviere derecho.

Diez pliegos de la ponencia iban dedicados a una **revisión de la tradicional Democracia** necesitada, según los ponentes, de la **Sal de la Responsabilidad como apoyo a la positiva continuidad**: Derecho al voto para todos los mayores de edad, claro que sí, pero con la pertinente regulación de forma que se facilite una estrecha relación con los diferentes niveles de responsabilidad familiar de los votantes, cuestión que pudo parecer utópica tiempos atrás, pero que facilitan al máximo las actuales tecnologías de tratamiento de la información, tan minuciosa y eficazmente empleadas por el Fisco: al respecto, se proponía valor uno para los votantes sin compromisos familiares con edad entre 18 y 25 años. Desde ahí, sucesivos valores hasta el valor dos, según los respectivos niveles de responsabilidad, reflejados con la mayor objetividad posible y siempre sin establecer diferencia alguna en cuestiones de sexo, raza o religión en el documento de identificación personal, que habrá de ser tomado medio para ejercer el voto en todas las convocatorias electorales.

Cabe pensar que tales procedimientos faciliten los resultados que más convienen al interés general y que, en consecuencia, los gobiernos salidos de las urnas, a la par de verdaderamente democráticos, duren el tiempo necesario para prestar la debida consistencia a la acción que se espera de ellos.

Por demás, la ponencia de la fundación **Facts and not words** se remitía a Aristóteles, Tomás de Aquino, Montesquieu, Tocqueville y otros grandes pensadores de la Antigüedad para hacer ver que la virtud cívica de las mayorías resulta imprescindible para la libertad y prosperidad de todos, siempre a expensas de las leyes y de la rigurosa separación de los tres poderes, independientes y complementarios entre sí con el añadido del **Poder arbitral y moral**, que, siguiendo las indicaciones de Tomás de Aquino, uno de los ponentes había situado en el Primer Mandatario, Rey o Presidente, oportunamente asistido por un Consejo de Notables que, en nuestro tiempo, bien puede ser identificado con el Tribunal Constitucional.

> *Y cuando todas las cosas le estén sujetas, entonces también el Hijo mismo se sujetará a Aquél que sujetó a Él todas las cosas, para que Dios sea* **Todo en todos.**

1Cor 15:28

Capítulo 10º

TODO EN TODOS

Queda muy atrás la desorientación colectiva derivada de la presunta muerte de Dios que, a finales del siglo XIX, pretendió haber percibido aquel falso profeta de la desesperanza llamado Frederick Nietzsche. Ya en el siglo XXII, viva donde viva, todo el que quiera puede oír la voz de Dios en su propio idioma: tal ha sido la difusión de la Religión desde que buena parte del mundo descubrió que el amor y la libertad del Divino Mensaje abrían nuevos e insospechados caminos hacia la propia felicidad, antaño cerradas por permisividades tan aberrantes como la del aborto, la ridiculización de la familia natural o el sacrificio de los que se entendía que ya habían vivido demasiado.

Claro que siguen señoreándose de este mundo no pocos de los que pretenden situarse por encima de Dios a base de mentiras y aberrantes caminos de animalización. Frente a ellos se colocan y han de colocarse los que creen y piensan que se hacen más libres y felices en la medida en la que aplican trabajo y generosidad a resolver las propias y ajenas carencias, tanto mejor si, para ello, tienen siempre presente que nada pueden sin la ayuda de Dios.

Así lo entendía y hacía entender el obispo Martín Obango, el cual, desde la total entrega al servicio de los más necesitados del centro de África, fue elevado hasta la Silla de Pedro por el Cónclave de octubre de 2109. La noticia le sorprendió en plena actividad pastoral en un centro hospitalario de enfermos tocados por el Ébola y, como si la estuviera esperando, al recibirla desde el Vaticano por llamada telefónica, elevó los ojos al Cielo y dijo:

- Haré lo que Tú quieras, Señor.

****.

Martín Obango, el Papa que ha pasado a la Historia con el nombre de **Juan Pablo III**, nació el 25 de diciembre de 2050 en una aldea cercana a Yamusukro, República Costa de Marfil. Por ser el mayor de ocho hermanos, su padre, el general Sharik Obango, esperaba de él que le siguiera en la carrera militar y así fue hasta que, cumplidos los veintitrés años, después de haber sido ascendido al grado de capitán por haber dado pruebas de temple militar en la defensa del Seminario Salesiano de Abiyán contra un ataque yihadista, Martín hizo saber a la familia y a los mandos del ejército el deseo de abrazar el sacerdocio en el mismo centro religioso. Fue ordenado sacerdote a sus veintiséis años y, cinco años más tarde, recibió la dignidad de obispo en reconocimiento a una intensa piedad, austeridad de vida y fecundo trabajo apostólico entre los pueblos africanos de más bajo nivel de vida. No contaba con sesenta años cuando, contra todo pronóstico humano, el Espíritu Santo se fijó en él para elevarle hasta la Silla de Pedro a través del Cónclave de octubre de 2109.

- Tenéis como Pastor a un **Papa Negro** que, con todo su corazón, quisiera parecerse al **Papa Polaco**, cuyo nombre me honro en llevar.

Acogidas con un atronador aplauso de la multitud congregada en la Plaza de San Pedro, ésas fueron las primeras palabras que, a guisa de saludo, pronunció Juan Pablo III en su presentación como líder de la Cristiandad. Habló después de que el éxito cristiano exigía trabajo y oración, oración y trabajo como, en su tiempo, demostró San Benito de Nursia, sin duda alguna, el evangelizador más fecundo desde los tiempos apostólicos.

- En mucho trabajo y poco o nada de oración estriba el éxito de la **Nueva China Socialista**, dijo para sus adentros el señor Wei Sahoran que, entre el público, disimulaba su condición de diplomático chino de alto nivel con la misión de presentar al nuevo Papa sus cartas credenciales. Aprovecharé la ocasión para hacérselo ver en breves días.

****

Y, efectivamente, esa fue la frase que, en la recepción oficial y tras los saludos protocolarios de rigor, cara a cara con el Papa, repitió el embajador chino en indisimulado deseo de plantear una cortés a la par que enjundiosa polémica.

- Los chinos de hoy, siguió diciendo el señor Wei Sahoran, sin dejar de citar cuando viene al caso a Marx, Mao y Chen Xiaoping, aprendemos de los libros del maestro Confucio a tomarnos la vida en serio y del poético taoísmo a soñar tras la obligación de trabajar.

- Habiendo leído a Confucio como seguramente lo ha leído, podrá recordar que vuestro excepcional maestro nunca negó la existencia de un principio y fin de todas las cosas, lo mismo que otros de vuestros sabios llamaron y siguen llamando el Tao. Tampoco podrá ignorar que, hasta el advenimiento de vuestra primera república, los emperadores se presentaban a sí mismos y eran reconocidos por millones de súbditos como hijos del

Cielo, lo que nos puede llevar a pensar que, para muchos de ustedes, Tao, Cielo y Dios son sinónimos.

- Sinónimos o no, siguen siendo conceptos no niego que útiles como espoletas de las conciencias de los más crédulos.

- ¿Por qué no referencias a una realidad evidenciada por la propia historia que, para los cristianos, cambia de raíz en el momento que vino al mundo el propio Hijo de Dios, Dios verdaderos de Dios verdadero, como decimos en nuestro Credo?

- Por mi parte, no tengo motivos para dudar que hace dos mil cien años vino al mundo el personaje al que SS se refiere; pero sí que me cuesta trabajo tomarlo por hijo de un Dios en el que no creo.

- Pocos años después de la venida de nuestro Personaje, Cristo Jesús, al mundo, Pablo de Tarso al que, seguramente, consideraría usted su más apasionado publicista, hubo de defender su realidad divina ante gentes de las más variadas condiciones, entre ellas, el rey Herodes Antipas y su hermana, la princesa Berenice, de la cual se dice que fue amante del emperador romano Tito, famoso como pocos por haber destruido el templo de Jerusalén. Señor embajador, déjeme que tome mi libro de cabecera y repita el alegato de Pablo ante el rey judío.

Entonces Agripa dijo a Pablo: Se te permite hablar por ti mismo. Pablo entonces, extendiendo la mano, comenzó así su defensa: Me tengo por dichoso, oh rey Agripa, de que haya de defenderme hoy delante de ti de todas las cosas de que soy acusado por los judíos. Mayormente porque tú conoces todas las costumbres y cuestiones que hay entre los judíos; por lo cual te ruego que me oigas con paciencia. Mi vida, pues, desde mi juventud, la cual desde el principio pasé en mi nación, en Jerusalén, la conocen todos los judíos; los cuales también saben que yo desde el principio, si quieren testificarlo, conforme a la más rigurosa secta de nuestra religión, viví fariseo. Y ahora, por la esperanza de la promesa que hizo Dios a nuestros padres soy llamado a juicio; promesa cuyo cumplimiento esperan que han de alcanzar nuestras doce tribus, sirviendo constantemente a Dios de día y de noche. Por esta esperanza, oh rey Agripa, soy acusado por los judíos. ¡Qué! ¿Se juzga entre vosotros cosa increíble que Dios resucite a los muertos? Yo ciertamente había creído mi deber hacer muchas cosas contra el nombre de Jesús de Nazaret; lo cual también hice en Jerusalén. Yo encerré en cárceles a muchos de los santos, habiendo recibido poderes de los principales sacerdotes; y cuando los mataron, yo di mi voto. Y muchas veces, castigándolos en todas las sinagogas, los forcé a blasfemar; y enfurecido sobremanera contra ellos, los perseguí hasta en las ciudades extranjeras. Ocupado en esto, iba yo a Damasco con poderes y en comisión de los principales sacerdotes, cuando a mediodía, oh rey, yendo por el camino, vi una luz del cielo que sobrepasaba el resplandor del sol, la cual me rodeó a mí y a los que iban conmigo. Y habiendo caído todos nosotros en tierra, oí una voz que me hablaba, y decía en lengua hebrea: Saulo, Saulo, ¿por qué me persigues? Dura cosa te es dar coces contra el aguijón. Yo entonces dije: ¿Quién eres, Señor? Y el Señor dijo: Yo soy Jesús, a quien tú persigues. Pero levántate, y ponte sobre tus pies; porque para esto he aparecido a ti, para ponerte por ministro y testigo de las cosas que has visto, y de aquellas en que me apareceré a ti, librándote de tu pueblo, y de los gentiles, a quienes ahora te envío, para que abras sus ojos, para que se conviertan de las tinieblas a la luz, y de la potestad de Satanás a Dios; para que reciban, por la fe que es en mí, perdón de pecados y herencia entre los santificados. Por lo cual, oh rey Agripa, no fui rebelde a la visión celestial, sino que anuncié primeramente a los que están en Damasco, y Jerusalén, y por toda la tierra de Judea, y a los gentiles, que se arrepintiesen y se convirtiesen a Dios, haciendo obras dignas de arrepentimiento. Por causa de esto los judíos, prendiéndome en el templo, intentaron matarme. Pero habiendo obtenido auxilio de Dios, persevero hasta el día de hoy, dando testimonio a pequeños y a grandes, no diciendo nada fuera de las cosas que los profetas y Moisés dijeron que habían de suceder: Que el Cristo había de padecer, y ser el primero de la resurrección de los muertos, para anunciar luz al pueblo y a los gentiles. Diciendo él estas cosas en su defensa, Festo a gran voz dijo: Estás loco, Pablo; las muchas letras te vuelven loco. Mas él dijo: No estoy loco, excelentísimo Festo, sino que hablo palabras de verdad y de cordura. Pues el rey sabe estas cosas, delante de quien también hablo con toda confianza. Porque no pienso que ignora nada de esto; pues no se ha hecho esto en algún rincón. ¿Crees, oh rey Agripa, a los profetas? Yo sé que crees. Entonces Agripa dijo a Pablo: Por poco me persuades a ser cristiano. (Hch 25, 1-27)

- Yo no creo a esos profetas ni, de momento, pienso hacer cristiano, pero sí que tomo en consideración los dichos del maestro Confucio y diría que encuentro cierto paralelismo entre nuestro moralista y el apóstol cristiano.

- En algo coincidimos, señor embajador. Yo también creo en la ejemplaridad de uno y otro con la salvedad de que vivieron en muy distintas situaciones y de, por lo que toca a Pablo de Tarso, según lo que creemos los cristianos, fue tocado por la propia Luz del Mundo. Sin límite de tiempo, ya me gustaría seguir cotejando con usted las enseñanzas de uno y otro con el añadido de que tengo in mente promover el estudio de vuestro maestro sin ocultar mi intención de, llegado el caso y si así lo prueban los procedimientos canónicos de que se sirve la Iglesia para honrar a sus fallecidos más ejemplares, abrir el pertinente proceso y, si Dios lo quiere, situarle entre ellos.

- Eso sí que sería una bomba para todo el Pueblo Chino, tanto que me lo tomo como referencia para sugerir al Primer Mandatario una invitación para que SS nos visite y hable con entera libertad allí en donde crea oportuno, incluida nuestra Gran Asamblea Nacional.

****

Tres años después de la citada conversación con el señor Wei Sahoran, éste llevó en mano a **SS Juan Pablo III** la invitación a visitar la **Nueva China Socialista** en escrito de puño y letra del **Primer Mandatario.**

- Bien quisiera hacer el viaje lo suficientemente ilustrado sobre los valores de ese gran país, del que tanto espera el resto del mundo. Claro que, si queremos no divagar y sí centrarnos en lo más destacado de la cultura china, aprovecharemos mejor el tiempo si nos centramos en Confucio, el personaje principal de esa rica cultura. Comentó el Papa con su secretario, monseñor Albertini, y, de inmediato, ambos se interesaron por todo lo que les ayudara a sacar el máximo partido del proyectado encuentro.

Al cabo de una semana, monseñor Albertini había redactado un informe en el que incluyó un trabajo firmado por el profesor Zhao Zhejiang con el título "Confucio, ética y civilización". He ahí los párrafos más significativos:

1. Los conceptos de Confucio sobre la ética

Es sabido que todas las grandes culturas milenarias poseen sus propios clásicos esenciales. A lo largo de más de dos mil años, en China se ha establecido un sistema completo de textos canónicos, en cuyo centro se encuentran los Seis Clásicos refundidos por Confucio.

Confucio (551-479 a. C.) es conocido en China como Kongzi, es decir, Maestro Kong. Kong es su apellido, su nombre es Qiu, y su nombre social de cortesía es Zhongni. Confucio nació en la dinastía Zhou, en el Estado de Lu (la actual ciudad de Qufu, en la provincia de Shandong). Confucio fue gran pensador y educador de los últimos tiempos del período de los Reinos Combatientes (770-476 a. C.), fue el fundador de la escuela filosófica conocida como confucianismo.

Confucio, gran sabio del pasado, vivió en la China antigua hace más de dos mil quinientos años, cuando en Europa habían comenzado a despuntar las culturas de Esparta y Atenas, y Rómulo fundaba la ciudad de Roma. Confucio viajó, de ducado en ducado, intentando ponerse en servicio de los grandes señores para poner en marcha su ideal. No obstante, el destino fue tan severo con él que en ningún lugar tuvo éxito, debido a que aquellos señores feudales sólo aspiraban a satisfacer sus propios intereses o a expandir su tiranía. Tras una larga búsqueda de catorce años, el Maestro, ya senil regresó a su tierra, el ducado o el reino de Lu, para dedicarse a una misión que coincidía con la Voluntad del Cielo: la redacción de los Clásicos, que consistía no sólo en continuar con la antigua tradición humanista, sino también en proyectar un nuevo diseño de futuro. Confucio fue en su época una luz que iluminó tanto el pasado de la oscuridad del olvido, como el porvenir de una penumbra de incertidumbre.

Los clásicos que Confucio refundió son los seis libros: Libro de las Mutaciones, Libro de los Documentos, Libro de las Odas , Libro de la Música , Libro de los Ritos , Crónica de Primaveras y Otoños . Estos se convirtieron posteriormente en material obligatorio en el aprendizaje de los nobles. El Libro de las Mutaciones, o Zhouyi, trata del estudio del devenir a imitación de los principios de las mutaciones cósmicas y ayuda a la gente convivir armónicamente con la naturaleza; el Libro de los Documentos, o Shangshu, consigna los documentos de las Dinastías Xia, Shang y Zhou y facilita el conocimiento de la historia y la continuación de la tradición de los antepasados; el Libro de las Odas o Shijing, es una recopilación de trescientos cinco poemas, cuya función es encauzar las emociones de los hombre para lograr la armonía del corazón; el Libro de los Ritos, o Liji, que ajusta las relaciones entre los hombres, es el estudio de la conducta; el Libro de la Música, o Yuejing, ayuda a comprender la música de la antigüedad, además de fomentar la amistad en la comunicación social; la Crónica de Primaveras y Otoños, o Chunqiu, el más importante, refundido por Confucio basándose en una crónica del ducado Lu, se trata de una crítica a la sociedad y cuyo estudio ayuda a distinguir lo justo de lo injusto.

Confucio abriga la esperanza de educar, mediante estos clásicos, a sus compatriotas formándolos en el carácter perfecto del caballero noble, al mismo tiempo que establece un orden moral para el pueblo, porque los Seis Clásicos contienen las cinco virtudes más importantes para los chinos: la humanidad o benevolencia, Ren; la justicia o rectitud, Yi; la conducta ritual adecuada, Li; la sabiduría, Zhi; y la confiabilidad, Xin.

Confucio es el iniciador de la tradición canónica en la historia china. Después de Confucio, el estudio de los Clásicos siempre ha sido el núcleo de la cultura tradicional, elogiado como "el principio de las Humanidades". Para los chinos los Clásicos se han convertido en la fuente de la cosmovisión, concepción y sabiduría de la vida.

Pese a que la tradición le atribuye los textos clásicos que constituían la base de la educación noble, lo más probable es que Confucio no fuera autor de libro alguno. Sólo en el libro titulado Analectas se reúnen aforismos, retazos de conversaciones, breves anécdotas, algunas apócrifas, y descripciones del Maestro y de sus discípulos directos, así como citas de los clásicos. Analectas es uno de los textos clásicos de la cultura china de la antigüedad. A lo largo de siglos no ha habido ninguna obra de filosofía, literatura o política de la historia China que no haya recibido su influencia. Ningún investigador podrá alcanzar un verdadero conocimiento de la cultura tradicional china, ni comprender el mundo interior de los chinos de la antigüedad, sin conocer en profundidad Analectas.

Mediante la lectura de Analectas podemos conocer la actitud de Confucio hacia el Cielo y los Hombres, que hasta la actualidad tiene aún valores universales. Probablemente ésta es la causa por la que en el siglo XXI el pensamiento confuciano sigue despertando el interés de los chinos y de gentes de todas partes del mundo.

Durante las dinastías Shang (1600-1046 a. C.) y Zhou (1046- 256 a. C.) el concepto predominante "Cielo", y que influyó en cierta medida en Confucio, era el de un dios antropomórfico. Sin embargo, para Confucio el concepto "Cielo" era más amplio, estaba más próximo a la idea de la naturaleza. Según él: "El Cielo no habla con palabras. Habla a través de la alternancia de las cuatro estaciones y del desarrollo de todos los seres". Es obvio que para Confucio el Cielo equivalía a la naturaleza. Pero la naturaleza no simplemente como un mecanismo sin vida ajeno a los humanos, sino como el gran mundo de la vida y del proceso de creación. La vida humana formaba parte de la naturaleza como un todo.

En su tiempo, identificar al Cielo con la creación de la vida fue un planteamiento innovador. Así, el proceso natural de creación se conoció como "la vía del Cielo". El Libro de los Cambios (Yijing) más tarde desarrollaría esta idea afirmando que: "La creación ininterrumpida es cambio".

Como proceso natural de creación, el Cielo era la fuente de todos los seres vivos y el origen de todos los valores. A este principio se lo calificó como "virtud del Cielo". Así, El Libro de los Cambios afirma: "La gran virtud del Cielo y de la Tierra es crear vida".

En este proceso natural de creación se contiene el propósito interno del Cielo, crear todos los seres, protegerlos y mejorar sus condiciones de vida. El Cielo da nacimiento a la humanidad y los seres humanos están obligados a cumplir dicho propósito. En otras palabras, en los humanos existe un sentido innato de "misión celestial"; éste es el significado de la vida.

El Cielo confuciano posee también un cierto componente sagrado, relacionado con el hecho de ser origen de toda vida. Por ello Confucio reclama reverencia de todos hacia el Cielo. Según él, toda persona de virtud debe "respetar su misión celestial", escuchar y vivir el objetivo determinado por el Cielo, cuidando y mejorando la existencia.

Confucio influyó en los chinos de la antigüedad, quienes desarrollaron un sentimiento de reverencia y fe en el Cielo. Para ellos el Cielo es el ser sagrado supremo, envuelto en un profundo misterio inescrutable para los mortales. No es tanto una deidad personificada, sobrenatural, cuanto este mundo de vida en continua regeneración. Siendo el más inteligente de todos los seres, el ser humano debe aplicarse en la voluntad del Cielo, protegiendo la vida. Todo aquel que "ignore y no obedezca su propia misión celestial", eliminando o dañando vidas, puede ser castigado por el Cielo. Afirma Confucio: "Quien ofende al Cielo no tiene a nadie más a quien rogarle". El respeto y la fe de Confucio en el Cielo muestran la espiritualidad religiosa de los antiguos chinos.

En el siglo XXI la sentencia confuciana de "ser reverente con las órdenes del Cielo", mantiene su vigencia y se demuestra cómo hoy ha comenzado a prestarse una mayor atención hacia la cultura ecológica. Por ello los seres humanos debemos escuchar la voz de la naturaleza, respetándola y amándola por ser generadora de vida. Esta es nuestra misión sagrada, la que le da valor a la existencia humana.

La ética confuciana se refleja principalmente en sus conceptos de ren y li . Ren y li son los dos conceptos centrales de la doctrina de Confucio sobre los seres humanos.

Cuando su discípulo Fan Chi le preguntó sobre el sentido de ren, Confucio respondió: Ren significa "Amar a los hombres". Esta es la principal interpretación de Confucio con respecto a ren. Amor por los hombres significa amor universal. Pero además el filósofo enfatiza en que este tipo de amor "comienza con el amor a los padres". Para él nadie puede amar a los demás si no ama a sus propios padres. Para Confucio la "piedad filial y los deberes fraternales" son la esencia de ren. El Invariable Medio (Zhongyong), otro libro clásico del confucianismo, registra la siguiente afirmación de su boca: "El mayor amor entre los hombres es el debido a los propios padres" . Y también: "Un hijo no debe viajar lejos mientras sus padres sigan vivos. Si no tiene elección, debe hacerlo con contención".. Esto no significa que los hijos no deban separarse nunca de sus padres, sino que deben evitar que sus padres se inquieten por ellos mientras están lejos. Confucio señaló, además: "Los hijos deben tener siempre presente *la edad de sus padres; regocijarse por su buena salud y su longevidad. Asimismo, deben ser solícitos cuando los padres envejecen".*

Para Confucio Ren significa el amor universal. ¿Cómo debe amarse la gente? Dice Confucio: "Debemos saber que otras personas pueden desear lo mismo que nosotros. Satisface tus deseos y permite que otros satisfagan los suyos".. Y también: "No le hagas a los demás lo que no quieras que te hagan a ti". Así, a partir del amor hacia uno mismo, se ama a la familia; a partir de la familia a la sociedad, hasta desplegar el amor hacia todos. Mencio (c. 372-289 a. C.), un gran letrado confuciano, es quien mejor resumió el significado de ren: "Amar a los padres, amar a los demás, amar a todos en el mundo".

Hoy, la doctrina confuciana de "no le hagas a los demás lo que no quieras que te hagan a ti", sigue estando vigente entre los seres humanos.

La noción de li hace referencia a los ritos, las tradiciones y las normas de la vida social. De entre todos ellos, para Confucio los ritos funerarios y la reverencia a los ancestros son los más importantes porque nacen de los sentimientos humanos. Dice Confucio: "Un niño no debe abandonar el regazo de sus padres hasta que tiene tres años.". De esta forma, nace naturalmente el amor entre los hijos y sus padres. El rito de guardar luto por los padres fallecidos durante tres años es expresión del amor y el recuerdo del hijo hacia ellos. (Cuando Confucio falleció, sus tres mil discípulos guardaron luto durante tres años, mientras Zigong, durante seis años, porque cuando el maestro estaba enfermo él no pudo ir a verlo).

Confucio puso un gran énfasis en li con objeto de preservar el orden social, la estabilidad y la armonía. Se afirma en Analectas: "La función de li es mantener la armonía entre los hombres". .

Li posee, asimismo, implicaciones filosóficas. Los individuos gozamos de una esperanza de vida limitada, más la vida de la naturaleza es eterna. Los padres le otorgan a sus hijos el don de la vida que perdura en los hijos de los hijos. De este modo, una existencia particular limitada se funde con perdurabilidad de la naturaleza; de la misma manera, el sueño individual de una vida eterna se puede hacer realidad. A través de los ritos funerarios y de adoración a los ancestros, las personas experimentamos la continuidad de la vida, y apreciamos su valor y su verdadero significado, lo que nos proporciona un profundo consuelo.

Antes de Confucio, tan sólo la nobleza tenía derecho a la educación. Él fue el iniciador de la enseñanza privada en la historia china. Según los registros históricos, Confucio se dedicó a la enseñanza durante muchos años y llegó a tener tres mil discípulos. De ellos 72 fueron sobresalientes en distintos terrenos. Gran educador, Confucio se ha ganado la admiración de las generaciones postreras y el apelativo de "maestro sagrado entre los maestros"..

Confucio consideraba que el objetivo básico de la enseñanza era educar a personas virtuosas, sensatas y de mente esclarecida. Personas así serían las destinadas a asumir importantes responsabilidades sociales y de hacer su contribución a la sociedad. Para el filósofo los principios generales de la educación radicaban en elevados ideales, una gran virtud, el amor a los demás, además de las seis artes. De todos ellos, consideraba la virtud como el principio más importante. Sus discípulos procedían de diferentes estamentos: política, comercio, educación, diplomacia, especialistas en ritos o archiveros. Independientemente de su ocupación el objetivo fundamental, según Confucio, debía ser mejorar su cultura y formación, y acrecentar su virtud.

Uno de los ámbitos en los que el Maestro Kong puso énfasis fue en la educación estética. "Estudiar el Libro de los cantos (Shijing) inspira el espíritu y ayuda a apreciar la belleza; si estudias el Libro de los Ritos (Zhouli) serás capaz de actuar con propiedad, como persona ilustrada; estudiar el Libro de la Música (Yuejing) eleva el espíritu y ayuda a disfrutar de la vida". Y sentencia: "Conocer la máxima virtud (i.e., el amor a los demás) no es tan bueno como convertirla en tu objetivo. Convertirla en tu objetivo, no es tan bueno como regocijarse con su práctica.".

En cierta ocasión, Confucio les preguntó a varios de sus discípulos sobre sus aspiraciones. Zi Lu y Ran You querían tener la oportunidad de administrar un Estado; Gongsun Chi, por su parte, afirmó desear convertirse en maestro de los ritos. Por último, Zeng Dian dijo: "[Mi sueño]: es ataviarme con mis vestimentas vernales al final de la primavera e ir a nadar al río Yi con cinco o seis adultos y seis o siete niños. Y mientras los demás rezaran por la lluvia, nosotros estaríamos disfrutando de la brisa. Después regresaríamos a casa cantando". Confucio dejó escapar un suspiro y comentó: "¡Ah! Yo comparto las aspiraciones de Zeng Dian". Las aspiraciones de los cuatro discípulos del Maestro reflejan sus diferentes formas de afrontar la vida, pero la identificación de los deseos de Confucio con los de Zeng Dian nos indica que, al tiempo que subraya la importancia de las aportaciones que cada individuo pueda hacer a la sociedad, su ideal supremo es buscar la armonía entre las personas, y entre éstas y la naturaleza. Ésta es una verdadera mirada estética hacia la existencia.

Confucio ha ejercido una gran influencia entre los pensadores chinos de generaciones posteriores que han compartido la creencia de que estudiantes y letrados no sólo deben aumentar sus conocimientos, sino que es incluso más importante abrir su mente y elevar su nivel espiritual. En otras palabras, es importante la búsqueda continuada de una vida con mayor valor y significado. Muchos intelectuales contemporáneos consideran que esta teoría de la perspectiva de la vida es la característica más valiosa de la filosofía china. Y esto comenzó con Confucio.

2. Sugerencias históricas de la civilización china

La primera sugerencia de la civilización china a la humanidad es la elección de la armonía y la paz.

La civilización china es esencialmente una civilización con la característica de la paz y armonía. Y este concepto se presenta frecuentemente en los libros clásicos chinos. Laozi dice en su libro: "Todos los seres llevan a sus espaldas al Yin (- -) y en sus brazos al Yang (—), y el vapor de la oquedad queda armonizado".. También dice Confucio: "El digno vive en armonía y reserva su propia idea; al contrario, el indigno contemporiza con todos, pero no vive en armonía". El discípulo de Confucio, Youzi dice que: "La armonía es la vía más importante para la administración del estado, y es belleza a la vez"... A lo largo de la historia, China ha sufrido muchos conflictos étnicos, guerras civiles, e invasiones alienígenas, sin embargo, con el profundo concepto de la tolerancia y las fuerzas cohesivas que contiene "la vía de armonía", la civilización china, plena de vigor, es la única civilización antigua ininterrumpida en el mundo.

La armonía comprende tres conceptos: la armonía entre el hombre y la naturaleza, la armonía entre los seres humanos y la armonía del hombre consigo mismo. Respecto a la armonía entre el hombre y la naturaleza, el punto clave consiste tanto en transformar la naturaleza para satisfacer las necesidades de los seres humanos, como en modificar el modo de vida para adaptarse a la ley de la naturaleza. Sobre la armonía entre los seres humanos cabe subrayar que para llegar a un desarrollo conjunto y concertado, hay que respetarse no sólo a sí mismos sino también a los demás, considerando no sólo a los intereses parciales sino también los intereses del conjunto. En cuanto a la armonía del hombre consigo mismo, comprende el equilibrio entre lo físico y lo mental; cuyo punto clave consiste en elevar su propia personalidad y su virtud a través de la práctica y auto-reflexión. El concepto de la armonía de la civilización china tiene un valor de referencia para resolver los problemas actuales de China y del mundo. Si hay que escoger entre la guerra y la paz, creo que la mayoría absoluta de los seres humanos escoge la paz; si hay que escoger una entre la confrontación y la armonía, creo que la mayoría absoluta escoge la armonía. El mantenimiento de la paz mundial y la creación de un mundo armónico es la elección racional de la humanidad y también es la garantía del progreso continuo de la humanidad.

La segunda sugerencia de la civilización china es escoger la tolerancia y la apertura. La tolerancia es una idea original de la civilización china. Dice Laozi: "Sólo con tolerancia se llegará a ser justo e imparcial". Hay un dicho antiguo: "Con tolerancia, la virtud será más grande"..

La cuna de la civilización china no sólo se encuentra en la cuenca del Río Amarillo, sino también en el Río Yangtze. La civilización china está formada por la civilización de los Han y también por civilizaciones de las minorías nacionales. El proceso de la evolución de la civilización china es una integración de distintos elementos civilizados. La integración toma la civilización de los Han como el núcleo, el núcleo se difunde hacia los alrededores, y estos a su vez convergen hacia el núcleo. De esta forma tanto el núcleo como los entornos se complementan, se absorben y se integran recíprocamente.

Las Dinastías Han y Tang, edad de oro en la historia china, eran muy abiertas y el intercambio cultural entre China y el extranjero era muy intenso.

Durante la dinastía Han, China se comunicaba con las regiones del Oeste, trayendo las civilizaciones del Asia Central y Asia Occidental. El año 2 antes de nuestra era, el budismo se transmitió a China produciendo una profunda influencia en los conceptos ideológicos, las costumbres cotidianas, en la literatura, el arte y muchos otros aspectos. El Zen, producto de la fusión del budismo con la cultura tradicional china, se convirtió en un elemento muy importante de la propia cultura de China.

Durante la dinastía Tang los miembros del gobierno eran de diversas nacionalidades y tenían la oportunidad de demostrar sus talentos y capacidades. Los grandes generales tales como Ge Shuhan, Gao Xianzhi y Li Guangbi, pertenecían a las minorías. Además el japonés Chao Heng, el coreano Cui

Zhiyuan, fueron también funcionarios de la dinastía Tang. En aquel tiempo los intercambios culturales eran muy prósperos y La Ruta de la Seda proporcionó un acceso al intercambio cultural. Grandes ciudades como Chang'an, Luo Yang, Yang Zhou y Guang Zhou eran centros de los intercambios culturales entre China y los países extranjeros. Entre ellas, Chang'an fue la ciudad internacional más grande de su época. En la primera mitad del siglo VIII, la población de Chang'an ya había alcanzado un millón de habitantes y, entre ellos, había nobles extranjeros que eran funcionarios de la dinastía, estudiantes, músicos, bailarines, artistas y comerciantes. Los mensajeros extranjeros venían en desfile continuo. En el terreno religioso, además del taoísmo y el budismo, también se transmitían el islamismo, el zoroastrismo, el nestorianismo y el maniqueísmo. El emperador Taizong de la dinastía Tang estableció 10 departamentos musicales, de los cuales cuatro provenían de las minorías nacionales y cuatro del extranjero.

Hasta la dinastía Ming, Zheng He realizó siete navegaciones a ultramar encabezando una flota que era la más poderosa en el mundo en aquellos tiempos, llegando al Asia sudoriental, Asia occidental y África oriental, llevando seda, porcelana, oro y plata, y trayendo marfiles, especias, piedras preciosas etc., de modo que estableció relaciones amistosas con los países de Asia y África e hizo una gran hazaña en la historia de la apertura de la civilización china.

El intercambio cultural chino-extranjero era propicio para el desarrollo cultural de ambas partes. La técnica de la fabricación del papel y de la imprenta se extendió a Europa, allí se transformó y volvió de nuevo a China, lo que promovió un nuevo desarrollo de la cultura china. La porcelana, la seda, el té y la jardinería de China creaban "un ambiente chino" en Europa del siglo XVIII. A finales de la dinastía Ming, los misioneros occidentales como Matteo Ricci utilizaron la ciencia como herramienta para predicar la religión cristiana, despertando interés por la filosofía y las ciencias occidentales en una parte de los intelectuales y funcionarios; incluyendo desde la filosofía de Grecia antigua, la ética, la lingüística, la lógica, la geografía, la medicina, la biología, las matemáticas, la astronomía y el calendario; hasta el arte, la música, las armas de fuego, la hidráulica y la arquitectura. Y gracias al descubrimiento del Nuevo Mundo por Cristóbal Colón, la introducción y popularización de los cultivos americanos tales como maíz y la papa desempeñaron un papel clave para que China desarrollara la explotación de las inmensas zonas montañosas y satisficiese las necesidades de alimentos.

Lástima que, mientras las ciencias y la tecnología europeas avanzaban espléndidamente y la revolución industrial impulsaba rápidamente el desarrollo en Europa, la dinastía Qing se conformaba con su Estado y se aislaba del resto del mundo. En consecuencia, China se queda atrasada de forma evidente en un corto tiempo. Después de la Guerra del Opio los intelectuales de nobles ideas, con el fin de salvar la patria, aprendían y presentaban las civilizaciones occidentales avanzadas. Desde allí China comienza a integrarse gradualmente en la civilización mundial. Hasta hoy día abrir la puerta y comunicarse con el mundo, sigue siendo aún una misión permanente de nuestro país.

Lo que he mencionado arriba: la paz, la armonía, la tolerancia y la apertura, han sido las sugerencias principales que encontramos al revisar la historia de la civilización china. En resumen, son cuatro frases: la armonía sí, el antagonismo no; la tolerancia sí, la intolerancia no; el intercambio sí, el aislamiento no; la admiración sí, y la discriminación no.

Similitudes y diferencias entre confucionismo y cristianismo.

Hay mucho en las enseñanzas de Confucio que se puede encontrar digno de elogio. Sus valores morales a menudo son paralelos a las que la Biblia enseña. La Biblia enseña que nosotros somos creados a imagen de Dios, y, por lo tanto, debemos reflejar su carácter moral. Su código de ley moral está incrustado en nuestros corazones (Rom. 2). La mayoría de las personas de ascendencia asiática puede no ser estrictos seguidores del confucionismo, pero todos ellos están influenciados por su filosofía.

El confucionismo es muy adaptable y diluido en su estructura. Esa ha sido una debilidad, pero tiene también una fortaleza del sistema, la cual es que permite que el confucionismo pueda unirse a otros sistemas religiosos exclusivos. Hay varias diferencias importantes, y podemos creer también que, deficiencias, dentro de la filosofía confuciana.

Primero, el confucionismo se queda corto como una completa visión de la vida porque no aborda varias cuestiones clave de la creación y la existencia del ser humano. El sistema confucionista no responde a las preguntas clave, tales como, ¿por qué el universo existe? ¿Cómo podemos explicar su origen? ¿Cuál es el significado de la existencia de la humanidad en el universo? ¿Qué sucede después de la muerte?

Estas son cuestiones universales que deben ser abordadas.

El hombre es un ser espiritual, y esta filosofía deja un vacío espiritual. La Biblia enseña que Dios ha puesto la eternidad en el corazón del hombre (Ecl. 3:11.) El anhelo de respuestas espirituales es una necesidad universal. Por esta razón, la filosofía confuciana eventualmente se combina con la religión popular china y el budismo. Sin embargo, aún así no puede ofrecer respuestas completas.

En segundo lugar, enseña Confucio que había una moralidad global, y se llama el "Mandato del Cielo" que guía el universo. El mandato del cielo es el orden moral establecido por el cielo. Algunos creen que Confucio estuvo refiriéndose a una fuerza impersonal; otros creen que se estaba refiriendo a un ser personal. En cualquier caso, Confucio sintió que el cielo (o uno en el cielo) no se comunicaba con la gente. Confucio dijo, "El cielo no habla; sin embargo, las cuatro estaciones siguen su curso, por lo tanto, el centenar de criaturas, cada uno según su especie, nacen de ello.

En contraste, la Biblia enseña que podemos tener comunión con quien estableció el orden moral. Que Dios está involucrado en la creación y ha hecho el camino para una posible relación con él a través de su Hijo (Jn. 3:16). El creador de todas las cosas se ha comunicado con nosotros a través de su Palabra y de su Hijo. Él nos invita también a nosotros a convivir con él en oración y comunión íntima. La ilustración del pastor y sus ovejas encontrada en Salmos 23 y Juan 10 refleja su deseo de una estrecha comunión con nosotros.

Tercero, *Confucio basó su filosofía en la creencia de que el hombre es básicamente bueno. Sin embargo, a pesar de ello, Confucio honestamente admitió que nadie había alcanzado el nivel del verdadero caballero. Confucio dijo, "Yo por mi parte nunca he visto uno que realmente cuidó de su bondad, ni uno que realmente deteste la maldad." dijo de sí mismo, "...los caminos del verdadero caballero son tres. Yo mismo no he tenido éxito en ninguno de ellos." Si el hombre es bueno por naturaleza, debemos preguntarnos por qué no podemos alcanzar lo que debería ser algo natural para nosotros.*

Sin embargo, la Biblia está construida sobre un punto de vista totalmente opuesto del hombre, en comparación con la filosofía de Confucio. Enseña la Biblia que el hombre es creado a imagen de Dios, pero cayó en pecado y rebeldía hacia Dios. Por lo tanto, su tendencia natural no es de ser bueno, sino de desobedecer los mandamientos de Dios, y buscar su propio camino alejado de Dios. El apóstol Pablo dice en Romanos 7:18, "Tengo el deseo de hacer el bien, pero no puedo llevarlo a cabo."

La buena educación es un paso positivo para ayudar al hombre a cambiar, pero se queda corta. El hombre tiene necesidad de una transformación del corazón. La transformación de la vida ocurre cuando una persona entra en una comunión personal con Dios por medio de un pacto, y el Espíritu de Dios transforma la naturaleza del hombre por medio de la morada de Su Espíritu Santo en nosotros.

Conclusión

Confucio enseña muchos y valiosos principios éticos que son coherentes con la enseñanza bíblica, al igual que otros personajes religiosos de la historia humana. Esto ofrece a los cristianos una buena manera de construir puentes con muchas culturas de Asia oriental. Pero el vacío espiritual en el confucionismo es una gran debilidad; y sin embargo, ofrece una oportunidad maravillosa de presentar el Evangelio de nuestro Señor Jesucristo.

El cristianismo ofrece una amplia visión de la vida, que explica la naturaleza de Dios, nuestra relación y comunicación con él, el origen de la creación, y lo que sucede después de la muerte. En la enseñanza de Confucio, uno NO se puede comunicar con el Creador. Pero en el cristianismo, el Creador nos invita y hace posible el camino para una plena comunión con él a través de su Hijo Jesús.

Finalmente, la verdadera transformación de la naturaleza no se producirá a través de la educación, sino a través del Espíritu Santo que mora en el creyente que obedece el Evangelio de Jesucristo.

****

Pocos viajes papales han despertado tanto interés mundial como el de los **diez días del mes de mayo de 2112**, que empleó el **Papa Juan Pablo III** en dar a conocer su mensaje en la Asamblea Nacional China y cinco de los principales centros urbanos del gran país asiático, en todos los casos, acompañado por el embajador en la Santa Sede, el citado señor Wei Sahoran, siempre pendiente de presentarle y facilitarle conversación con los altos funcionarios y diversos profesores de reconocido prestigio en el mundo universitario, que rivalizaban en estar cerca del Papa y con los que, a decir verdad, éste demostró estar muy al tanto de las más substanciosas enseñanzas de Confucio del que llegó a decir: *Alguno de nuestros doctores habría visto en él extraordinaria proximidad con el Cristianismo*.

Sin duda que lo más destacado del viaje fue el discurso que, sobre la **Doctrina Social de la Iglesia**, que el Papa pronunció en la Gran Asamblea Nacional. Le sirvió de guía la encíclica Centessimus Annus, que algo más de un siglo atrás (1991) promulgó el siempre recordado San Juan Pablo II en recordatorio de la Rerum Novarum (León XIII, año 1891), severo toque de atención contra las injusticias sociales anejas a la incipiente revolución industrial. Son textos que, a efectos de la **Justicia Social**, conviene recordar, tal como, en parte, se hace a continuación y que, en boca de **Juan Pablo III**, cobraron especial sonoridad:

*La encíclica **Centessimus Annus**, leyó el Papa tras las palabras de saludo y agradecimiento, trata de poner en evidencia la fecundidad de los principios expresados por León XIII, los cuales pertenecen al patrimonio doctrinal de la Iglesia y, por ello, implican la autoridad del Magisterio. Pero la solicitud pastoral me ha movido además a proponer el análisis de algunos acontecimientos de la historia reciente. Es superfluo subrayar que la consideración atenta del curso de los acontecimientos, para discernir las nuevas exigencias de la evangelización, forma parte del deber de los pastores. Tal examen sin embargo no pretende dar juicios definitivos, ya que de por sí no atañe al ámbito específico del Magisterio.*

A finales del siglo pasado la Iglesia se encontró ante un proceso histórico, presente ya desde hacía tiempo, pero que alcanzaba entonces su punto álgido. Factor determinante de tal proceso lo constituyó un conjunto de cambios radicales ocurridos en el campo político, económico y social, e incluso en el ámbito científico y técnico, aparte el múltiple influjo de las ideologías dominantes. Resultado de todos estos cambios había sido, en el campo político, una nueva concepción de la sociedad, del Estado y, como consecuencia, de la autoridad. Una sociedad tradicional se iba extinguiendo, mientras comenzaba a formarse otra cargada con la esperanza de nuevas libertades, pero al mismo tiempo con los peligros de nuevas formas de injusticia y de esclavitud.

En el campo económico, donde confluían los descubrimientos científicos y sus aplicaciones, se había llegado progresivamente a nuevas estructuras en la producción de bienes de consumo. Había aparecido una nueva forma de propiedad, el capital, y una nueva forma de trabajo, el trabajo asalariado, caracterizado por gravosos ritmos de producción, sin la debida consideración para con el sexo, la edad o la situación familiar, y determinado únicamente por la eficiencia con vistas al incremento de los beneficios.

El trabajo se convertía de este modo en mercancía, que podía comprarse y venderse libremente en el mercado y cuyo precio era regulado por la ley de la oferta y la demanda, sin tener en cuenta el mínimo vital necesario para el sustento de la persona y de su familia. Además, el trabajador ni siquiera tenía la seguridad de llegar a vender la «propia mercancía», al estar continuamente amenazado por el desempleo, el cual, a falta de previsión social, significaba el espectro de la muerte por hambre.

Consecuencia de esta transformación era «la división de la sociedad en dos clases separadas por un abismo profundo». Tal situación se entrelazaba con el acentuado cambio político. Y así, la teoría política entonces dominante trataba de promover la total libertad económica con leyes adecuadas o, al contrario, con una deliberada ausencia de cualquier clase de intervención. Al mismo tiempo comenzaba a surgir de forma organizada, no pocas veces violenta, otra concepción de la propiedad y de la vida económica que implicaba una nueva organización política y social.

En el momento culminante de esta contraposición, cuando ya se veía claramente la gravísima injusticia de la realidad social, que se daba en muchas partes, y el peligro de una revolución favorecida por las concepciones llamadas entonces «socialistas», León XIII intervino con un documento que afrontaba de manera orgánica la «cuestión obrera». A esta encíclica habían precedido otras dedicadas preferentemente a enseñanzas de carácter político; más adelante irían apareciendo otras. En este contexto hay que recordar en particular la encíclica Libertas praestantissimum, *en la que se ponía de relieve la relación intrínseca de la libertad humana con la verdad, de manera que una libertad que rechazara vincularse con la verdad caería en el arbitrio y acabaría por someterse a las pasiones más viles y destruirse a sí misma. En efecto, ¿de dónde derivan todos los males frente a los cuales quiere reaccionar la* Rerum novarum, *sino de una libertad que, en la esfera de la actividad económica y social, se separa de la verdad del hombre?*

El Pontífice se inspiraba, además, en las enseñanzas de sus predecesores, en muchos documentos episcopales, en estudios científicos promovidos por seglares, en la acción de movimientos y asociaciones católicas, así como en las realizaciones concretas en campo social, que caracterizaron la vida de la Iglesia en la segunda mitad del siglo XIX.

Las «cosas nuevas», que el Papa tenía ante sí, no eran ni mucho menos positivas todas ellas. Al contrario, el primer párrafo de la encíclica describe las «cosas nuevas», que le han dado el nombre, con duras palabras: «Despertada el ansia de novedades que desde hace ya tiempo agita a los pueblos, era de esperar que las ganas de cambiarlo todo llegara un día a pasarse del campo de la política al terreno, con él colindante, de la economía. En efecto, los adelantos de la industria y de las profesiones, que caminan por nuevos derroteros; el cambio operado en las relaciones mutuas entre patronos y obreros; la acumulación de las riquezas en manos de unos pocos y la pobreza de la inmensa mayoría; la mayor confianza de los obreros en sí mismos y la más estrecha cohesión entre ellos, juntamente con la relajación de la moral, han determinado el planteamiento del conflicto».

El Papa, y con él la Iglesia, lo mismo que la sociedad civil, se encontraban ante una sociedad dividida por un conflicto, tanto más duro e inhumano en cuanto que no conocía reglas ni normas. Se trataba del conflicto entre el capital y el trabajo, o —como lo llamaba la encíclica— la cuestión obrera, sobre la cual precisamente, y en los términos críticos en que entonces se planteaba, no dudó en hablar el Papa.

Nos hallamos aquí ante la primera reflexión, que la encíclica nos sugiere hoy. Ante un conflicto que contraponía, como si fueran «lobos», un hombre a otro hombre, incluso en el plano de la subsistencia física de unos y la opulencia de otros, el Papa sintió el deber de intervenir en virtud de su «ministerio apostólico», esto es, de la misión recibida de Jesucristo mismo de «apacentar los corderos y las ovejas» (cf. Jn 21, 15-17) y de «atar y desatar» en la tierra por el Reino de los cielos (cf. Mt 16, 19). Su intención era ciertamente la de restablecer la paz, razón por la cual el lector contemporáneo no puede menos de advertir la severa condena de la lucha de clases, que el Papa pronunciaba sin ambages. Pero era consciente de que la paz se edifica sobre el fundamento de la justicia: contenido esencial de la encíclica fue precisamente proclamar las condiciones fundamentales de la justicia en la coyuntura económica y social de entonces.

De esta manera León XIII, siguiendo las huellas de sus predecesores, establecía un paradigma permanente para la Iglesia. Ésta, en efecto, hace oír su voz ante determinadas situaciones humanas, individuales y comunitarias, nacionales e internacionales, para las cuales formula una verdadera doctrina, un corpus, que le permite analizar las realidades sociales, pronunciarse sobre ellas y dar orientaciones para la justa solución de los problemas derivados de las mismas.

En tiempos de León XIII semejante concepción del derecho-deber de la Iglesia estaba muy lejos de ser admitido comúnmente. En efecto, prevalecía una doble tendencia: una, orientada hacia este mundo y esta vida, a la que debía permanecer extraña la fe; la otra, dirigida hacia una salvación puramente ultraterrena, pero que no iluminaba ni orientaba su presencia en la tierra. La actitud del Papa al publicar la Rerum novarum confiere a la Iglesia una especie de «carta de ciudadanía» respecto a las realidades cambiantes de la vida pública, y esto se corroboraría aún más posteriormente. En efecto, para la Iglesia enseñar y difundir la doctrina social pertenece a su misión evangelizadora y forma parte esencial del mensaje cristiano, ya que esta doctrina expone sus consecuencias directas en la vida de la sociedad y encuadra incluso el trabajo cotidiano y las luchas por la justicia en el testimonio a Cristo Salvador. Asimismo viene a ser una fuente de unidad y de paz frente a los conflictos que surgen inevitablemente en el sector socioeconómico. De esta manera se pueden vivir las nuevas situaciones, sin degradar la dignidad trascendente de la persona humana ni en sí mismos ni en los adversarios, y orientarlas hacia una recta solución.

La validez de esta orientación, a cien años de distancia, me ofrece la oportunidad de contribuir al desarrollo de la «doctrina social cristiana». La «nueva evangelización», de la que el mundo moderno tiene urgente necesidad y sobre la cual he insistido en más de una ocasión, debe incluir entre sus elementos esenciales el anuncio de la doctrina social de la Iglesia, que, como en tiempos de León XIII, sigue siendo idónea para indicar el recto camino a la hora de dar respuesta a los grandes desafíos de la edad contemporánea, mientras crece el descrédito de las ideologías. *Como entonces, hay que repetir que no existe verdadera solución para la «cuestión social» fuera del Evangelio y que, por otra parte, las «cosas nuevas» pueden hallar en él su propio espacio de verdad y el debido planteamiento moral.*

Con el propósito de esclarecer el conflicto que se había creado entre capital y trabajo, León XIII defendía los derechos fundamentales de los trabajadores. De ahí que la clave de lectura del texto leoniano sea la dignidad del trabajador en cuanto tal y, por esto mismo, la dignidad del trabajo, definido como «la actividad ordenada a proveer a las necesidades de la vida, y en concreto a su conservación». El Pontífice califica el trabajo como «personal», ya que «la fuerza activa es inherente a la persona y totalmente propia de quien la desarrolla y en cuyo beneficio ha sido dada». El trabajo pertenece, por tanto, a la vocación de toda persona; es más, el hombre se expresa y se realiza mediante su actividad laboral. Al mismo tiempo, el trabajo tiene una dimensión social, por su íntima relación bien sea con la familia, bien sea con el bien común, «porque se puede afirmar con verdad que el trabajo de los obreros es el que produce la riqueza de los Estados». Todo esto ha quedado recogido y desarrollado en mi encíclica Laborem exercens.

Otro principio importante es sin duda el del derecho a la «propiedad privada». El espacio que la encíclica le dedica revela ya la importancia que se le atribuye. El Papa es consciente de que la propiedad privada no es un valor absoluto, por lo cual no deja de proclamar los principios que necesariamente lo complementan, como el del destino universal de los bienes de la tierra.

Por otra parte, no cabe duda de que el tipo de propiedad privada que León XIII considera principalmente, es el de la propiedad de la tierra. Sin embargo, esto no quita que todavía hoy conserven su valor las razones aducidas para tutelar la propiedad privada, esto es, para afirmar el derecho a poseer lo necesario para el desarrollo personal y el de la propia familia, sea cual sea la forma concreta que este derecho pueda asumir. Esto hay que seguir sosteniéndolo hoy día, tanto frente a los cambios de los que somos testigos, acaecidos en los sistemas donde imperaba la propiedad colectiva de los medios de producción, como frente a los crecientes fenómenos de pobreza o, más exactamente, a los obstáculos a la propiedad privada, que se dan en tantas partes del mundo, incluidas aquellas donde predominan los sistemas que consideran como punto de apoyo la afirmación del derecho a la propiedad privada. Como consecuencia de estos cambios y de la persistente pobreza, se hace necesario un análisis más profundo del problema, como se verá más adelante.

En estrecha relación con el derecho de propiedad, la encíclica de León XIII afirma también otros derechos, como propios e inalienables de la persona humana. Entre éstos destaca, dado el espacio que el Papa le dedica y la importancia que le atribuye, el «derecho natural del hombre» a formar asociaciones privadas; lo cual significa ante todo el derecho a crear asociaciones profesionales de empresarios y obreros, o de obreros solamente. Ésta es la razón por la cual la Iglesia defiende y aprueba la creación de los llamados sindicatos, no ciertamente por prejuicios ideológicos, ni tampoco por ceder a una mentalidad de clase, sino porque se trata precisamente de un «derecho natural» del ser humano y, por consiguiente, anterior a su integración en la sociedad política. En efecto, «el Estado no puede prohibir su formación», porque «el Estado debe tutelar los derechos naturales, no destruirlos. Prohibiendo tales asociaciones, se contradiría a sí mismo».

Junto con este derecho, que el Papa —es obligado subrayarlo— reconoce explícitamente a los obreros o, según su vocabulario, a los «proletarios», se afirma con igual claridad el derecho a la «limitación de las horas de trabajo», al legítimo descanso y a un trato diverso a los niños y a las mujeres en lo relativo al tipo de trabajo y a la duración del mismo.

Si se tiene presente lo que dice la historia a propósito de los procedimientos consentidos, o al menos no excluidos legalmente, en orden a la contratación sin garantía alguna en lo referente a las horas de trabajo, ni a las condiciones higiénicas del ambiente, más aún, sin reparo para con la edad y el sexo de los candidatos al empleo, se comprende muy bien la severa afirmación del Papa: «No es justo ni humano exigir al hombre tanto trabajo que termine por embotarse su mente y debilitarse su cuerpo». Y con mayor precisión, refiriéndose al contrato, entendido en el sentido de hacer entrar en vigor tales «relaciones de trabajo», afirma: «En toda convención estipulada entre patronos y obreros, va incluida siempre la condición expresa o tácita» de que se provea convenientemente al descanso, en proporción con la «cantidad de energías consumidas en el trabajo». Y después concluye: «un pacto contrario sería inmoral».

A continuación, el Papa enuncia otro derecho del obrero como persona. Se trata del derecho al «salario justo», que no puede dejarse «al libre acuerdo entre las partes, ya que, según eso, pagado el salario convenido, parece como si el patrono hubiera cumplido ya con su deber y no debiera nada más». El Estado, se decía entonces, no tiene poder para intervenir en la determinación de estos contratos, sino para asegurar el cumplimiento de cuanto se ha pactado explícitamente. Semejante concepción de las relaciones entre patronos y obreros, puramente pragmática e inspirada en un riguroso individualismo, es criticada severamente en la encíclica como contraria a la doble naturaleza del trabajo, en cuanto factor personal y necesario. Si el trabajo, en cuanto es personal, pertenece a la disponibilidad que cada uno posee de las propias facultades y energías, en cuanto es necesario está regulado por la grave obligación que tiene cada uno de «conservar su vida»; de ahí «la necesaria consecuencia —concluye el Papa— del derecho a buscarse cuanto sirve al sustento de la vida, cosa que para la gente pobre se reduce al salario ganado con su propio trabajo».

El salario debe ser, pues, suficiente para el sustento del obrero y de su familia. Si el trabajador, «obligado por la necesidad o acosado por el miedo de un mal mayor, acepta, aun no queriéndola, una condición más dura, porque se la imponen el patrono o el empresario, esto es ciertamente soportar una violencia, contra la cual clama la justicia».

Ojalá que estas palabras, escritas cuando avanzaba el llamado «capitalismo salvaje», no deban repetirse hoy día con la misma severidad. Por desgracia, hoy todavía se dan casos de contratos entre patronos y obreros, en los que se ignora la más elemental justicia en materia de trabajo de los menores o de las mujeres, de horarios de trabajo, estado higiénico de los locales y legítima retribución. Y esto a pesar de las Declaraciones y Convenciones internacionales al respecto y no obstante las leyes internas de los Estados. El Papa atribuía a la «autoridad» el «deber estricto» de prestar la debida atención al bienestar de los trabajadores, porque lo contrario sería ofender a la justicia; es más, no dudaba en hablar de «justicia distributiva».

Refiriéndose siempre a la condición obrera, a estos derechos León XIII añade otro, que considero necesario recordar por su importancia: el derecho a cumplir libremente los propios deberes religiosos. El Papa lo proclama en el contexto de los demás derechos y deberes de los obreros, no obstante el clima general que, incluso en su tiempo, consideraba ciertas cuestiones como pertinentes exclusivamente a la esfera privada. Él ratifica la necesidad del descanso festivo, para que el hombre eleve su pensamiento hacia los bienes de arriba y rinda el culto debido a la majestad divina. De este derecho, basado en un mandamiento, nadie puede privar al hombre: «a nadie es lícito violar impunemente la dignidad del hombre, de quien Dios mismo dispone con gran respeto». En consecuencia, el Estado debe asegurar al obrero el ejercicio de esta libertad.

No se equivocaría quien viese en esta nítida afirmación el germen del principio del derecho a la libertad religiosa, que posteriormente ha sido objeto de muchas y solemnes Declaraciones y Convenciones internacionales, así como de la conocida Declaración conciliar y de mis constantes enseñanzas. A este respecto hemos de preguntarnos si los ordenamientos legales vigentes y la praxis de las sociedades industrializadas aseguran hoy efectivamente el cumplimiento de este derecho elemental al descanso festivo.

Otra nota importante, rica de enseñanzas para nuestros días, es la concepción de las relaciones entre el Estado y los ciudadanos. La Rerum novarum critica los dos sistemas sociales y económicos: el socialismo y el liberalismo. Al primero está dedicada la parte inicial, en la cual se reafirma el derecho a la propiedad privada; al segundo no se le dedica una sección especial, sino que —y esto merece mucha atención— se le reservan críticas, a la hora de afrontar el tema de los deberes del Estado, el cual no puede limitarse a «favorecer a una parte de los ciudadanos», esto es, a la rica y próspera, y «descuidar a la otra», que representa indudablemente la gran mayoría del cuerpo social; de lo contrario se viola la justicia, que manda dar a cada uno lo suyo. Sin embargo, «en la tutela de estos derechos de los individuos, se debe tener especial consideración para con los débiles y pobres. La clase rica, poderosa ya de por sí, tiene menos necesidad de ser protegida por los poderes públicos; en cambio, la clase proletaria, al carecer de un propio apoyo tiene necesidad específica de buscarlo en la protección del Estado. Por tanto es a los obreros, en su mayoría débiles y necesitados, a quienes el Estado debe dirigir sus preferencias y sus cuidados».

Todos estos pasos conservan hoy su validez, sobre todo frente a las nuevas formas de pobreza existentes en el mundo; y además porque tales afirmaciones no dependen de una determinada concepción del Estado, ni de una particular teoría política. El Papa insiste sobre un principio elemental de sana organización política, a saber, que los individuos, cuanto más indefensos están en una sociedad, tanto más necesitan el apoyo y el cuidado de los demás, en particular, la intervención de la autoridad.

De esta manera el principio que hoy llamamos de solidaridad y cuya validez, ya sea en el orden interno de cada nación, ya sea en el orden internacional, he recordado en la Sollicitudo rei socialis, se demuestra como uno de los principios básicos de la concepción cristiana de la organización social y política. León XIII lo enuncia varias veces con el nombre de «amistad», que encontramos ya en la filosofía griega; por Pío XI es designado con la expresión no menos significativa de «caridad social», mientras que Pablo VI, ampliando el concepto, de conformidad con las actuales y múltiples dimensiones de la cuestión social, hablaba de «civilización del amor».

La relectura de aquella encíclica, a la luz de las realidades contemporáneas, nos permite apreciar la constante preocupación y dedicación de la Iglesia por aquellas personas que son objeto de predilección por parte de Jesús, nuestro Señor. El contenido del texto es un testimonio excelente de la continuidad, dentro de la Iglesia, de lo que ahora se llama «opción preferencial por los pobres»; opción que en la Sollicitudo rei socialis es definida como una «forma especial de primacía en el ejercicio de la caridad cristiana». La encíclica sobre la «cuestión obrera» es, pues, una encíclica sobre los pobres y sobre la terrible condición a la que el nuevo y con frecuencia violento proceso de industrialización había reducido a grandes multitudes. También hoy, en gran parte del mundo, semejantes procesos de transformación económica, social y política originan los mismos males.

Si León XIII se apela al Estado para poner un remedio justo a la condición de los pobres, lo hace también porque reconoce oportunamente que el Estado tiene la incumbencia de velar por el bien común y cuidar que todas las esferas de la vida social, sin excluir la económica, contribuyan a promoverlo, naturalmente dentro del respeto debido a la justa autonomía de cada una de ellas. Esto, sin embargo, no autoriza a pensar que según el Papa toda solución de la cuestión social deba provenir del Estado. Al contrario, él insiste varias veces sobre los necesarios límites de la intervención del Estado y sobre su carácter instrumental, ya que el individuo, la familia y la sociedad son anteriores a él y el Estado mismo existe para tutelar los derechos de aquél y de éstas, y no para sofocarlos.

A nadie se le escapa la actualidad de estas reflexiones. Sobre el tema tan importante de las limitaciones inherentes a la naturaleza del Estado, convendrá volver más adelante. Mientras tanto, los puntos subrayados —ciertamente no los únicos de la encíclica— están en la línea de continuidad con el magisterio social de la Iglesia y a la luz de una sana concepción de la propiedad privada, del trabajo, del proceso económico de la realidad del Estado y, sobre todo, del hombre mismo. Otros temas serán mencionados más adelante, al examinar algunos aspectos de la realidad contemporánea. Pero hay que tener presente desde ahora que lo que constituye la trama y en cierto modo la guía de la encíclica y, en verdad, de toda la doctrina social de la Iglesia, es la correcta concepción de la persona humana y de su valor único, porque «el hombre... en la tierra es la sola criatura que Dios ha querido por sí misma». En él ha impreso su imagen y semejanza (cf. Gn 1, 26), confiriéndole una dignidad incomparable, sobre la que insiste repetidamente la encíclica. En efecto, aparte de los derechos que el hombre adquiere con su propio trabajo, hay otros derechos que no proceden de ninguna obra realizada por él, sino de su dignidad esencial de persona.

La conmemoración de la Rerum novarum no sería apropiada sin echar una mirada a la situación actual. Por su contenido, el documento se presta a tal consideración, ya que su marco histórico y las previsiones en él apuntadas se revelan sorprendentemente justas, a la luz de cuanto sucedió después.

Esto mismo queda confirmado, en particular, por los acontecimientos de los últimos meses del año 1989 y primeros del 1990. Tales acontecimientos y las posteriores transformaciones radicales no se explican si no es a la luz de las situaciones anteriores, que en cierta medida habían cristalizado o institucionalizado las previsiones de León XIII y las señales, cada vez más inquietantes, vislumbradas por sus sucesores. En efecto, el Papa previó las consecuencias negativas —bajo todos los aspectos, político, social, y económico— de un ordenamiento de la sociedad tal como lo proponía el «socialismo», que entonces se hallaba todavía en el estadio de filosofía social y de movimiento más o menos estructurado. Algunos se podrían sorprender de que el Papa criticara las soluciones que se daban a la «cuestión obrera» comenzando por el socialismo, cuando éste aún no se presentaba —como sucedió más tarde— bajo la forma de un Estado fuerte y poderoso, con todos los recursos a su disposición. Sin embargo, él supo valorar justamente el peligro que representaba para las masas ofrecerles el atractivo de una solución tan simple como radical de la cuestión obrera de entonces. Esto resulta más verdadero aún, si lo comparamos con la terrible condición de injusticia en que versaban las masas proletarias de las naciones recién industrializadas.

Es necesario subrayar aquí dos cosas: por una parte, la gran lucidez en percibir, en toda su crudeza, la verdadera condición de los proletarios, hombres, mujeres y niños; por otra, la no menor claridad en intuir los males de una solución que, bajo la apariencia de una inversión de posiciones entre pobres y ricos, en realidad perjudicaba a quienes se proponía ayudar. De este modo el remedio venía a ser peor que el mal. Al poner de manifiesto que la naturaleza del socialismo de su tiempo estaba en la supresión de la propiedad privada, León XIII llegaba de veras al núcleo de la cuestión.

Merecen ser leídas con atención sus palabras: «Para solucionar este mal (la injusta distribución de las riquezas junto con la miseria de los proletarios) los socialistas instigan a los pobres al odio contra los ricos y tratan de acabar con la propiedad privada estimando mejor que, en su lugar, todos los bienes sean comunes...; pero esta teoría es tan inadecuada para resolver la cuestión, que incluso llega a perjudicar a las propias clases obreras; y es además sumamente injusta, pues ejerce violencia contra los legítimos poseedores, altera la misión del Estado y perturba fundamentalmente todo el orden social». No se podían indicar mejor los males acarreados por la instauración de este tipo de socialismo como sistema de Estado, que sería llamado más adelante «socialismo real».

Ahondando ahora en esta reflexión y haciendo referencia a lo que ya se ha dicho en las encíclicas Laborem exercens y Sollicitudo rei socialis, hay que añadir aquí que el error fundamental del socialismo es de carácter antropológico. Efectivamente, considera a todo hombre como un simple elemento y una molécula del organismo social, de manera que el bien del individuo se subordina al funcionamiento del mecanismo económico-social. Por otra parte, considera que este mismo bien puede ser alcanzado al margen de su opción autónoma, de su responsabilidad asumida, única y exclusiva, ante el bien o el mal. El hombre queda reducido así a una serie de relaciones sociales, desapareciendo el concepto de persona como sujeto autónomo de decisión moral, que es quien edifica el orden social, mediante tal decisión. De esta errónea concepción de la persona provienen la distorsión del derecho, que define el ámbito del ejercicio de la libertad, y la oposición a la propiedad privada. El hombre, en efecto, cuando carece de algo que pueda llamar «suyo» y no tiene posibilidad de ganar para vivir por su propia iniciativa, pasa a depender de la máquina social y de quienes la controlan, lo cual le crea dificultades mayores para reconocer su dignidad de persona y entorpece su camino para la constitución de una auténtica comunidad humana.

Por el contrario, de la concepción cristiana de la persona se sigue necesariamente una justa visión de la sociedad. Según la Rerum novarum y la doctrina social de la Iglesia, la sociabilidad del hombre no se agota en el Estado, sino que se realiza en diversos grupos intermedios, comenzando por la familia y siguiendo por los grupos económicos, sociales, políticos y culturales, los cuales, como provienen de la misma naturaleza humana, tienen su propia autonomía, sin salirse del ámbito del bien común. Es a esto a lo que he llamado «subjetividad de la sociedad» la cual, junto con la subjetividad del individuo, ha sido anulada por el socialismo real.

Si luego nos preguntamos dónde nace esa errónea concepción de la naturaleza de la persona y de la «subjetividad» de la sociedad, hay que responder que su causa principal es el ateísmo. Precisamente en la respuesta a la llamada de Dios, implícita en el ser de las cosas, es donde el hombre se hace consciente de su trascendente dignidad. Todo hombre ha de dar esta respuesta, en la que consiste el culmen de su humanidad y que ningún mecanismo social o sujeto colectivo puede sustituir. La negación de Dios priva de su fundamento a la persona y, consiguientemente, la induce a organizar el orden social prescindiendo de la dignidad y responsabilidad de la persona.

El ateísmo del que aquí se habla tiene estrecha relación con el racionalismo iluminista, que concibe la realidad humana y social del hombre de manera mecanicista. Se niega de este modo la intuición última acerca de la verdadera grandeza del hombre, su trascendencia respecto al mundo material, la contradicción que él siente en su corazón entre el deseo de una plenitud de bien y la propia incapacidad para conseguirlo y, sobre todo, la necesidad de salvación que de ahí se deriva.

De la misma raíz atea brota también la elección de los medios de acción propia del socialismo, condenado en la Rerum novarum. Se trata de la lucha de clases. El Papa, ciertamente, no pretende condenar todas y cada una de las formas de conflictividad social. La Iglesia sabe muy bien que, a lo largo de la historia, surgen inevitablemente los conflictos de intereses entre diversos grupos sociales y que frente a ellos el cristiano no pocas veces debe pronunciarse con coherencia y decisión. Por lo demás, la encíclica Laborem exercens ha reconocido claramente el papel positivo del conflicto cuando se configura como «lucha por la justicia social». Ya en la Quadragesimo anno se decía: «En efecto, cuando la lucha de clases se abstiene de los actos de violencia y del odio recíproco, se transforma poco a poco en una discusión honesta, fundada en la búsqueda de la justicia».

Lo que se condena en la lucha de clases es la idea de un conflicto que no está limitado por consideraciones de carácter ético o jurídico, que se niega a respetar la dignidad de la persona en el otro y por tanto en sí mismo, que excluye, en definitiva, un acuerdo razonable y persigue no ya el bien general de la sociedad, sino más bien un interés de parte que suplanta al bien común y aspira a destruir lo que se le opone. Se trata, en una palabra, de presentar de nuevo —en el terreno de la confrontación interna entre los grupos sociales— la doctrina de la «guerra total», que el militarismo y el imperialismo de aquella época imponían en el ámbito de las relaciones internacionales. Tal doctrina, que buscaba el justo equilibrio entre los intereses de las diversas naciones, sustituía a la del absoluto predominio de la propia parte, mediante la destrucción del poder de resistencia del adversario, llevada a cabo por todos los medios, sin excluir el uso de la mentira, el terror contra las personas civiles, las armas destructivas de masa, que precisamente en aquellos años comenzaban a proyectarse. La lucha de clases en sentido marxista y el militarismo tienen, pues, las mismas raíces: el ateísmo y el desprecio de la persona humana, que hacen prevalecer el principio de la fuerza sobre el de la razón y del derecho.

La Rerum novarum se opone a la estatalización de los medios de producción, que reduciría a todo ciudadano a una «pieza» en el engranaje de la máquina estatal. Con no menor decisión critica una concepción del Estado que deja la esfera de la economía totalmente fuera del propio campo de interés y de acción. Existe ciertamente una legítima esfera de autonomía de la actividad económica, donde no debe intervenir el Estado. A éste, sin embargo, le corresponde determinar el marco jurídico dentro del cual se desarrollan las relaciones económicas y salvaguardar así las condiciones fundamentales de una economía libre, que presupone una cierta igualdad entre las partes, no sea que una de ellas supere talmente en poder a la otra que la pueda reducir prácticamente a esclavitud.

A este respecto, la Rerum novarum señala la vía de las justas reformas, que devuelven al trabajo su dignidad de libre actividad del hombre. Son reformas que suponen, por parte de la sociedad y del Estado, asumirse las responsabilidades en orden a defender al trabajador contra el íncubo del desempleo. Históricamente esto se ha logrado de dos modos convergentes: con políticas económicas, dirigidas a asegurar el crecimiento equilibrado y la condición de pleno empleo; con seguros contra el desempleo obrero y con políticas de cualificación profesional, capaces de facilitar a los trabajadores el paso de sectores en crisis a otros en desarrollo.

Por otra parte, la sociedad y el Estado deben asegurar unos niveles salariales adecuados al mantenimiento del trabajador y de su familia, incluso con una cierta capacidad de ahorro. Esto requiere esfuerzos para dar a los trabajadores conocimientos y aptitudes cada vez más amplios, capacitándolos así para un trabajo más cualificado y productivo; pero requiere también una asidua vigilancia y las convenientes medidas legislativas para acabar con fenómenos vergonzosos de explotación, sobre todo en perjuicio de los trabajadores más débiles, inmigrados o marginales. En este sector es decisivo el papel de los sindicatos que contratan los mínimos salariales y las condiciones de trabajo.

En fin, hay que garantizar el respeto por horarios «humanos» de trabajo y de descanso, y el derecho a expresar la propia personalidad en el lugar de trabajo, sin ser conculcados de ningún modo en la propia conciencia o en la propia dignidad. Hay que mencionar aquí de nuevo el papel de los sindicatos no sólo como instrumentos de negociación, sino también como «lugares» donde se expresa la personalidad de los trabajadores: sus servicios contribuyen al desarrollo de una auténtica cultura del trabajo y ayudan a participar de manera plenamente humana en la vida de la empresa.

Para conseguir estos fines el Estado debe participar directa o indirectamente. Indirectamente y según el principio de subsidiariedad, creando las condiciones favorables al libre ejercicio de la actividad económica, encauzada hacia una oferta abundante de oportunidades de trabajo y de fuentes de riqueza. Directamente y según el principio de solidaridad, poniendo, en defensa de los más débiles, algunos límites a la autonomía de las partes que deciden las condiciones de trabajo, y asegurando en todo caso un mínimo vital al trabajador en paro.

La encíclica y el magisterio social, con ella relacionado, tuvieron una notable influencia entre los últimos años del siglo XIX y primeros del XX. Este influjo quedó reflejado en numerosas reformas introducidas en los sectores de la previsión social, las pensiones, los seguros de enfermedad y de accidentes; todo ello en el marco de un mayor respeto de los derechos de los trabajadores 46.

Las reformas fueron realizadas en parte por los Estados; pero en la lucha por conseguirlas tuvo un papel importante la acción del Movimiento obrero. Nacido como reacción de la conciencia moral contra situaciones de injusticia y de daño, desarrolló una vasta actividad sindical, reformista, lejos de las nieblas de la ideología y más cercana a las necesidades diarias de los trabajadores. En este ámbito, sus esfuerzos se sumaron con frecuencia a los de los cristianos para conseguir mejores condiciones de vida para los trabajadores. Después, este Movimiento estuvo dominado, en cierto modo, precisamente por la ideología marxista contra la que se dirigía la Rerum novarum.

Las mismas reformas fueron también el resultado de un libre proceso de autoorganización de la sociedad, con la aplicación de instrumentos eficaces de solidaridad, idóneos para sostener un crecimiento económico más respetuoso de los valores de la persona. Hay que recordar aquí su múltiple actividad, con una notable aportación de los cristianos, en la fundación de cooperativas de producción, consumo y crédito, en promover la enseñanza pública y la formación profesional, en la experimentación de diversas formas de participación en la vida de la empresa y, en general, de la sociedad.

Si mirando al pasado tenemos motivos para dar gracias a Dios porque la gran encíclica no ha quedado sin resonancia en los corazones y ha servido de impulso a una operante generosidad, sin embargo, hay que reconocer que el anuncio profético que lleva consigo no fue acogido plenamente por los hombres de aquel tiempo, lo cual precisamente ha dado lugar a no pocas y graves desgracias.

Leyendo la encíclica en relación con todo el rico magisterio leoniano , se nota que, en el fondo, está señalando las consecuencias de un error de mayor alcance en el campo económico-social. Es el error que, como ya se ha dicho, consiste en una concepción de la libertad humana que la aparta de la obediencia de la verdad y, por tanto, también del deber de respetar los derechos de los demás hombres. El contenido de la libertad se transforma entonces en amor propio, con desprecio de Dios y del prójimo; amor que conduce al afianzamiento ilimitado del propio interés y que no se deja limitar por ninguna obligación de justicia .

Este error precisamente llega a sus extremas consecuencias durante el trágico ciclo de las guerras que sacudieron Europa y el mundo entre 1914 y 1945. Fueron guerras originadas por el militarismo, por el nacionalismo exasperado, por las formas de totalitarismo relacionado con ellas, así como por guerras derivadas de la lucha de clases, de guerras civiles e ideológicas. Sin la terrible carga de odio y rencor, acumulada a causa de tantas injusticias, bien sea a nivel internacional bien sea dentro de cada Estado, no hubieran sido posibles guerras de tanta crueldad en las que se invirtieron las energías de grandes naciones; en las que no se dudó ante la violación de los derechos humanos más sagrados; en las que fue planificado y llevado a cabo el exterminio de pueblos y grupos sociales enteros. Recordamos aquí singularmente al pueblo hebreo, cuyo terrible destino se ha convertido en símbolo de las aberraciones adonde puede llegar el hombre cuando se vuelve contra Dios.

Sin embargo, el odio y la injusticia se apoderan de naciones enteras, impulsándolas a la acción, sólo cuando son legitimados y organizados por ideologías que se fundan sobre ellos en vez de hacerlo sobre la verdad del hombre. La Rerum novarum combatía las ideologías que llevan al odio e indicaba la vía para vencer la violencia y el rencor mediante la justicia. Ojalá el recuerdo de tan terribles acontecimientos guíe las acciones de todos los hombres, en particular las de los gobernantes de los pueblos, en estos tiempos nuestros en que otras injusticias alimentan nuevos odios y se perfilan en el horizonte nuevas ideologías que exal- tan la violencia.

Es verdad que desde 1945 las armas están calladas en el continente europeo; sin embargo, la verdadera paz— recordémoslo— no es el resultado de la victoria militar, sino algo que implica la superación de las causas de la guerra y la auténtica reconciliación entre los pueblos. Por muchos años, sin embargo, ha habido en Europa y en el mundo una situación de no- guerra, más que de paz auténtica. Mitad del continente cae bajo el dominio de la dictadura comunista, mientras la otra mitad se organiza para defenderse contra tal peligro. Muchos pueblos pierden el poder de autogobernarse, encerrados en los confines opresores de un imperio, mientras se trata de destruir su memoria histórica y la raíz secular de su cultura. Como consecuencia de esta división violenta, masas enormes de hombres son obligadas a abandonar su tierra y deportadas forzosamente.

Una carrera desenfrenada a los armamentos absorbe los recursos necesarios para el desarrollo de las economías internas y para ayudar a las naciones menos favorecidas. El progreso científico y tecnológico, que debiera contribuir al bienestar del hombre, se transforma en instrumento de guerra: ciencia y técnica son utilizadas para producir armas cada vez más perfeccionadas y destructivas; contemporáneamente, a una ideología que es perversión de la auténtica filosofía se le pide dar justificaciones doctrinales para la nueva guerra. Ésta no sólo es esperada y preparada, sino que es también combatida con enorme derramamiento de sangre en varias partes del mundo. La lógica de los bloques o imperios, denunciada en los documentos de la Iglesia y más recientemente en la encíclica Sollicitudo rei socialis 50, hace que las controversias y discordias que surgen en los países del Tercer Mundo sean sistemáticamente incrementadas y explotadas para crear dificultades al adversario.

Los grupos extremistas, que tratan de resolver tales controversias por medio de las armas, encuentran fácilmente apoyos políticos y militares, son armados y adiestrados para la guerra, mientras que quienes se esfuerzan por encontrar soluciones pacíficas y humanas, respetuosas para con los legítimos intereses de todas las partes, permanecen aislados y caen a menudo víctima de sus adversarios. Incluso la militarización de tantos países del Tercer Mundo y las luchas fratricidas que los han atormentado, la difusión del terrorismo y de medios cada vez más crueles de lucha político-militar tienen una de sus causas principales en la precariedad de la paz que ha seguido a la segunda guerra mundial. En definitiva, sobre todo el mundo se cierne la amenaza de una guerra atómica, capaz de acabar con la humanidad. La ciencia utilizada para fines militares pone a disposición del odio, fomentado por las ideologías, el instrumento decisivo. Pero la guerra puede terminar, sin vencedores ni vencidos, en un suicidio de la humanidad; por lo cual hay que repudiar la lógica que conduce a ella, la idea de que la lucha por la destrucción del adversario, la contradicción y la guerra misma sean factores de progreso y de avance de la historia 51. Cuando se comprende la necesidad de este rechazo, deben entrar forzosamente en crisis tanto la lógica de la «guerra total», como la de la «lucha de clases».

Al final de la segunda guerra mundial, este proceso se está formando todavía en las conciencias; pero el dato que se ofrece a la vista es la extensión del totalitarismo comunista a más de la mitad de Europa y a gran parte del mundo. La guerra, que tendría que haber devuelto la libertad y haber restaurado el derecho de las gentes, se concluye sin haber conseguido estos fines; más aún, se concluye en un modo abiertamente contradictorio para muchos pueblos, especialmente para aquellos que más habían sufrido. Se puede decir que la situación creada ha dado lugar a diversas respuestas.

En algunos países y bajo ciertos aspectos, después de las destrucciones de la guerra, se asiste a un esfuerzo positivo por reconstruir una sociedad democrática inspirada en la justicia social, que priva al comunismo de su potencial revolucionario, constituido por muchedumbres explotadas y oprimidas. Estas iniciativas tratan, en general, de mantener los mecanismos de libre mercado, asegurando, mediante la estabilidad monetaria y la seguridad de las relaciones sociales, las condiciones para un crecimiento económico estable y sano, dentro del cual los hombres, gracias a su trabajo, puedan construirse un futuro mejor para sí y para sus hijos. Al mismo tiempo, se trata de evitar que los mecanismos de mercado sean el único punto de referencia de la vida social y tienden a someterlos a un control público que haga valer el principio del destino común de los bienes de la tierra. Una cierta abundancia de ofertas de trabajo, un sólido sistema de seguridad social y de capacitación profesional, la libertad de asociación y la acción incisiva del sindicato, la previsión social en caso de desempleo, los instrumentos de participación democrática en la vida social, dentro de este contexto deberían preservar el trabajo de la condición de «mercancía» y garantizar la posibilidad de realizarlo dignamente.

Existen, además, otras fuerzas sociales y movimientos ideales que se oponen al marxismo con la construcción de sistemas de «seguridad nacional», que tratan de controlar capilarmente toda la sociedad para imposibilitar la infiltración marxista. Se proponen preservar del comunismo a sus pueblos exaltando e incrementando el poder del Estado, pero con esto corren el grave riesgo de destruir la libertad y los valores de la persona, en nombre de los cuales hay que oponerse al comunismo.

Otra forma de respuesta práctica, finalmente, está representada por la sociedad del bienestar o sociedad de consumo. Ésta tiende a derrotar al marxismo en el terreno del puro materialismo, mostrando cómo una sociedad de libre mercado es capaz de satisfacer las necesidades materiales humanas más plenamente de lo que aseguraba el comunismo y excluyendo también los valores espirituales. En realidad, si bien por un lado es cierto que este modelo social muestra el fracaso del marxismo para construir una sociedad nueva y mejor, por otro, al negar su existencia autónoma y su valor a la moral y al derecho, así como a la cultura y a la religión, coincide con el marxismo en reducir *totalmente al hombre a la esfera de lo económico y a la satisfacción de las necesidades materiales.*

En el mismo período se va desarrollando un grandioso proceso de «descolonización», en virtud del cual numerosos países consiguen o recuperan la independencia y el derecho a disponer libremente de sí mismos. No obstante, con la reconquista formal de su soberanía estatal, estos países en muchos casos están comenzando apenas el camino de la construcción de una auténtica independencia. En efecto, sectores decisivos de la economía siguen todavía en manos de grandes empresas de fuera, las cuales no aceptan un compromiso duradero que las vincule al desarrollo del país que las recibe. En ocasiones, la vida política está sujeta también al control de fuerzas extranjeras, mientras que dentro de las fronteras del Estado conviven a veces grupos tribales, no amalgamados todavía en una auténtica comunidad nacional. Falta, además, un núcleo de profesionales competentes, capaces de hacer funcionar, de manera honesta y regular, el aparato administrativo del Estado, y faltan también equipos de personas especializadas para una eficiente y responsable gestión de la economía.

Ante esta situación, a muchos les parece que el marxismo puede proporcionar como un atajo para la edificación de la nación y del Estado; de ahí nacen diversas variantes del socialismo con un carácter nacional específico. Se mezclan así en muchas ideologías, que se van formando de manera cada vez más diversa, legítimas exigencias de liberación nacional, formas de nacionalismo y hasta de militarismo, principios sacados de antiguas tradiciones populares, en sintonía a veces con la doctrina social cristiana, y conceptos del marxismo-leninismo.

Hay que recordar, por último, que después de la segunda guerra mundial, y en parte como reacción a sus horrores, se ha ido difundiendo un sentimiento más vivo de los derechos humanos, que ha sido reconocido en diversos documentos internacionales, y en la elaboración, podría decirse, de un nuevo «derecho de gentes», al que la Santa Sede ha dado una constante aportación. La pieza clave de esta evolución ha sido la Organización de la Naciones Unidas. No sólo ha crecido la conciencia del derecho de los individuos, sino también la de los derechos de las naciones, mientras se advierte mejor la necesidad de actuar para corregir los graves desequilibrios existentes entre las diversas áreas geográficas del mundo que, en cierto sentido, han desplazado el centro de la cuestión social del ámbito nacional al plano internacional.

∗∗∗∗

Ya más de dos siglos han transcurrido, concluyó **SS Juan Pablo III**, desde que el testimonio en forma de Encíclica de aquel nuestro venerable antecesor llamado León XIII, en términos evangélicos, precisó al máximo derechos y deberes de cuantos intervienen en el proceso productivo que la Humanidad entera requiere para su pleno desarrollo físico y moral; cien años más tarde, San Juan Pablo II, con cuyo nombre he querido honrar el paso de mi vida por la Silla de Pedro actualizó el mismo mensaje a los tiempos que le tocó vivir. Son referencias que, por la parte que me toca y en nombre de la Iglesia Católica, me he permitido recordar ante los representantes de este Gran Pueblo, justamente, en el umbral de lo que, para nosotros, va a representar el inicio del tercer milenio de la Evangelización que, en deseos y palabras de **Jesús de Nazareth, nuestro Divino Maestro,** ha de ser Universal y hasta el Fin de los tiempos, ello sin dejar de potenciar todo lo bueno de las doctrinas de los grandes sabios de buena voluntad que le habían precedido en su paso por la Tierra, entre los cuales, según mi íntimo convencimiento, no tengo el mínimo reparo en colocar al **Maestro Confucio.** Muy agradecido a vuestra invitación, ofrezco al Pueblo Chino el abrazo fraternal de los católicos que esperan de mí una **entrega total al bien de toda la Humanidad**.

El Primer Mandatario, que, acompañado por su esposa, había seguido el discurso del Papa con extraordinaria atención al pie de la tribuna de oradores, mostró su reconocimiento con un fuerte aplauso seguido atronadoramente por los tres mil diputados puestos en pie durante muy largo rato.

- Creo que amanece un **Nuevo Mundo**, comentó a su esposa el **Primer Mandatario de la Nueva China Socialista**.

- No va a haber mejor solución que **cristianizar al Socialismo con características chinas**, apuntó ella.

17 de enero de 2020
A.F.B. - Madrid

EL AUTOR

Antonio Fernández Benayas, nacido en 1933, es un estudioso de la Historia que se define a sí mismo como aprendiz de filósofo; ha viajado, leído, trabajado, reflexionado y rezado por ayudar a encontrar respuestas a las preguntas que todos nos hacemos: ¿De dónde venimos? ¿Quiénes somos? ¿Adónde vamos? ¿Qué hemos de hacer para que nuestra vida cobre verdadero y trascendental sentido? Por los años sesenta del siglo pasado, en Burdeos y  París, compartió mucho tiempo con veteranos exiliados españoles a la par que buceaba en lo que Lenin llamó "las tres fuentes del Marxismo", de donde sacó materia para lo que llamó "Raíces y Dimensiones del Marxismo", ensayo que valoraron algunas editoriales españolas sin llegar a publicarlo en su integridad, pero sí en una parte que pudiera pasar la censura de entonces. Fue la Editorial ZYX la que, con relativo éxito entre los universitarios, publicó "Dimensiones del Marxismo" y "Karl Marx" en 1970 y 1972, respectivamente.

Fue 1970 el año en que contrajo un feliz matrimonio que le ha dado cuatro hijos, los cuales le han enseñado mucho respecto a la obligación de separar el grano de la paja.

Ya jubilado, retomó sus actividades literarias y de ahí nacieron "Lecciones de Amor y de Libertad" (PS Editorial, 2004), "Ser y poder ser de España" (Mira Editores, 2008), "Dios y nosotros en la Historia" (Ed. Bendita María, 2014) y otros 20 títulos más, ofrecidos en Amazon, librerías especializadas y otros portales de la Red. Temas diversos enfocados en ensayo o novela desde una misma perspectiva, que puede ser resumida en el más comprometedor de los "imperativos categóricos": **Ama y haz lo que quieras**.

www.ingramcontent.com/pod-product-compliance
Lightning Source LLC
Chambersburg PA
CBHW031314170626
46807CB00001B/414